आर्टिस्ट लोग

तथा अन्य कहानियाँ

मंटो

प्रभाकर प्रकाशन

ISBN: 978-93-56825-28-4
eISBN: 978-93-56827-37-0

© प्रकाशकाधीन

प्रकाशक: प्रभाकर प्रकाशन
प्लॉट नं.-55, मेन मदर डेयरी रोड
पांडव नगर, ईस्ट दिल्ली-110092
फोन: 011-40395855
वॉट्सऐप: +91 9319228272
ई-मेल: sales@pharosbooks.in
वेबसाइट: www.prabhakarprakashan.com

प्रथम संस्करण: 2024

मुद्रक: सुषमा बुक बाइंडिंग हाउस ओखला इंडस्ट्रियल एरिया फेस-II, नई दिल्ली-110020

आर्टिस्ट लोग तथा अन्य कहानियाँ
सहादत हसन मंटो

अनुक्रम

चोर

मुझे बेशुमार लोगों का क़र्ज़ अदा करना था और यह सब शराबनोशी की बदौलत था। रात को जब मैं सोने के लिए चारपाई पर लेटता तो मेरा हर क़र्ज़ख़्वाह मेरे सिरहाने मौजूद होता—कहते हैं कि शराबी का ज़मीर मुर्दा हो जाता है, लेकिन मैं आपको यक़ीन दिलाता हूँ कि मेरे साथ मेरे ज़मीर का मामला कुछ और ही था। वह हर रोज़ मेरी पकड़ करता और मैं शिथिल हो के रह जाता।

वाक़यी मैंने बीसियों आदमियों से क़र्ज़ लिया था। मैंने एक रात सोने से पहले, बल्कि यूँ कहिए कि सोने की नाकाम कोशिश करने से पहले हिसाब लगाया तो क़रीब-क़रीब डेढ़ हज़ार रुपये मेरे जिम्मे निकले। मैं बहुत परेशान हुआ। मैंने सोचा, 'ये डेढ़ हज़ार रुपये कैसे अदा होंगे; बीस-पच्चीस रुपये रोज़ाना की आमदन है, और वह मेरी शराब के लिए बमुश्किल काफ़ी होते हैं।'

आप यूँ समझिए ना कि हर रोज़ की एक बोतल—थर्ड क्लास रम की— दाम मुलाहिज़ा हो सोलह रुपये-सोलह रुपये तो एक तरफ़ रहे, उनको हासिल करने में कम-अज़-कम तीन रुपये ताँगे पर सर्फ़ हो जाते थे—काम होता नहीं था, बस पेशगी पर गुज़ारा था, लेकिन जब पेशगी देनेवाले तंग आ गये तो उन्होंने मेरी शक्ल देखते ही कोई बहाना तलाश लिया, या इससे पेशतर कि मैं उनसे मिलूँ, कहीं ग़ायब हो गये। आख़िर कब तक वे मुझे पेशगी देते रहते—लेकिन मैं मायूस न होता और ख़ुदा पर भरोसा रख के किसी-न-किसी हीले से दस-पन्द्रह रुपये उधार लेने में कामयाब हो जाता।

मगर यह सिलसिला कब तक जारी रह सकता था। लोग मेरी इज़्ज़त करते थे, मगर अब वे मेरी शक्ल देखते ही भाग जाते थे—सबको अफ़सोस था कि इतना अच्छा मैकेनिक तबाह हो रहा है।

इसमें कोई शक नहीं कि मैं बहुत अच्छा मैकेनिक था। मुझे कोई भी बिगड़ी मशीन दे दी जाती, उसको सरसरी तौर पर देखने के बाद मैं यूँ चुटकियों में ठीक कर देता—जहाँ तक मैं समझता हूँ, मेरी यह जहानत सिर्फ़ शराब मिलने की उम्मीद पर क़ायम थी, इसलिए कि मैं पहले तय कर लिया करता था कि अगर काम ठीक हो गया तो वे मुझे इतने रुपये अदा कर देंगे, जिनसे मेरी दो-चार रोज़ की शराब

चल सकेगी। वे लोग ख़ुश थे। मुझे वे तीन-चार रोज़ की शराब के दाम अदा कर देते, इसलिए कि जो काम मैंने किया था, वह किसी और से नहीं हो सकता था।

लोग मुझे लूट रहे थे। मेरी योग्यता पर मेरी इजाज़त से डाके डाल रहे थे...और लुत्फ़ यह है कि मैं समझता था, मैं उन्हें लूट रहा हूँ-हाथ साफ़ कर रहा हूँ उनकी जेबों पर। असल में मुझे अपनी सलाहीयतों (अच्छाइयों) की कोई क़दर न थी। मैं समझता था कि मैकेनिज़्म बिलकुल ऐसी है, जैसे खाना खाना या शराब पीना।

मैंने जब भी कोई काम हाथ में लिया, मुझे कोफ़्त महसूस नहीं हुई। अलबत्ता इतनी बात ज़रूर थी कि जब शाम के छ: बजने लगते तो मेरी तबियत बेचैन हो जाती। काम मुकम्मल हो चुका होता, मगर मैं एक-दो पेच ग़ायब कर देता ताकि दूसरे रोज़ भी आमदनी का सिलसिला क़ायम रहे-यह शराब हरामज़ादी कितनी बुरी चीज़ है कि आदमी को बेईमान भी बना देती है।

मैं क़रीब-क़रीब हर रोज़ काम करता था। मेरी माँग बहुत ज्यादा थी, इसलिए कि मुझ जैसा कारीगर मुल्क भर में नायाब था-'तार बाजा और राग बूझा' वाला हिसाब था। मैं मशीन देखते ही समझ जाता था कि उसमें क्या कमी है।

मैं आपसे सच अर्ज़ करता हूँ, मशीनरी कितनी भी बिगड़ी हुई क्यों न हो, उसको ठीक करने में ज़्यादा-से-ज़्यादा एक हफ़्ता लगना चाहिए, लेकिन अगर उसमें नये पुर्ज़ों की ज़रूरत हो और वे आसानी से दस्तयाब न हो रहे हों तो उसके मुताल्लिक़ कुछ कहा नहीं जा सकता।

मैं बिला नाग़ा शराब पीता था और सोते वक़्त बिला नाग़ा अपने क़र्ज़ के मुताल्लिक सोचता था, जो मुझे मुख़्तलिफ आदमियों को अदा करना था। यह एक बहुत बड़ा अज़ाब था। पीने के बावजूद, बेचैनी के बायस मुझे नींद न आती-दिमाग़ में सैकड़ों स्कीमें आती थीं। बस मेरी ख़्वाहिश थी कि कहीं से दस हज़ार रुपये आ जायें तो मेरी जान-में-जान आये। डेढ़ हज़ार रुपया क़र्ज़ का फ़ौरन अदा कर दूँ। एक टैक्सी लूँ और हर क़र्ज़ख़्वाह के पास जाकर माफ़ी तलब करूँ और जेब से रुपये निकालकर उनको दे दूँ। जो रुपये बाक़ी बचें, उनसे एक सेकंड हैंड मोटर ख़रीद लूँ और शराब पीना छोड़ दूँ।

फिर यह ख़याल आता कि नहीं, दस हज़ार से काम नहीं चलेगा; कम-अज़-कम पचास हज़ार होने चाहिए-मैं सोचने लगता कि अगर इतने रुपये आ जायें, जो यक़ीनन

आने चाहिए, तो सबसे पहले एक हज़ार ग़रीब लोगों में तक़्सीम करूँगा, ऐसे लोगों में जो रुपये लेकर कुछ कारोबार कर सकें।

बाक़ी रहे उनचास हज़ार—इस रकम में से मैंने दस हज़ार अपनी बीवी को देने का इरादा किया। मैंने सोचा कि फिक्स डिपॉजिट होना चाहिए—तो ग्यारह हज़ार हुए, और बाक़ी रहे उनतालीस हज़ार, जो मेरे लिए काफ़ी थे—मैंने सोचा, 'यह मेरी ज़्यादती है।' चुनांचे मैंने बीवी का हिस्सा दोगुना कर दिया, यानी बीस हज़ार—अब बचे उनतीस हज़ार—मैंने सोचा कि पन्द्रह हज़ार अपनी विधवा बहन को दे दूँ। अब मेरे पास चौदह हज़ार रहे। इनमें से आप समझिए कि तक़रीबन दो हज़ार क़र्ज़ के निकल गये, और बाक़ी बचे बारह हज़ार रुपये की अच्छी शराब आनी चाहिए, लेकिन मैंने फ़ौरन थू कर दिया और यह सोचा कि पहाड़ पर चला जाऊँगा और वहाँ कम-अज़-कम छः महीने रहूँगा, ताकि सेहत दुरुस्त हो जाये—शराब की बजाय दूध पिया करूँगा।

बस ऐसे ही ख़यालात में दिन-रात गुज़र रहे थे—पचास हज़ार कहीं से आयेंगे, यह मुझे मालूम नहीं था—वैसे दो-तीन स्कीमें ज़ेहन में थीं शम्मा पत्रिका के मुअम्मे (क्विज) हल करूँ और पहला इनाम हासिल कर लूँ: डर्बी की लॉटरी का टिकट खरीद लूँ या चोरी करूँ और बड़ी सफ़ाई से। मैं फ़ैसला न कर सका कि मुझे कौन-सा क़दम उठाना चाहिए—बहरहाल यह तय था कि मुझे पचास हज़ार रुपये हासिल करने हैं, यूँ मिलें या वूँ मिलें।

स्कीमें सोच-सोचकर मेरा दिमाग चकरा गया—रात को नींद नहीं आती थी, जो बहुत बड़ा अज़ाब था—क़र्ज़ख़्वाह बेचारे तकाज़ा नहीं करते थे, लेकिन जब मैं उनकी शक्ल देखता था तो शर्मिंदगी के मारे पसीना-पसीना हो जाता। बाज़ औक़ात तो मेरी साँस रुकने लगती और मेरा जी चाहता कि ख़ुदकुशी कर लूँ और इस अज़ाब से नजात पाऊँ।

मुझे मालूम नहीं, कैसे और कब मैंने तहैया कर लिया कि मैं चोरी करूँगा—मुझे यह भी मालूम नहीं कि मुझे कैसे मालूम हुआ कि मुहल्ले में एक विधवा औरत रहती है, जिसके पास बे-अन्दाज़ा दौलत है, और वह अकेली रहती है।

मैं वहाँ रात के दो बजे पहुँचा। यह मुझे पहले ही मालूम हो चुका था कि वह दूसरी मंज़िल पर रहती है—नीचे पठान का पहरा था—मैंने सोचा, 'कोई और तरकीब सोचनी चाहिए ऊपर जाने के लिए'—मैं अभी सोच ही रहा था कि मैंने ख़ुद को

उस पारसी लेडी के फ्लैट के अंदर पाया-मेरा ख़याल है कि मैं पाइप के ज़रिये से ऊपर चढ़ गया था-टॉर्च मेरे पास थी। उसकी रोशनी में मैंने इधर-उधर देखा। एक बहुत बड़ी सेफ़ थी-मैंने अपनी ज़िंदगी में कभी सेफ़ न खोली थी न बंद की थी, लेकिन उस वक़्त जाने मुझे कहीं से हिदायत मिली कि मैंने एक मामूली तार से उसे खोल डाला। अंदर ज़ेवर-ही-ज़ेवर थे, बहुत बेशक़ीमती-मैंने सब समेटे और मक्के-मदीनेवाले ज़र्द रुमाल में बाँध लिये-कोई पचास-साठ हज़ार रुपये का माल होगा-मैंने कहा, ठीक है, बस इतना ही चाहिए था-कि अचानक दूसरे कमरे से एक बुढ़िया पारसी औरत नमूदार हुई। उसका चेहरा झुर्रियों से भरा हुआ था-मुझे देखकर पोपली-सी मुस्कुराहट उसके होंठों पर नमूदार हुई-मैं बहुत हैरान हुआ कि यह माजरा क्या है। मैंने अपनी जेब से भरा हुआ पिस्तौल निकालकर तान दिया।

उसकी पोपली मुस्कुराहट उसके होंठों पर और ज्यादा फैल गयी-उसने मुझसे बड़े प्यार से पूछा, 'आप यहाँ कैसे आये?'

मैंने सीधा-सा जवाब दिया, 'चोरी करने।'

'ओह!' बुढ़िया के चेहरे की झुर्रियाँ मुस्कराने लगीं, 'तो बैठो...मेरे घर में नक़दी की सूरत में सिर्फ़ डेढ़ रुपया है...तुमने जेवर चुराये हैं, लेकिन मुझे अफ़सोस है कि तुम पकड़े जाओगे, क्योंकि इन ज़ेवरों को कोई बड़ा जौहरी ही ले सकता है और हर बड़ा जौहरी इन्हें पहचानता है...' यह कहकर वह कुर्सी पर बैठ गयी।

मैं बहुत परेशान हुआ कि या इलाही यह सिलसिला क्या है; मैंने चोरी की है और बड़ी बी मुस्करा-मुस्कराकर मुझसे बातें कर रही हैं; क्यों?

लेकिन फ़ौरन उस 'क्यों' का मतलब समझ में आ गया, जब बड़ी बी ने आगे बढ़कर, मेरी पिस्तौल की परवाह न करते हुए, मेरे होंठों का बोसा ले लिया और अपनी बाँहें मेरी गर्दन में डाल दीं-उस वक़्त, ख़ुदा की कसम, मेरा जी चाहा कि ज़ेवरों की गठरी एक तरफ़ फेंक दूँ और वहाँ से भाग जाऊँ। मगर वह परिपूर्ण औरत निकली। उसकी गिरफ़्त इतनी मजबूत थी कि मैं बिलकुल भी हिल-डुल न सका-असल में मेरे हर रगो-रेशे में एक अजीबो-ग़रीब क़िस्म का ख़ौफ़ सरायत कर गया था। मैं उसे डायन समझने लगा था, जो मेरा कलेजा निकालकर खाना चाहती थी।

मेरी ज़िंदगी में किसी औरत का दख़ल नहीं था। मैं ग़ैर शादीशुदा था। मैंने अपनी ज़िंदगी के तीस बरसों में किसी औरत की तरफ़ आँख उठाकर भी नहीं देखा

था। मगर पहली रात जबकि मैं चोरी करने के लिए निकला तो मुझे वह प्रेमिका कुटनी मिल गयी, जिसने मुझसे इश्क़ करना शुरू कर दिया–आपकी जान की कसम, मेरे होशो-हवास ग़ायब हो गये। वह बहुत ही कुरूप थी–मैंने उससे हाथ जोड़कर कहा: 'बड़ी बी, मुझे बख़्श दीजिए...ये पड़े हैं आपके जेवर...मुझे इजाज़त दीजिए।'

उसने आदेशपरक लहज़े में कहा, 'तुम नहीं जा सकते...तुम्हारा पिस्तौल मेरे पास है...अगर तुमने ज़रा-सी जुंबिश भी की तो मैं गोली चला दूँगी, या टेलीफोन करके पुलिस को इत्तिला दे दूँगी कि वह आकर तुम्हें गिरफ़्तार कर ले...लेकिन जानेमन, मैं ऐसा नहीं करूँगी...मुझे तुमसे मुहब्बत हो गयी है बस समझ लो, मैं अभी तक कुँवारी हूँ...मेरा ख़याल है कि शायद मैं इस उम्र तक सिर्फ़ तुम्हारे लिए कुँवारी रही हूँ...अब तुम यहाँ से नहीं जा सकते।'

यह सुनकर मैं क़रीब था कि बेहोश हो जाता, टन-टन शुरू हो गयी–दूर कोई क्लॉक सुबह के पाँच बजने की इत्तिला दे रही थी–मैंने बड़ी बी की ठोड़ी पकड़ ली और उसके मुरझाए हुए होंठों का बोसा लेकर, झूठ बोलते हुए कहा: 'मैंने अपनी ज़िंदगी में सैकड़ों औरतें देखी हैं, लेकिन ख़ुदा गवाह है कि तुम-जैसी औरत से मेरा कभी वास्ता नहीं पड़ा...तुम किसी भी मर्द के लिए अनमोल नेमत हो...मुझे अफ़सोस है कि मैंने अपनी ज़िंदगी की पहली चोरी तुम्हारे मकान से शुरू की...यह जेवर पड़े हैं...मैं कल आऊँगा, बशर्ते कि तुम वादा करो कि मकान में और कोई नहीं होगा।'

बुढ़िया यह सुनकर बहुत ख़ुश हुई, 'ज़रूर आना...तुम जैसा चाहते हो, वैसा ही होगा...घर में एक मच्छर तक भी नहीं होगा, जो तुम्हारे कानों को तकलीफ़ दे...मुझे अफ़सोस है कि घर में सिर्फ़ एक रुपया आठ आने हैं...तुम कल आना मैं तुम्हारे लिए बीस-पच्चीस हज़ार रुपये बैंक से निकलवा के रखूँगी...यह लो अपनी पिस्तौल।'

मैंने अपनी पिस्तौल ली और वहाँ से दुम दबाकर भागा।

पहला वार खाली गया था–मैंने सोचा, 'कहीं और कोशिश करनी चाहिए'–क़र्ज़ अदा करने के सिलसिले में जो प्लान मैंने बनाया था, उसकी तक्मील भी होनी चाहिए।

चुनांचे मैंने एक जगह और कोशिश की–सर्दियों के दिन थे। सुबह के छः बजनेवाले थे। यह ऐसा वक़्त होता है, जब सब गहरी नींद सो रहे होते हैं–मुझे एक

मकान का पता था कि उसका जो मालिक है, बड़ा मालदार है, बहुत कंजूस है; अपना रुपया बैंक में नहीं रखता, घर में रखता है–मैंने सोचा, 'उसके यहाँ चलना चाहिए।' मैं वहाँ पहुँच गया। किन मुश्किलों से अन्दर दाख़िल हुआ, बयान नहीं कर सकता। बहरहाल पहुँच गया।

साहिबे-खाना, जो माशाअल्लाह जवान थे, सो रहे थे–मैंने उनके सिरहाने से चाभियाँ निकालीं और अलमारियाँ खोलनी शुरू कर दीं।

एक अलमारी में काग़ज़ात थे और कुछ कंडोम। मेरी समझ में न आया कि यह शख़्स, जो कुँवारा है, कंडोम कहाँ इस्तेमाल करता है–दूसरी अलमारी में कपड़े थे। तीसरी बिलकुल खाली थी। मालूम नहीं, उसमें ताला क्यों पड़ा था।

और कोई अलमारी नहीं थी। मैंने तमाम मकान की तलाशी ली, लेकिन मुझे एक पैसा भी नज़र न आया–मैंने सोचा, 'इस शख़्स ने ज़रूर अपनी दौलत कहीं दबा के रखी होगी।' चुनांचे मैंने उसके सीने पर भरी हुई पिस्तौल रखकर उसे जगाया। वह ऐसा चौंका और बिदका कि मेरी पिस्तौल फ़र्श पर जा पड़ी।

मैंने एकदम पिस्तौल उठाई और उससे कहा, 'मैं चोर हूँ और यहाँ चोरी करने आया हूँ...तुम्हारी तीन अलमारियों से मुझे एक दमड़ी भी नहीं मिली है, हालाँकि मैंने सुना था कि तुम बड़े मालदार आदमी हो।'

वह शख़्स, जिसका नाम मुझे अब याद नहीं, मुस्कुराया। वह अँगड़ाई लेकर उठा और मुझसे कहने लगा: 'यार, तुम चोर हो तो तुमने मुझे पहले इत्तिला दी होती...मुझे चोरों से बहुत प्यार है...यहाँ जो भी आता है, वह ख़ुद को बड़ा शरीफ़ आदमी कहता है, हालाँकि वह अबल दर्जे का काला चोर होता है...तुम चोर हो, और तुमने अपने आपको छिपाया नहीं है...मैं तुमसे मिलकर बहुत ख़ुश हुआ हूँ।'

यह कहकर उसने मुझसे हाथ मिलाया। इसके बाद उसने रेफ्रिजिरेटर खोला–मैं समझा कि शायद वह मेरी ख़ातिर शरबत वगैरह से करेगा, लेकिन उसने मुझे बुलाया और खुले हुए रेफ्रिजिरेटर के पास ले जाकर कहा, 'दोस्त, मैं अपना सारा रुपया इसमें रखता हूँ, यह संदूकची देखते हो...इसमें क़रीब–क़रीब एक लाख रुपया पड़ा है...तुम्हें कितना चाहिए?'

उसने संदूकची बाहर निकाली, जो बंद थी। उसे खोला। अंदर सब्ज़ रंग के नोटों की गड्डियाँ पड़ी थीं—एक गड्डी निकालकर उसने मेरे हाथ में थमा दी और कहा, 'बस इतने काफ़ी होंगे...दस हज़ार हैं।'

मेरी समझ में न आया कि उसे क्या जवाब दूँ—मैं तो चोरी करने आया था—मैंने गड्डी उसको वापस दी और कहा, 'साहब, मुझे कुछ नहीं चाहिए ...मुझे माफ़ी दीजिए...फिर कभी हाज़िर हूँगा।'

मैं वहाँ से, आप समझिए कि दुम दबाकर भागा—घर पहुँचा तो सूरज निकल चुका था।

मैंने सोचा कि चोरी का इरादा तर्क कर देना चाहिए—दो जगह कोशिश की, मगर कामयाब न हुआ—अगली रात कोशिश की जा सकती थी, मगर कामयाबी यक़ीनी नहीं थी—और क़र्ज़ बदस्तूर अपनी जगह पर मौजूद था, जो मुझे बहुत तंग कर रहा था—हलक में, यूँ समझिए, एक फाँस-सी अटक गयी थी।

मैंने यह इरादा कर लिया कि जब अच्छी तरह सो चुकूँगा तो उठकर ख़ुदकुशी कर लूँगा।

मैं सो रहा था कि दरवाज़े पर दस्तक हुई।

मैं उठा—दरवाज़ा खोला—एक बुज़ुर्ग खड़े थे—मैंने उनको आदाब अर्ज़ किया।

उन्होंने मुझसे फ़रमाया: 'यह लिफ़ाफ़ा देना था, इसलिए आपको तकलीफ़ दी...माफ़ कीजिएगा, आप सो रहे थे, और मैंने आपको जगा दिया...'

मैंने उनसे लिफ़ाफ़ा ले लिया—वे सलाम करके चले गये।

मैंने दरवाज़ा बंद किया—लिफ़ाफ़ा काफ़ी वज़नी था—मैंने उसे खोला और देखा कि सौ-सौ रुपये के बेशुमार नोट हैं। गिने तो पचास हज़ार निकले—एक मुख़्तसर-सा रुक़्क़ा था, जिसमें लिखा था कि आपके ये रुपये मुझे बहुत देर से अदा करने थे; अफ़सोस है कि मैं अब अदा करने के क़ाबिल हुआ हूँ।

मैंने बहुत ग़ौर किया कि वे साहब कौन हो सकते हैं, जिन्होंने मुझसे क़र्ज़ लिया था—सोचते-सोचते मैंने सोचा कि हो सकता है, किसी ने मुझसे क़र्ज़ लिया हो, जो मुझे याद न रहा हो।

लिफ़ाफ़ा तकिए के नीचे रखकर मैंने सारा हिसाब कर लिया बीस हज़ार अपनी बीवी को, पन्द्रह हज़ार रुपये अपनी विधवा बहन को—दो हज़ार क़र्ज़ के—बाक़ी

बचे बारह हज़ार, इसलिए कि एक हज़ार मैंने अच्छी शराब के खाते में रख लिये थे-पहाड़ पर जाने और दूध पीने का ख़याल मैंने छोड़ दिया।

दरवाज़े पर फिर दस्तक हुई-उठकर बाहर गया। दरवाज़ा खोला-मेरा एक क़र्ज़ख़्वाह खड़ा था। उसने मुझसे पाँच सौ रुपये लेने थे-मैं लपककर अन्दर गया-तकिये के नीचे नोटों का लिफ़ाफ़ा देखा, मगर वहाँ कुछ मौजूद न था।

मौसम की शरारत

शाम को सैर के लिए निकला और टहलता-टहलता उस सड़क पर हो लिया जो कश्मीर की तरफ़ जाती है।

सड़क के चारों तरफ़ चीड़ और देवदार के दरख़्त, ऊँची-ऊँची पहाड़ियों के दामन पर काले फीते की तरह फैले हुए थे। कभी-कभी हवा के झोंके उस फीते में एक कँपकँपाहट-सी पैदा कर देते। मेरे दायें हाथ को एक ऊँचा टीला था जिसकी ढलानों में गेहूँ के हरे पौधे निहायत ही मद्धिम सरसराहट पैदा कर रहे थे। ये सरसराहट कानों को बहुत भली मालूम होती थी। आँखें बंद कर लो तो यूँ मालूम होता कि कल्पना के गुदगुदे कालीनों पर कई कुंवारियाँ रेशमी साड़ी पहने चल-फिर रही हैं। उन ढलानों के बहुत ऊपर चीड़ के ऊँचे-ऊँचे दरख़्तों का एक हुजूम था। बायीं तरफ़ सड़क के बहुत नीचे एक छोटा-सा मकान था, जिसको झाड़ियों ने घेर रखा था। उससे कुछ-कुछ फ़ासले पर झोपड़े थे जैसे किसी हसीन चेहरे पर तिल।

हवा गीली और पहाड़ी घास की भीनी-भीनी बास से लदी हुई थी। मुझे इस सैर में एक नाक़ाबिल-ए-बयान लज़्ज़त महसूस हो रही थी।

सामने टीले पर दो बकरियाँ बड़े प्यार से एक-दूसरे को अपने नन्हे-नन्हे सींगों से रेल रही थीं। उनसे कुछ फ़ासले पर कुत्ते का एक पिल्ला जो कि आकार में मेरे बूट के बराबर था, एक भारी-भरकम भैंस की टाँग से लिपटकर उसे डराने की कोशिश कर रहा था। वह शायद भौंकता भी था, क्योंकि उसका मुँह बार-बार खुलता था मगर उसकी आवाज़ मेरे कानों तक नहीं पहुँचती थी।

मैं यह तमाशा देखने के लिए ठहर गया। कुत्ते का पिल्ला देर तक भैंस की टाँगों पर अपने पंजे मारता रहा। मगर उसकी इन धमकियों का असर न हुआ। जवाब में भैंस ने दो-तीन बार अपनी दुम हिला दी और बस! लेकिन एकाएक जबकि पिल्ला हमले के लिए आगे बढ़ रहा था भैंस ने ज़ोर से अपनी दुम हिलाई। किसी स्याह-सी चीज़ को अपनी तरफ बढ़ते देखकर वह इस अंदाज से उछला कि मुझे बेइख़्तियार हँसी आ गयी।

मैं उनको छोड़कर आगे बढ़ा।

आसमान पर बादल के सफ़ेद टुकड़े फैले हुए थे जिनको हवा इधर से उधर ढकेल रही थी। सामने पहाड़ की चोटी पर एक कद्दावर दरख़्त मानो बड़े चुस्त अन्दाज़ में संतरी की तरह अकड़ा हुआ था। उसके पीछे बादल का एक टुकड़ा झूम रहा था। बादल, ये दराज-कद दरख़्त और पहाड़ी...तीनों मिलकर बहुत बड़े जहाज़ का मंज़र पेश कर रहे थे।

मैं नेचर की इस ख़ूबसूरती को बेखुद होकर देख रहा था कि अचानक लॉरी के हॉर्न ने मुझे चौंका दिया। ख़यालों की दुनिया से उतरकर मैं आवाज़ों की दुनिया में आ गया। मन की आँखें बंद हो गईं। सुनने के सारे कान खुल गये। मैं फौरन सड़क के एक तरफ हट गया।

लॉरी परकार की तरह बड़ी तेज़ी से मोड़ के आधे दायरे पर घूमी और हाँफती हुई मेरे पास से गुज़र गई।

एक और लॉरी गुज़रने पर मोड़ के कोने से पाँच-छ: गायें नमूदार हुईं, जो सिर लटकाए हौले-हौले चल रही थीं। मैं अपनी जगह पर खड़ा रहा। जब ये मेरे आगे से गुज़र गईं तो मैंने क़दम उठाया और मोड़ की ओर बढ़ा।

चंद गजों का फ़ासला तय करने पर जब मैं सड़क के बायें हाथ वाले टीले के एक बहुत बड़े पत्थर के आगे निकल गया जो मोड़ पर संगीन पर्दे का काम देकर सड़क के दूसरे हिस्से को बिलकुल ओझल किए हुए था तो यकायक मेरी नज़रें एक ख़ुद से उगने वाले पौधे से दो-चार हुईं।

वह जवान थी। उस गाय की तरह जवान, जिसके पुट्ठे जवानी के जोश से फड़क रहे थे और जो उसके पास से अपने अंदर हज़ारों लज़्ज़ा लिये गुज़र रही थी मैं ठहर गया।

वह एक नन्हे-से बछड़े को हाँक रही थी। दो-तीन क़दम चलकर बछड़ा ठहर गया और अपनी जगह पर ऐसा जमा कि हिलने का नाम न लिया। लड़की ने बहुतेरा ज़ोर लगाया, लाख-जतन किये। वह एक क़दम आगे न बढ़ा और कान समेटकर ऐसा ख़ामोश हुआ। गोया वह किसी की आवाज़ ही नहीं सुनता। ये तेवर देखकर लड़की ने अपनी छड़ी से काम लेना चाहा। मगर चीड़ की पतली-सी टहनी बेकार साबित न हुई। थक हारकर उसने बड़ी मायूसी और इंतिहाई गुस्से की मिली-जुली हालत में अपने दोनों पाँव ज़मीन पर ज़ोर से मारे और कंधों को जुंबिश देकर इस

अन्दाज़ से खड़ी हो गयी, गोया उस हैवान से कहना चाहती है, 'लो अब हम भी यहाँ से एक इंच न हिलेंगे।'

मैं अभी लड़की की इस प्यारी हरकत का मज़ा लेने की ख़ातिर अपने ज़ेहन में दुहराने ही वाला था कि अचानक बछड़ा ख़ुद-ब-ख़ुद उठ भागा। वह इस तेज़ी के साथ दौड़ रहा था कि उसकी कमज़ोर टाँगें मेज़ के ढीले पायों की तरह लड़खड़ा रही थीं।

लड़की बछड़े की इस शरारत पर बहुत हैरान और ख़ौफ़ज़दा हुई। न जाने मैं क्यों ख़ुश हुआ कि इसी दौरान उसने मेरी तरफ़ देखा और मैंने उसकी तरफ़। हम दोनों एक साथ हँस पड़े। आकाश पर तारों का छिड़काव-सा हो गया।

ये सब कुछ लम्हे के अंदर-अंदर हुआ। उसने फिर मेरी तरफ़ देखा। मगर इस बार सवाल करने वाली लाज भरी आँखों से—शायद उसको अब इस बात का एहसास हुआ था कि उसकी मुस्कराहट किसी ग़ैर मर्द की तबस्सुम से जा टकराई है।

वह गहरे सब्ज़ रंग का दुपट्टा ओढ़े हुए थी कि उस पास की हरियाली ने अपनी सब्ज़ी उसी से उधार ली है। उसकी सलवार भी उसी रंग की थी। अगर वह कुर्ता भी उसी रंग का पहने होती तो दूर से देखनेवाले यही समझते कि सड़क के दरमियान एक छोटा-सा दरख़्त उग रहा है।

हवा के मुलायम झोंके उसके सब्ज़ दुपट्टे में बड़ी प्यारी लहरें पैदा कर रहे थे। ख़ुद को बेकार खड़ी देखकर और मुझको अपनी तरफ़ घूरते पाकर वह बेचैन-सी हो गयी और इधर-उधर यूँ देखा कि जैसे किसी का इंतज़ार कर रही है। फिर अपने दुपट्टे को सँवारकर उसने मुँह उस तरफ़ किया, जिधर गायें आहिस्ता-आहिस्ता जा रही थीं।

मैं उससे कुछ फ़ासले पर बायें हाथ पत्थरों के पास खड़ा था, जो सड़क के किनारे-किनारे दीवार की शक्ल में चुने हुए थे।

जब वह मेरे क़रीब आई तो ग़ैर इरादतन पर उसने मेरी तरफ़ निगाहें उठाईं। लेकिन फ़ौरन सिर को झटककर नीचे झुका लीं। कूल्हे मटकाती और छड़ी हिलाती, मेरे पास से यूँ गुज़री जैसे कभी-कभी मेरा अपना ख़याल मेरे ज़ेहन से अपना कंधा रगड़कर गुज़र जाया करता है।

उसके स्लीपर जो शायद उसके पाँव में खुले थे सड़क पर घिसटने से शोर पैदा कर रहे थे। थोड़ी दूर जाकर उसने अपने क़दम तेज़ किये और फिर दौड़ना शुरू कर दिया। बीस-पच्चीस गज के फ़ासले पर वह पत्थरों से चुनी हुई दीवार पर फुर्ती से चढ़ी और मुझे एक नज़र देखकर दूसरी तरफ़ कूद गयी, फिर दौड़कर एक झोपड़े की छत पर चढ़कर मुँडेर पर बैठ गईं।

उसकी ये हरकत...यानी...यानी...मेरी तरफ़ उसका तीन बार मुड़-मुड़ कर देखना...क्या उसकी मुस्कराहट के साथ मेरी तबस्सुम के कुछ ज़र्रे तो चिमटकर नहीं रह गये थे?

इस ख़याल ने मेरी नब्ज़ की धड़कन तेज़ कर दी। थोड़ी देर के बाद मुझे थकावट-सी महसूस होने लगी। मेरे पीछे झाड़ियों में जंगल के पंछी गीत गा रहे थे—हवा में घुली हुई मौसीक़ी (संगीत) मुझे किस कदर प्यारी मालूम हुई। न जाने मैं कितने घूँट उस राग मिली हवा को गटागट पी गया।

झोपड़े से कुछ दूर झाड़ियों के पास लड़की की गायें घास चर रही थीं। उनसे परे पथरीली पगडंडी पर एक कश्मीरी मज़दूर घास का गट्ठा कमर पर लादे ऊपर चढ़ रहा था। दूर-बहुत दूर एक टीले से धुआँ बल खाता हुआ आसमान की नीलाहट में घुल-मिल रहा था। मेरे आस-पास पहाड़ियों की बुलंदियों पर हरे-हरे चीड़ों और साँवले पत्थरों के चौड़े-चकले सीनों पर डूबते हुए सूरज की सुनहरी किरणें स्याह और सुनहरे रंग के मिलेजुले साये बिखेर रही थीं। कितना सुंदर और सुहाना समाँ था!

मैंने अपने आपको उन नज़ारों में घिरा हुआ पाया।

वह जवान थी। उसकी नाक उस पेंसिल की तरह सीधी और सुतवाँ थी, जिससे मैं ये सतरें लिख रहा हूँ। उसकी आँखें—मैंने उस जैसी आँखें बहुत कम देखी हैं। उस पहाड़ी इलाके की सारी गहराइयाँ उनमें सिमटकर रह गयी थीं। पलकें घनी और लंबी थीं। जब वह मेरे पास से गुज़री थी तो धूप की एक कंपित किरण उसकी पलकों में उलझ गई थी।

उसका सीना मजबूत और कुशादा था। उसमें जवानी साँस लेती थी। कंधे चौड़ें, बाँहें गोल गदराहट से भरपूर, कानों में चाँदी के लंबे-लंबे बुंदे थे। बाल देहातियों की तरह सीधी माँग निकालकर गुँथे हुए थे, जिससे उसके चेहरे पर वक़ार पैदा हो गया था।

वह झोपड़े की मटियाली छत पर बैठी थी और मैं सड़क पर खड़ा था।

'किस कदर बेवकूफ़ हूँ,' यकायक मैंने होश सँभाला और अपने दिल से कहा, 'अगर कोई मुझे इस तरह उसको घूरता हुआ देख ले तो क्या कहे...इसके अलावा यह क्योंकर हो सकता है?'

'यह क्योंकर हो सकता है?' जब मैंने इन अल्फ़ाज़ पर गौर किया तो मालूम हुआ कि में किसी और ही ख़याल में था। इस अहसास पर मुझे हँसी आ गई और यूँ ही एक बार उसको और देखकर सैर के इरादे से आगे बढ़ा। दो ही क़दम चलकर मुझे ख़याल आया-यहाँ बटोत में मुझे सिर्फ़ चंद रोज़ क़याम करना है। क्यों न रुख़सत होते वक़्त उसको सलाम कर लूँ। इसमें हर्ज़ ही क्या है।'

शायद मेरे सलाम का एकाध ज़र्रा उसके हाफ़िज़े पर हमेशा के लिए जम जाये।

मैं ठहर गया और कुछ देर मुंतजिर रहने के बाद मैंने सचमुच उसको सलाम करने के लिए अपना हाथ माथे की तरफ़ बढ़ाया। मगर फ़ौरन ही इस अहमक़ाना हरकत से बा-ख़बर होकर हाथ को यूँ ही हवा में हिला दिया और सीटी बजाते हुए क़दम तेज़ कर दिये।

मई का गर्म दिन शाम की खुनकी में आहिस्ता-आहिस्ता पुल रहा था।

सामने पहाड़ियों पर हलका-सा धुआँ छा गया था, जैसे ख़ुशी के आँसू आँखों के आगे एक चादर-सी तान देते हैं। उस धुँधलके में चीड़ के दरख़्त अंत-चेतना में छिपे हुए ख़यालात मालूम हुए से एक ही कतार में फैलते चले गये थे।

मेरे पास ही एक झाड़ी पर मोटा-सा कौआ अपने स्याह और चमकीले पर फैलाए सुस्ता रहा था...हवा का हर झोंका मेरे जिस्म के उन हिस्सों के साथ छूकर जो कपड़ों से आज़ाद थे, एक ऐसी मुहब्बत का पैग़ाम दे रहा था, जिससे मेरा दिल इससे पहले बिलकुल नावाक़िफ़ था।

मैंने आसमान की तरफ़ निगाहें उठाई और मुझे ऐसा महसूस हुआ कि वह मेरी तरफ़ हैरत से देखकर यह कहना चाहता है, 'सोचते क्या हो-जाओ मुहब्बत करो।'

मैं सड़क के किनारे पत्थरों की दीवार पर बैठ गया और उस...उसकी तरफ़ डरते-डरते देखा कि कहीं कोई रहगुज़र सारा मामला ताड़ न जाये। वह उसी तरह सिर झुकाए अपनी जगह पर बैठी थी। उसे इस खेल में क्या लुत्फ़ आता है? वह अभी थकी नहीं? क्या उसने वाक़ई दो बार मेरी तरफ़ मुड़कर देखा? क्या वह जानती है कि मैं उसकी मुहब्बत में गिरफ़्तार हूँ?' आख़िरी सवाल किस कदर हास्यास्पद था मैं झेंप गया, लेकिन...इसके बावजूद उसको देखने से ख़ुद को बाज़ न रख सका।

एक मर्तबा जब मैंने उसको देखने के लिए अपनी गर्दन मोड़ी तो क्या देखता हूँ कि उसका मुँह मेरी तरफ़ है और वह मुझे देख रही है–मैं मख़मूर हो गया।

मेरे और उसके दरमियान गो फ़ासला काफ़ी था। मगर मेरी आँखें जिनमें मेरे दिल की बसारत (दृष्टि) भी चली आई थी, महसूस कर रही थीं कि वह सपनों का घूँघट काहे मेरी तरफ़ देख रही है...मेरी तरफ़ मेरी तरफ़।

मेरे सीने से बेइख़्तियार आह निकल गयी–'अजीब बात है कि सुख और चैन का हाथ भी दर्द-भरे तारों ही पर पड़ता है,'...इस आह में कितनी राहत थी–कितना सुकून था। उस लड़की ने जो मेरे सामने झोपड़े की छत पर बैठी थी मेरे शबाब के हर रंग को शोख़ कर दिया था। मेरे रोएँ-रोएँ से मुहब्बत फूट रही थी। शे'रीयत, जो मेरे सीने के किसी नामालूम कोने में सोयी पड़ी थी, अब बेदार हो चुकी थी–क्या दोशीज़गी (यौवन) और शे'रीयत जुड़वा बहिनें हैं?

अगर उस वक़्त वह मुझसे हमकलाम होती तो मैं एक लफ़्ज़ तक अपनी जुबान से न निकालता। ख़ामोशी मेरी तरजुमान होती–मेरी गूँगी जुबान कितनी बातें उस तक पहुँचा देती। मैं उसको अपनी ख़ामोशी में लपेट लेता...वह जरूर मुतहय्यर (विस्मित) होती और इस हालत में बड़ी प्यारी मालूम होती।

इस ख़याल से कि रास्ते में यूँ बेकार खड़े रहना ठीक नहीं, मैं दीवार पर से उठा–मेरे सामने टीले पर जाने के लिए एक पगडंडी थी। ऊपर टीले के किसी पत्थर पर बैठकर मैं उसको बख़ूबी देख सकता था। अतः दरख़्तों की जड़ों और झाड़ियों का सहारा लेकर मैंने ऊपर चढ़ना शुरू किया। रास्ते में दो-तीन बार मेरा पाँव फिसला और नुकीले पत्थरों पर गिरते-गिरते बचा।

टीले पर जहाँ पत्थर नहीं थे, कहीं-कहीं ज़मीन के छोटे-छोटे टुकड़ों में आलू बोये हुए थे। इसी क़िस्म के एक नन्हे-से खेत को पार करके मैं एक पत्थर पर बैठ गया और टोपी उतारकर एक तरफ़ रख दी। मेरे दायीं तरफ़ ज़मीन का एक छोटा-सा टुकड़ा था, जिसमें गेहूँ उग रहा था।

चढ़ाई की वजह से मेरा दम फूल गया। मगर शाम की ठंडी हवा ने यह थकान फौरन ही दूर कर दी और मैं जिस काम के लिए आया था उसमें मशगूल हो गया। अब वह झोपड़े की छत पर खड़ी थी और ख़ुदा मालूम कैसी-कैसी अनोखी आवाज़ें निकाल रही थी। मेरा ख़याल है कि वह उन दोनों बकरियों को सड़क पर चढ़ने से रोक रही थी, जो घास चरती हुई आहिस्ता-आहिस्ता ऊपर का रुख कर रही थी।

हवा तेज़ थी। गेहूँ की पकी हुई बालियाँ खुर-खुर करती हुई बिल्ली की मूँछों की तरह थरथरा रही थीं। झाड़ियों में हवा की सीटियाँ शाम की ख़ामोश फ़ज़ा में कम्पन पैदा कर रही थीं।

मिट्टी के ढेलों के साथ खेलता हुआ मैं उसकी तरफ़ बहुत देर तक देखता रहा। वह अब झोंपड़े की छत पर बड़े अजीब अन्दाज़ से टहल रही थी। एक मर्तबा उसने अपने सिर को जुंबिश दी तो मैं समझा कि वह मेरी मौजूदगी से बा-ख़बर मुझे देख रही है-मेरी हस्ती के सारे दरवाज़े खुल गये।

जाने कितनी देर तक मैं वहाँ बैठा रहा? एकाएक बदलियाँ घिर आयीं और बारिश शुरू हो गयी। मेरे कपड़े भीग रहे थे। लेकिन मैं वहाँ से क्योंकर जा सकता था जबकि वह...वहीं छत पर खड़ी थी। इस ख़याल से मुझे बड़ा सूकून मिला कि वह सिर्फ़ मेरी ख़ातिर बारिश में भीग रही है।

यकायक बारिश तेज़ हो गयी। वह उठी और मेरी तरफ़ देखे बगैर-ही मेरी तरफ़ निगाह उठाए बगैर छत पर से नीचे उतरी और दूसरे झोंपड़े में दाख़िल हो गयी मुझे ऐसा महसूस हुआ कि बारिश की बूँदें मेरी हड्डियों तक पहुँच गयी हैं। पानी से बचाव करने के लिए मैंने इधर-उधर निगाहें दौड़ाईं। मगर पत्थर और झाड़ियाँ पनाह का काम नहीं दे सकती थीं।

डाक बँगले तक पहुँचते-पहुँचते मेरे कपड़े और ख़यालात सब भीग गये-जब वहाँ से सैर को निकला था तो खुश्क आदमी था, रास्ते में मौसम ने शायर बना दिया। वापस आया तो भीगा हुआ आदमी था-शाम सिर्फ़ भीगा हुआ आदमी-बारिश सारी शायरी बहा ले गई थी।

❑

गुलगत ख़ान

शाहबाज़ ख़ान ने एक दिन अपने मुलाज़िम जहाँगीर को, जो उसके होटल में अंदर-बाहर का काम करता था, उसकी सुस्त रफ़्तारी से तंग आकर निकाल दिया—असल में जहाँगीर सुस्त नहीं था। वह इस कदर तेज़ था कि उसकी हर हरकत शाहबाज़ ख़ान को स्थिर मालूम होती थी।

शाहबाज़ खान ने उसको एक महीने की तनख़्वाह दी—जहाँगीर ने उसको सलाम किया और टिकट कटाकर सीधा बिलोचिस्तान चला गया, जहाँ कोयले की खानें निकल रही थीं, और जहाँ उसके कई और दोस्त चले गये थे—लेकिन उसने गुलगत अपने भाई हमज़ा ख़ान को ख़त लिखा कि वह शाहबाज़ ख़ान के यहाँ मुलाज़िमत कर ले, क्योंकि उसे अपना यह आका पसंद था।

एक दिन हमज़ा ख़ान, शाहबाज़ ख़ान के होटल में आया और एक कार्ड दिखाकर बोला, 'ख़ो अम मुलाज़मत चाहता है...अमारे भाई ने लिखा है कि तुम अच्छा और टीक आदमी है...ख़ो अम भी अच्छा और टीक है...तुम कितना पैसा देगा?'

शाहबाज़ ख़ान ने हमज़ा ख़ान की तरफ देखा—जहाँगीर का भाई तो वह किसी लिहाज़ से दिखाई नहीं देता था। नाटा-सा क़द, नाक चौड़ी-चपटी; निहायत बदशक्ल। शाहबाज़ ख़ान ने उसे एक नज़र देखकर और जहाँगीर का ख़त पढ़कर सोचा कि उसको निकाल बाहर करे, मगर वह नेक आदमी था और उसने कभी किसी साइल (ज़रूरतमंद) को ख़ाली हाथ नहीं जाने दिया था।

हमज़ा ख़ान को चुनांचे उसने पन्द्रह रुपये माहवार पर मुलाज़िम रख लिया और यह हिदायत कर दी कि जो काम उसके सुपुर्द किया जाये, ईमानदारी से करे।

हमज़ा ख़ान ने अपने बदनुमा होंठों पर मुस्कराहट पैदा करते हुए शाहबाज़ ख़ान को यक़ीन दिलाया, 'ख़ान बादशाह, अम तुमको कबी तंग नहीं करेगा...जो तुम कहेगा, मानेगा।'

शाहबाज़ ख़ान यह सुनकर खुश हो गया।

हमज़ा ख़ान ने शुरू-शुरू में कुछ इतना अच्छा काम न किया, लेकिन थोड़े अर्से में वह सब कुछ सीख गया—चाय कैसे बनाई जाती है, शक्कर के साथ गुड़

कितना डाला जाता है, कोयलेवालियों से कोयले कैसे हासिल किये जाते हैं और ग्राहकों के साथ किस क़िस्म का सुलूक रवा रखना चाहिए, यह सब उसने सीख लिया।

इसमें सिर्फ़ एक कमी थी कि वो बेहद बदशक्ल था; बदतमीज़ की किसी हद तक था इसलिए कि उसकी शक्ल-सूरत देखकर शाहबाज़ ख़ान के होटल में आने-जाने वाले कुछ घबरा से जाते। मगर जब ग्राहक आहिस्ता आहिस्ता उसकी बदसूरती से मानूस हो गए तो उन्होंने उसके बारे में सोचना छोड़ दिया। बल्कि बाअज़ लोग तो उसमें दिलचस्पी लेने लगे इसलिए कि वह काफ़ी दिलचस्प आदमी था। मगर इस दिलचस्पी से हमज़ा ख़ान को तसकीन नहीं होती थी। वो यह समझता था कि महज़ हँसी मज़ाक की ख़ातिर ये लोग जो होटल में चंद घंटे गुज़ारने आते हैं इससे दिलचस्पी का इज़हार करते हैं।

यूँ हमज़ा ख़ान गुलगत ख़ान के नाम से मशहूर हो गया था इसलिए कि वह काफ़ी देर गुलगत में रहा था और इस रियासत का जिक्र बार-बार किया करता था। इसलिए होटल में आने-जाने वालों ने उसका नाम गुलगत ख़ान रख दिया, जिस पर हमज़ा ख़ान को एतराज़ नहीं था। हमज़ा के क्या मानी होते हैं, उस को मालूम नहीं था बल्कि गुलगत का मतलब वह बख़ूबी समझता था।

शाहबाज़ ख़ान के होटल में आये उसको क़रीब-क़रीब एक बरस हो गया। इस दौरान में उसने महसूस किया कि उसका मालिक शाहबाज़ ख़ान उसकी शक्ल-सूरत से घृणा करता है। यह अहसास उसे खाए जाता था।

एक दिन उसने होटल के बाहर कुत्ते का पिल्ला देखा जो उससे भी कहीं ज़्यादा बदसूरत था। उसको उठाकर वह अपनी कोठरी में ले आया जो उसे होटल की ऊपरी मंज़िल पर रहने-सहने के लिए दी गयी थी। यह इतनी छोटी थी कि अगर कुत्ते का एक और पिल्ला आ जाता तो वो उस में गुलगत ख़ान के साथ समा ना सकता।

इस कुत्ते के पिल्ले की टाँगें टेढ़ी-मेढ़ी थीं। थूथनी बड़ी वाहियात थी, अजीब बात है कि गुलगत ख़ान की टाँगें बल्कि यूँ कहिए कि इसका निचला धड़ उसके ऊपर के जिस्मानी हिस्से के मुकाबले में बहुत छोटा था। बिलकुल इसके मानिंद यह पिल्ला निहायत बदसूरत था।

गुलगत ख़ान उससे बहुत प्यार करता। शाहबाज़ ख़ान ने उससे कई मर्तबा कहा कि मैं इस कुत्ते के बच्चे को गोली मार दूँगा। मगर गुलगत ख़ान उसको किसी भी हालत में अपने से जुदा रखने पर राज़ी नहीं था। उसने शुरू-शुरू में तो अपने आका से कुछ न कहा। ख़ामोशी से उसकी बातें सुनता रहा। आख़िर एक रोज़ इससे साफ़ लफ़्ज़ो में उसने कह दिया, 'ख़ो, तुम होटल के मालिक हो। मेरे दोस्त टन-टन के मालिक नहीं हो।' शाहबाज़ ख़ान यह सुनकर चुप हो गया। गुलगत ख़ान बड़ा मेहनती था। सुबह पाँच बजे उठता, दो अँगीठियाँ सुलगाता, सामनेवाले नल से पानी भरता और फिर ग्राहकों की ख़िदमत में मसरूफ़ हो जाता।

उसका टन-टन महीनों बाद बड़ा हो गया। वो उसके साथ कोठरी में सोता था जो होटल की ऊपरी मंज़िल पर थी। सर्दियाँ थीं। इसलिए गुलगत ख़ान को अपने बिस्तर में उसकी मौजूदगी बुरी नहीं मालूम होती थी। बल्कि वह ख़ुश था कि वो उससे इस कदर प्यार करता है कि रात को भी उसका साथ नहीं छोड़ता।

टन-टन नाम गुलगत ख़ान के एक ख़ास ग्राहक ने रखा था, जो उसकी इंतिहाई बदसूरती के बावजूद उसमें दिलचस्पी लेता। यह नाम इसलिए रखा गया कि कुत्ते का वो पिल्ला जिसे वह सड़क पर से उठाकर अपने पास ले आया था और जिसकी गर्दन में उसने अपनी तनख़्वाह में से पैसे बचाकर एक ऐसा पट्टा डाला था जिसमें घुँघरू बँधे हुए थे। इस ख़ास ग्राहक ने जो किसी दैनिक पत्र का कॉलम लिखता था इन घुँघरुओं की आवाज़ सुनकर उसका नाम टन-टन रख दिया।

टन-टन जब बड़ा हुआ तो उसकी टाँगें और भी ज़्यादा छोटी हो गयी। गुलगत खान की भी यही हालत थी। उसकी टाँगें भी दिन-ब-दिन छोटी हो रही थीं। ऊपर का धड़ मुनासिब अन्दाज़ में बढ़ गया था। शाहबाज़ ख़ान को गुलगत ख़ान का यह हुलिया पसंद नहीं था मगर वह मेहनती था। गधे की मानिंद काम करता। सुबह पाँच बजे से लेकर रात के ग्यारह-बारह बजे तक होटल में रहता। एक घड़ी के लिए भी आराम न करता। लेकिन इस दौरान में वह तीन-चार मर्तबा ऊपर अपनी कोठरी में ज़रूर जाता और अपने प्यारे कुत्ते की जो अब बड़ा हो गया था देखभाल करता था। उसको होटल का बचा खाना देता। पानी पिलाता और प्यार करके फौरन वापस चला आता।

एक दिन उसका टन-टन बीमार हो गया। होटल में अकसर मेडिकल स्टूडेंट आया करते थे क्योंकि उनका कॉलेज नज़दीक ही था। गुलगत ख़ान ने उनमें से

एक को यह कहते हुए सुना कि अगर पेट की शिकायत हो तो मरीज को बटेर या मुर्ग का गोश्त खिलाना चाहिए।

उसने अपने टन-टन को सुबह से कोई चीज़ खाने को नहीं दी थी। इसलिए कि उसको बदहज़मी थी। मगर जब उसने इस मेडिकल स्टूडेंट की बात सुनी तो उसने इधर-उधर कोई मुर्ग तलाश करना शुरू किया मगर न मिला। मुहल्ला ही कुछ ऐसा था जिसमें कोई मुर्ग-मुर्गियाँ नहीं पालता था।

शाहबाज़ ख़ान को बटेरबाज़ी का शौक था। उसके पास एक बटेर था जिसे वह अपनी जान से ज़्यादा अज़ीज़ समझता था। गुलगत ख़ान ने तिनकों का बना हुआ पिंजरा खोला और हाथ डालकर यह बटेर पकड़ी। कलिमा पढ़कर उसको ज़बह किया और अपने टन-टन को खिला दिया।

शाहबाज़ खान ने जब पिंजरा ख़ाली देखा तो बहुत परेशान हुआ। उसकी समझ में न आया कि बटेर इसमें से कैसे उड़ गई। वो तो उसके इशारों पर चलती थी। कई पालियाँ उसने बड़ी शान से जीती थीं। उसने गुलगत ख़ान से पूछा तो उसने कहा, 'ख़ो मुझे क्या मालूम तुम्हारा बटेर किधर गया। भाग गया होगा किधर।'

शाहबाज़ ख़ान ने जब ज़्यादा जुस्तजू की, तो उसने देखा कि इसके होटल के सामने थोड़ा-सा ख़ून और नुचे हुए पर पड़े हैं। ये बिला शुबाह उसकी बटेर के थे वह सिर पीट कर रह गया। उसने सोचा कि कोई ज़ालिम उसको भून कर खा गया है। बटेर के पर उसके जाने-पहचाने थे। उसने उनको बड़े प्यार से इकट्ठा किया और अपने होटल के पिछवाड़े जहाँ खुला मैदान था, छोटा-सा गढ़ा खोदकर उन्हें दफ़्न कर दिया, फ़ातिहा पढ़ी। इसके बाद उसने कई ग़रीबों को अपने होटल से मुफ़्त खाना भी खिलाया ताकि मरहूम की रूह को शांति पहुँचे।

जब शाहबाज़ ख़ान से कोई उसकी बटेर के बारे में पूछता तो वह कहता, 'शहीद हो गया।'

गुलगत ख़ान यह सुनता और अपने कान समेटे ख़ामोश काम में मशग़ूल रहता। उसका टन-टन (कुत्ता) अच्छा हो गया। उसको जो शिकायत थी दूर हो गयी। गुलगत ख़ान बहुत ख़ुश था। उसने अपने प्यारे कुत्ते की सेहतयाबी पर दो भिखारियों को होटल से खाना खिलाया-शाहबाज़ ख़ान ने जब पूछा कि उसने उनसे दाम वसूल क्यों नहीं किये तो उसने कहा, 'कभी-कभी ख़ैरात भी दे देना चाहिए ख़ान!' यह सुनकर शाहबाज़ ख़ान चुप हो गया।

एक दिन मैना का एक बच्चा कहीं से उड़ता-उड़ता गुलगत ख़ान के पास आ गिरा, जबकि वह कॉलेज के किसी लड़के के लिए नाश्ता तैयार करके ले जा रहा था। उसने नाश्ते की ट्रे को एक तरफ़ रखा और मैना के बच्चे को, जो बेहद सहमा हुआ था, पकड़कर उस पिंजरे में डाल दिया जिसमें उसके मालिक शाहबाज़ ख़ान की बटेर होती थी।

मैना को उसने सवा महीने तक पाला-पोसा। फिर वह ख़ासी मोटी हो गई। ख़ूब चहकती थी।

एक दिन उसका टन-टन आ गया। उसने मैना को देखा तो बेताब हो गया। ऐसा लगता था कि वह चाहता है, किसी तरह मैना तक रसाई (पहुँच) हो जाये और वह उसे चबा डाले।

गुलगत ख़ान ने जब देखा कि पिंजरा ऊपर खूँटी के साथ टँगा है, जहाँ उसका टन-टन नहीं पहुँच सकता, और बड़ी हसरत भरी नज़रों से मैना को देख रहा है तो उसने पिंजरे में से मैना को निकाला, उसके पर नोचे, गर्दन मरोड़ी और अपने अज़ीज़ कुत्ते के सुपुर्द कर दी।

टन-टन ने उस बे-बालो-पर परिंदे की लाश को दो-तीन मर्तबा सूँघा। बड़े ज़ोर की एक छींक उसके नथुनों से बाहर निकली और वह वहाँ से दौड़ गया।

गुलगत ख़ान को बड़ा सदमा हुआ।

उसी दिन कॉलेज की वे दो लड़कियाँ, जो बाक़ायदा चाय पीने के लिए आती थीं और जिनका वह ख़ास तौर पर ख़याल रखता था, आईं-पहले वे उससे हँस-हँस के बातें किया करती थीं, मगर अब उन्हें जाने क्या हो गया था कि वे उससे ख़फ़ा-ख़फ़ा नज़र आती थीं।

एक ने, जो गुलगत ख़ान को बहुत पसंद थी, उससे पूछा, 'तुमने मैना को क्यों मार दिया?'

गुलगत ख़ान एक लम्हे के लिए बौखला-सा गया, लेकिन सँभलकर उसने जवाब दिया, 'ख़ो बीबी जी, अमने अपने कुत्ते को डाला था।'

उसने पूछा, 'क्या उसने खाई?'

'ख़ो उस ने उसको सूँघा और छोड़ दिया।'

लड़की ने कहा, 'तो उसको मारने से क्या फ़ायदा हुआ...तुमने पहले भी उसको ख़ान साहब की बटेर ज़िबह करके दी थी, क्या उसने खाई थी?'

गुलगत ख़ान ने बड़े फ़ख्र से जवाब दिया, 'खायी थी...उसकी हड्डियाँ भी।'

शाहबाज़ ख़ान पास खड़ा था–उसने जब यह सुना तो बड़े ज़ोर की एक धौल गुलगत ख़ान की गर्दन पर जमाई, 'तुख़्म हराम, तुमने अब माना है...पहले क्यों इनकार किया था?'

गुलगत ख़ान ख़ामोश रहा।

दोनों लड़कियों ने क़हक़हे लगाए।

गुलगत ख़ान को धौल का इतना ख़याल नहीं था, लेकिन लड़कियों के उन क़हक़हों ने उसके दिल को जख़्मी कर दिया।

शाहबाज़ खान को बहुत गुस्सा था–गुलगत ख़ान के धौल जमाकर वह उस पर बरस पड़ा। जितनी गालियाँ उसे याद थीं, उसने अपने नौकर पर सर्फ़ कर दीं, और आख़िर में उससे कहा, 'तुम उस टन-टन या चुन-चुन से इतना प्यार क्यों करता है हरामखोर, वह भी कोई कुत्ता है,' ...उसके कानों में कॉलेज की दोनों लड़कियों के क़हक़हे गूँज रहे थे।

कोठरी के एक कोने में उसका टन-टन लेटा था, कुछ अजीब अन्दाज़ से टाँगें दीवार के साथ लगाए, जो इस कदर टेढ़ी थीं कि और ज़्यादा टेढ़ी हो ही नहीं सकती थीं।

गुलगत खान ने कुछ देर गौर किया। इसके बाद उसने अपना कमानीवाला चाकू निकाला और टन-टन की तरफ बढ़ा–मगर फिर उसे कोई और ख़याल आया।

उसने कमानीवाला चाकू बंद करके अपनी जेब में रखा और कुत्ते को बड़े प्यार से बुलाकर अपने साथ ले गया।

जब गुलगत ख़ान और टन-टन रेलवे लाइन के पास पहुँचे तो गाड़ी आ रही थी। गुलगत खान ने अपने प्यारे कुत्ते को हुक्म दिया कि वह पटरियों के ऐन दरमियान खड़ा हो जाये।

उस हैवान टन-टन ने अपने आका के हुक्म की तामील की।

गाड़ी पूरी रफ़्तार से आ रही थी।

टन-टन पटरियों के ऐन दरमियान खड़ा गुलगत ख़ान की तरफ देख रहा था, ऐसी निगाहों से, जिनसे वफादारी टपक रही थी।

गुलगत खान ने एक नज़र अपनी तरफ देखा-उसने महसूस किया कि उसका कुत्ता उससे कहीं ज्यादा ख़ुश शक्ल है।

गाड़ी क़रीब आयी तो उसने टन-टन को धक्का देकर पटरियों से बाहर गिरा दिया और ख़ुद गाड़ी की चपेट में आ गया-उसका बिलकुल क़ीमा बन गया।

कुत्ते ने गोश्त के उस ढेर को सूँघा और ज़ोर-ज़ोर से बड़ी दर्दनाक आवाज़ में रोने लगा।

❑

हरे सैंडिल

'आपसे अब मेरा निबाह बहुत मुश्किल है मुझे तलाक़ दे दीजिए।'

'लाहौलवला, कैसी बातें मुँह से निकाल रही हो...तुममें सबसे बड़ा ऐब एक यही है कि वक़्तन-फ़-वक़्तन तुम पर ऐसे दौरे पड़ते हैं कि होशो-हवास खो देती हो।'

'आप तो बड़े होशो-हवास के मालिक हैं...चौबीसों घंटे शराब के नशे में धुत रहते हैं।'

'मैं शराब ज़रूर पीता हूँ, लेकिन तुम्हारी तरह बिन पिये मदहोश नहीं रहता... वाही-तबाही नहीं बकता।'

'गोया मैं वाही-तबाही बक रही थी?'

'यह मैंने कब कहा लेकिन तुम ख़ुद सोचो, यह तलाक़ लेना क्यों है?'

'बस, मैं लेना चाहती हूँ...जिस ख़ाविंद को अपनी बीवी का ज़र्रा भर ख़याल न हो, उससे तलाक़ न माँगा जाये तो क्या माँगा जाये?'

'तुम तलाक़ के अलावा और सब चीज़ें मुझसे माँग सकती हो।'

'आप मुझे दे ही क्या सकते हैं?

'यह एक नया इल्ज़ाम तुमने मुझ पर धरा है...तुम्हारी जैसी ख़ुशनसीब औरत और कौन होगी?'

'लानत है ऐसी ख़ुशनसीबी पर।'

'लानत न भेजो...मालूम नहीं, तुम किस बात पर नाराज हो, लेकिन मैं तुम्हें तहे-दिल से यक़ीन दिलाता हूँ कि मुझे तुमसे बेपनाह मुहब्बत है।'

'अच्छा छोड़ो इन जली-कटी बातों को...बताओ बच्चियाँ स्कूल चली गईं?'

'आपको उनमें क्या दिलचस्पी है...स्कूल जायें या जहन्नुम में...मैं तो दुआ करती हूँ, मर जायें।'

'किसी रोज़ तुम्हारी जुबान मुझे जलते चिमटे से बाहर खींचनी पड़ेगी...शर्म नहीं आती कि अपनी औलाद के लिए ऐसी बकवास कर रही हो!'

'मैंने कहा, मेरे साथ ऐसी बदकलामी न कीजिए...शर्म आपको आनी चाहिए कि एक औरत से, जो आपकी बीवी है और जिसका एहतिराम आप पर फर्ज है,

आप बाज़ारी अन्दाज़ में गुफ़्तगू कर रहे हैं...असल में यह सब आपकी बुरी सोसाइटी का क़ुसूर है।'

'और जो तुम्हारे दिमाग़ में ख़लल है, उसकी वजह क्या है?'

'आप, और कौन?'

'क़ुसूरवार हमेशा तुम मुझे ठहराती हो...समझ में नहीं आता, तुम्हें क्या हो गया है।'

'मुझे क्या हुआ है...हुआ है तो सिर्फ़ आप हुए हैं...हर वक़्त मेरे सिर पर सवार रहते हैं...मैं आपसे कह चुकी हूँ, मुझे तलाक़ दे दीजिए।'

'क्या दूसरी शादी करने का इरादा है...मुझसे उकता गई हो।'

'थू है आप पर...मुझे कोई ऐसी-वैसी औरत समझा है?'

'तो फिर तलाक़ लेकर क्या करोगी?'

'जहाँ सींग समाए, चली जाऊँगी...मेहनत-मज़दूरी करूँगी...अपना और अपनी बच्चियों का पेट पालूँगी।'

'तुम मेहनत-मज़दूरी कैसे कर सकोगी...सुबह नौ बजे उठती हो, नाश्ता करके फिर लेट जाती हो, दोपहर के खाने के बाद कम-अज़-कम तीन घंटे सोती हो... ख़ुद को धोखा तो न दो।'

'जी हाँ, मैं तो हर वक़्त सोयी रहती हूँ और आप हैं कि हर वक़्त जागते रहते हैं...अभी कल ही आपके दफ़्तर से एक आदमी आया था; वह कह रहा था कि हमारे अफ़सर साहब को जब देखो, मेज़ पर सिर रखे सोये होते हैं।'

'वह कौन था उल्लू का पट्ठा?'

'आप अपनी जुबान दुरुस्त कीजिए।'

'भई, मुझे ताव आ गया था गुस्से में आदमी का अपनी जुबान पर काबू नहीं रहता।'

'मुझे आप पर इतना गुस्सा आ रहा है, लेकिन मैंने ऐसा कोई गैरमहज़ब लफ़्ज इस्तेमाल नहीं किया...इनसान को हमेशा दायरा-ए-तहज़ीब में रहना चाहिए...मगर यह सब आपकी बुरी सोसाइटी की वजह है, जो आप ऐसे अल्फ़ाज़ अपनी गुफ़्तगू में इस्तेमाल करते हैं।'

'मैं तुमसे पूछता हूँ, मेरी बुरी सोसाइटी कौन-सी है?'

'वह कौन है, जो ख़ुद को कपड़े का बहुत बड़ा व्यापारी कहता है...उसके कपड़े कभी आपने मुलाहिज़ा किये...बड़ी अदना क़िस्म के और वह भी मैले चिकट...यूँ तो वह बी.ए. है, लेकिन उसकी आदतें, उठना-बैठना ऐसा वाहियात है कि घिन आती है।'

'वह मर्दे-मजज़ूब (अनासक्त पुरुष) है।'

'यह क्या बला होती है?'

'तुम नहीं समझोगी...मुझे बेकार वक़्त जाया करना पड़ेगा।'

'जी हाँ, आपका वक़्त बड़ा कीमती है...जरा-सी बात करने पर भी जाया हो जाता है।'

'तुम असल में कहना क्या चाहती हो?'

'मैं कुछ कहना नहीं चाहती...जो कहना था, कह दिया...बस मुझे तलाक़ दे दीजिए, ताकि जान छूटे...इन हर रोज़ के झगड़ों से मेरी ज़िंदगी अजीरन हो गई है।'

'तुम्हारी ज़िंदगी तो मुहब्बत से भरे हुए एक जुम्ले से भी अजीरन हो जाती है...इसका क्या इलाज है?'

'इसका इलाज, सिर्फ़ तलाक़ है।'

'तो बुलाओ किसी मौलवी को...तुम्हारी अगर यही ख़्वाहिश है तो में इनकार नहीं करूँगा।'

'मैं कहाँ से बुलाऊँ मौलवी को?'

'भई, तलाक़ तुम चाहती हो...अगर मुझे लेना होता तो मैं दस मौलवी चुटकियों में पैदा कर लेता...मुझसे तुम्हें इस सिलसिले में किसी मदद की तवक्को नहीं करनी चाहिए...तुम जानो, तुम्हारा काम जाने।'

'आप मेरे लिए इतना काम भी नहीं कर सकते?'

'जी नहीं।'

'आप तो अब तक यही कहते आये हैं कि आपको मुझसे बेपनाह मुहब्बत है।'

'दुरुस्त है...रफ़ाक़त (समीपता) की हद तक...मुफ़ारक़त (दूरी) के लिए नहीं।'

'तो मैं क्या करूँ?'

'जो जी में आये, करो और देखो, मुझे अब ज़्यादा तंग न करो...किसी मौलवी को बुला लो कि वह तलाक़नामा लिख दें...मैं उस पर दस्तख़त कर दूँगा।'

'हक़े-महर का क्या होगा?'

'तलाक़ चूँकि तुम ख़ुद तलब कर रही हो, इसलिए उसके मुताल (माँग) का सवाल ही पैदा नहीं होता।'

'वाह जी वाह!'

'तुम्हारे भाई बैरिस्टर हैं; उनको ख़त लिखकर पूछ लो...जब औरत तलाक चाहे तो वह अपना हक़े-महर तलब नहीं कर सकती।'

'तो ऐसा कीजिए कि आप मुझे तलाक़ दे दें।'

'मैं ऐसी बेवक़ूफ़ी क्यों करने लगा...मुझे तो तुमसे प्यार है।'

'आपके ये चोंचले मुझे पसंद नहीं...प्यार होता तो मुझसे ऐसा सुलूक करते?'

'तुमसे मैंने क्या बदसुलूकी की है?'

'जैसे आप जानते ही नहीं...अभी परसों-तरसों की बात है, आपने मेरी नयी साड़ी से अपने जूते साफ़ किये थे।'

'ख़ुदा की क़सम, नहीं।'

'तो फिर क्या फ़रिश्तों ने किये थे?'

'मैं इतना जानता हूँ कि आपकी तीनों बच्चियाँ अपने जूतों की गर्द आपकी साड़ी से झाड़ रही थीं...मैंने उनको डाँटा भी था।'

'वे ऐसी बदतमीज़ नहीं हैं।'

'काफ़ी बदतमीज़ हैं, इसलिए कि तुम उनको सही तरबियत नहीं देती हो... स्कूल से वापस आयें तो उनसे पूछ लेना कि वे साड़ी का नाजाइज़ इस्तेमाल कर रही थी या कि नहीं।'

'मुझे उनसे कुछ पूछना नहीं है।'

'तुम्हारे दिमाग़ को आज, मालूम नहीं, क्या हो गया है...असल वजह मालूम हो जाये तो मैं कोई नतीजा क़ायम कर सकूँ।'

'आप नतीजे क़ायम करते रहेंगे, लेकिन मैं अपना नतीजा क़ायम कर चुकी हूँ...बस आप मुझे तलाक़ दे दीजिए...जिस ख़ाविंद को अपनी बीवी का जरा भी ख़याल न हो, उसके साथ रहने का क्या फ़ायदा?'

'मैंने हमेशा तुम्हारा ख़याल रखा है।'

'आपको मालूम है, कल ईद है?'

'मालूम है...क्यों...कल ही तो मैं बच्चियों के लिए नये बूट लाया हूँ और उनके फ्रॉको के लिए मैंने आज से आठ रोज़ पहले तुम्हें साठ रुपये दिये थे।'

'ये रुपये देकर आपने बड़ा मेरे बाप-दादा पर एहसान किया।'

'एहसान का सवाल ही पैदा नहीं होता...आख़िर बात क्या है?'

'बात यह है कि साठ रुपये कम थे...तीन बच्चियों के लिए आरकंडी चालीस रुपये में आई; फ्री फ्रॉक के दर्जी ने सात रुपये लिये...बताइए, आपने मुझ पर और बच्चियों पर कौन-सा करम किया।'

'तो एक रुपया तुमने अदा किया।'

'अदा न करती तो फ्रॉक कैसे मिलते।'

'तो वह रुपया मुझसे अभी ले लो...मेरा ख़याल है, सारी नाराजगी इसी बात की थी।'

'मैं कहती हूँ, कल ईद है।'

हाँ-हाँ, मुझे मालूम है...मैं दो मुर्गे मँगवा रहा हूँ...इसके अलावा सिवइयाँ भी.. .तुमने भी कुछ इंतज़ाम किया?'

'मैं ख़ाक इंतज़ाम करूँगी।'

'क्यों?'

'मैं चाहती थी, कल सब्ज़ (हरी) साड़ी पहनूँ...सब्ज़ सैंडिल के लिए ऑर्डर दे आई थी...आपसे कई मर्तबा कहा कि जाइए और चीनियों की दुकान से दरयाफ़्त कीजिए कि वह सैंडिल अभी तक बनी है या नहीं...मगर आपको मुझमें कोई दिलचस्पी हो तो आप वहाँ जाते।'

लाहौलवला...यह झगड़ा सारा सब्ज़ सैंडिल का था...जनाब, आपकी यह सैंडिल मैं परसों ही ले आया था...आपकी अलमारी में पड़ी है...आप तो सारा वक़्त सोयी रहती हैं...आपने अलमारी खोली ही नहीं होगी...'

❏

दीवाली के दीये

छत की मुँडेर पर दीवाली के दीये हाँफते हुए बच्चों की तरह धड़क रहे थे।

मुन्नी दौड़ती हुई आई। अपनी नन्ही-सी घघरी को दोनों हाथों से ऊपर उठाये छत के नीचे गली में मोरी के पास खड़ी हो गई—उसकी रोयी हुई आँखों में मुँडेर पर फैले हुए दीयों ने कई चमकीले नगीने जड़ दिये...उसका नन्हा-सा सीना दीये की लौ की तरह काँपा—मुस्कराकर उसने अपनी मुट्टी खोली, पसीने से भीगा हुआ पैसा देखा और बाज़ार में दीये लेने के लिए दौड़ गयी।

छत की मुँडेर पर शाम की खुन्क हवा में दीवाली के दीये फड़फड़ाते रहे। सुरेन्द्र धड़कते हुए दिल को पहलू में छिपाये चोरों के मानिंद गली मैं दाख़िल हुआ और मुँडेर के नीचे बेक़रारी से टहलने लगा—उसने दीयों की कतार की तरफ़ देखा। उसे हवा में उछलते हुए ये शोले अपनी रगों में दौड़ते हुए खून के रक्सां (नृत्यरत) कतरे मालूम हुए—अचानक सामनेवाली खिड़की खुली...सुरेन्द्र सिर-ता-पा निगाह बन गया। खिड़की के डंडे का सहारा लेकर एक दोशीज़ा (युवती) ने झुककर गली में देखा और फ़ौरन उसका चेहरा तमतमा उठा।

कुछ इशारे हुए। खिड़की चूड़ियों की खनखनाहट के साथ बंद हुई और सुरेन्द्र वहाँ से मधुपुरी (विस्मय) की हालत में चल दिया।

छत की मुँडेर पर दीवाली के दीये दुल्हन की साड़ी में टँके हुए तारों की तरह चमकते रहे।

सरजू कुम्हार लाठी टेकता हुआ आया और दम लेने के लिए ठहर गया। बलराम उसकी छाती में सड़कें कूटने वाले इंजन की मानिंद फिर रहा था—गले की रगें दमे के दौरे के सबब धौंकनी की तरह कभी फूलती थीं कभी सिकुड़ जाती थीं। उसने गर्दन उठाकर जगमग-जगमग करते दीयों की तरफ़ अपनी धुँधली आँखों से देखा और उसे ऐसा मालूम हुआ कि दूर-बहुत दूर...बहुत-से बच्चे कतार बाँधे खेलकूद में मसरूफ़ हैं। सरजू कुम्हार की लाठी मनों भारी हो गयी। बलराम झुककर वह फिर चींटी की चाल चलने लगा।

छत की मुँडेर पर दीवाली के दीये जगमगाते रहे।

फिर एक मज़दूर आया। फटे हुए गिरेबान में उसकी छाती के बादल बर्बाद घोंसले की तीलियों के मानिंद बिखर रहे थे। दीयों की कतार की तरफ उसने सिर उठाकर देखा और उसे ऐसा महसूस हुआ कि आसमान की गंदली पेशानी पर पसीने के मोटे-मोटे कहर चमक रहे हैं। फिर उसे अपने घर के अंधियारे का ख़याल आया और वह उन थिरकते हुए शोलों की रोशनी कनखियों से देखता हुआ आगे बढ़ गया। छत की मुँडेर पर दीवाली के दीये आँखें झपकाते रहे।

नये और चमकीले बूटों की चरचराहट के साथ एक आदमी आया और दीवार के क़रीब सिगरेट सुलगाने के लिए ठहर गया। उसका चेहरा अशरफ़ी पर लगी मुहर के मानिंद जज़्बात से ख़ाली था। कॉलर चढ़ी गर्दन उठाकर उसने दीयों की तरफ़ देखा और उसे ऐसा मालूम हुआ कि बहुत-सी कुठालियों में सोना पिघल रहा है। उसके चरचराते हुए चमकीले जूतों पर नाचते हुए शोलों का अक्स (बिम्ब) पड़ रहा था। वह उनसे खेलता हुआ आगे बढ़ गया।

छत की मुँडेर पर दीवाली के दीये जलते रहे।

जो कुछ उन्होंने देखा, जो कुछ उन्होंने सुना, किसी को न बताया। हवा का एक तेज़ झोंका आया और सब दीये एक-एक करके बुझ गये।

□

तीन मोटी औरतें

एक का नाम मिसेज़ रिचमैन और दूसरी का मिसेज़ सतलफ़ था। एक विधवा थी, तो दूसरी दो शौहरों को तलाक़ दे चुकी थी। तीसरी का नाम मिस हकसैन था। वह अभी ताकतखुदा थी। उन तीनों की उम्र चालीस के लगभग थी और उनकी ज़िंदगी के दिन मजे से कट रहे थे।

मिसेज़ सतलफ़ के ख़द्दो-खाल (शरीर के अंग) मोटापे की वजह से भद्दे पड़ गये थे। उसकी बाँहें, कंधे और कूल्हे भारी मालूम देते थे, लेकिन इस अधेड़ उम्र में भी वह बन-सँवरकर रहती थी। वह नीला लिबास सिर्फ़ इसलिए पहनती थी कि उसकी आँखों की चमक नुमायाँ हो, और बनावटी तरीकों से उसने अपने बालों की ख़ूबसूरती भी क़ायम कर रखी थी—उसे मिसेज़ रिचमैन और मिस हकसैन इसलिए पसंद थीं कि वे दोनों उसकी अपेक्षा मोटी थीं, और चूँकि वह उम्र में भी उन दोनों से काफ़ी छोटी थी, वे उसका अपनी बच्ची की तरह ख़याल रखतीं—यह कोई नापसंद बात न थी। वे दोनों ख़ुश-तबियत थीं और अकसर मज़ाक में उसके होनेवाले मंगेतर का ज़िक्र छेड़ देतीं—वे दोनों ख़ुद तो इस डरी-मुहब्बत की उलझन से कोसों दूर थीं, लेकिन इस मामले में उन्हें मिसेज़ सतलफ़ से पूरी हमदर्दी थी—उन्हें यक़ीन था कि वह कुछ दिनों में ही कोई नया गुल खिलाने वाली है।

वे मिसेज़ सतलफ़ के लिए किसी अच्छे वर की तलाश में थीं। कोई पेंशन-याफ़्ता एडमिरल, जो गल भी खेलना जानता हो या कोई ऐसा रंडवा, जो घर-बार के जंजाल से आज़ाद हो—बहरहाल यह ज़रूरी था कि उसकी आमदनी माकूल हो।

मिसेज़ सतलफ़ उनकी बातें बड़े गौर से सुनती और दिल-ही-दिल में हँस देती—इसमें कोई शक नहीं कि वह एक बार फिर शादी करना चाहती थी, लेकिन शौहर के चयन में उसकी सोच बिलकुल अलग थी। उसे किसी स्याह रंग और छरहरे बदन के इतालवी की चाहत थी, जिसकी आँखें हद-दर्जा चमकीली हों या कोई स्पेनिश जो आला खानदान से ताल्लुक़ रखता हो और उसकी उम्र किसी सूरत में तीस बरस से एक दिन भी ज्यादा न हो।

यह सच है कि तीनों एक-दूसरे पर जान देती थीं—उनकी आपस में मुहब्बत की वजह सिर्फ़ मोटापा था, और लगातार इकट्ठे ब्रिज खेलने से उनकी दोस्ती और गहरी हो गई थी।

उनकी पहली मुलाकात करलबसाद में हुई, जहाँ वे एक ही होटल में ठहरती थीं और एक ही डॉक्टर से इलाज करा रही थीं।

मिसेज़ रिचमैन ख़ुशशक्ल भी थी—उसकी नशीली आँखें, खुरदरे गाल और रंगीन होंठ बहुत ही दिलफ़रेब और दिलकश थे—उसे हर वक़्त खाने-पीने की फ़िक्र रहती। मक्खन, बालाई, आलू और चर्बी मिली पुडिंग उसका मनभाता खाना था। वह साल में ग्यारह महीने तो जी भर के खाती, फिर इलाज के ज़रिये दुबली होने के लिए एक महीना करलबसाद चली जाती-वह दिन-ब-दिन फूलती जा रही थी। उसका मानना था कि अगर उसे मनमर्जी की खुराक खाने को न मिले तो ज़िंदगी बेकार है। मगर उसके डॉक्टर को इस बात से इत्तिफ़ाक़ न था। उसका ख़याल था कि डॉक्टर कुछ ऐसा क़ाबिल नहीं, वर्ना क्या मज़ाल थी कि वह दुबली न हो सके।

मिसेज़ रिचमैन ने मिस हकसैन से इस बात का ज़िक्र किया तो वह बस एक क़हक़हा लगाकर ख़ामोश हो गयी।

मिस हकसैन की आवाज़ बहुत गहरी थी और चेहरा चपटा-सा था। उसकी दोनों आँखों में बिल्ली की आँखों जैसी चमक थी। उसे मर्दाना पोशाक ज़्यादा पसंद थी।

सच तो यह है कि सिर्फ़ मिस हकसैन की ख़ुशमिज़ाजी की वजह से तीनों सहेलियाँ एक-दूसरे से बहुत क़रीब हो गयी थीं—वे तीनों एक ही वक़्त पर खातीं, इकट्ठी सैर को जातीं और टेनिस खेलने के वक़्त भी एक-दूसरे से कभी जुदा न होतीं। इसमें कोई शक नहीं कि जब वे अपना वजन करतीं तो अपने मोटापे में कोई फ़र्क़ न पाकर उदास-सी हो जातीं।

मिस हकसैन को यह बात बहुत ही नागवार गुज़री कि मिसेज़ रिचमैन मेडिकल इलाज से अपना वजन बीस पाउंड घटाकर, बदपरहेज़ी की वजह से कुछ ही दिनों में फिर उसी तरह मोटी हो जाये—उसके कहने पर तीनों करलबसाद छोड़कर चंद हफ़्तों के लिए कहीं और चली गयीं।

मिसेज़ रिचमैन कमज़ोर तबियत थी। उसे एक ऐसे इनसान की ज़रूरत थी, जो उसे बदएतिदाली (अनियमितता) से बचा सके। उसे यक़ीन था कि अब उसे वर्जिश करने का खूब मौका मिलेगा, और चर्बी मिली चीज़ें खाने से भी निजात मिल जायेगी—और कोई वजह नहीं कि उसका वजन दोनों से कम हो जाये।

मिसेज़ सतलफ़ अपने दिल में अनोखे इरादे बाँध रही थी। उसे यक़ीन था कि वहाँ कुछ ही दिनों में उसका रंग निखर जायेगा, और वह अपने लिए कोई बाँका छैला इतालवी, फ्रांसीसी या अंग्रेज़ तलाश कर लेगी।

तीनों हफ़्ते में सिर्फ़ दो दिन उबले हुए अंडे और टमाटर खातीं और हर सुबह उठकर अपना वजन करतीं।

मिसेज़ सतलफ़ का वजन अब सिर्फ़ एक सौ चव्वन पाउंड रह गया और वह तो गोया अपने आपको एक जवाँसाल लड़की समझने लगी–मिस हकसैन और मिसेज़ रिचमैन के मोटापे में भी काफ़ी फ़र्क़ पड़ गया।

वे तीनों मुत्मइन (संतुष्ट) नज़र आती थीं, लेकिन ब्रिज खेलने के लिए एक चौथे खिलाड़ी की ज़रूरत ने उन्हें एक हद तक परेशान-सा कर दिया था।

वे सुबह-सवेरे को ढीले-ढाले पाजामे पहने, चबूतरे पर बैठी, दूध और चीनी मिलाए बग़ैर चाय पी रही थीं और साथ-साथ डॉक्टर हडबर्ट के तैयार किये हुए बिस्कुट भी खा रही थीं, जिनके मुताल्लिक़ यह गारंटी दी गई थी कि वे चर्बी से बिलकुल पाक हैं–नाश्ते के वक़्त मिस हकसैन ने इत्तिफ़ाक़न लीना का ज़िक्र किया।

'वह कौन है?' मिसेज़ सतलफ़ ने पूछा।

'वह मेरे उस चचेरे भाई की बीवी है, जिसका हाल ही में इंतिकाल हुआ है. ..वह पिछले दिनों नर्वस ब्रेकडाउन का शिकार रही...क्यों न उसे दो चार हफ़्तों के लिए यहाँ बुला लें।'

'क्या वह ब्रिज खेलना जानती है?'

'क्यों नहीं...उसके यहाँ आ जाने से किसी दूसरे की ज़रूरत भी न रहेगी।'

बात तय हो गई–लीना को बुलाने के लिए तार भेजा गया और वह तीसरे दिन आ पहुँची।

मिस हकसैन उसे स्टेशन पर लेने गईं। शौहर की मौत की वजह से लीना के चेहरे पर गम के आसार नुमायाँ थे–मिस हकसैन ने उसे दो साल से नहीं देखा था, इसलिए उसने बड़ी गर्मजोशी से लीना का मुँह चूम लिया।

'तुम बहुत दुबली हो,' मिस हकसैन ने कहा।

लीना मुस्कुरा दी, 'पिछले दिनों मेरी तबियत ख़राब रही, और अब तो वजन भी बहुत कम हो गया है।'

मिस हकसैन ने एक सर्द आह भरी, लेकिन यह ज़ाहिर न हो सका कि उसकी वजह अभिमान था या लीना से हमदर्दी।

वह उसे एक सुंदर होटल में ले गयी, जहाँ दोनों सहेलियों से उसका परिचय कराया गया–लीना की बकसी देखकर मिसेज़ रिचमैन का दिल भर आया, और लीना के चेहरे की ज़र्दी ने मिसेज़ सतलफ़ को भी बहुत मुतास्सिर किया।

होटल में थोड़ी देर तफ़रीह के बाद वे लंच के लिए चल दीं।

'मुझे कुछ रोटी चाहिए,' लीना के ये अल्फ़ाज़ तीनों सहेलियों के कानों पर बहुत अजीब से गुज़रे–वे तो कब से रोटी छोड़ चुकी थीं, और तो और मिसेज़ रिचमैन-जैसी लालची औरत भी रोटी से परहेज़ करती थी।

मिस हकसैन ने ख़ानसामाँ से कहा किए वह फ़ौरन लीना के हुक्म की तामील करे।

'थोड़ा मक्खन भी।'

किसी अदृश्य ताकत ने एक लम्हे के लिए उन सबके होंठ सी दिये।

'मक्खन शायद नहीं...अभी खानसामों से पूछती हूँ,' मिस हकसैन ने कुछ ठहरकर जवाब दिया।

'मुझे मक्खन-रोटी बहुत पसन्द है,' लीना ने मिसेज़ रिचमैन से मुख़ातिब होकर कहा और खानसामाँ से मक्खन लेकर बड़े इत्मीनान से रोटी पर लगाया।

मिस हकसैन बोली, 'हम यहाँ बहुत सादा ग़िज़ा खाते हैं...उम्मीद है तुम्हें कोई एतिराज न होगा।'

'नहीं तो...मैं भी सादे ग़िज़ा की आदी हूँ...' लीना ने रोटी के टुकड़े पर मक्खन लगाते हुए कहा, 'मुझे जब तक मक्खन, रोटी, आलू और बालाई (मलाई) मिलती रहे, मैं बहुत मुत्मइन रहती हूँ।'

'अफ़सोस कि यहाँ कहीं बालाई नहीं मिलती,' मिसेज़ रिचमैन ने कहा।

'ओह!' लीना बोली।

फिर लंच पर बग़ैर चर्बी के कबाब चुने गये। इसके अलावा पालक था और ताज़ा नाशपातियाँ।

नाशपाती खाते ही लीना ने उत्सुकता भरी नज़रों से खानसामाँ की तरफ़ देखा और इशारा पाते ही खानसामाँ चीनी लेकर हाज़िर हो गया–लीना ने अपने कहवे की प्याली में तीन चम्मच चीनी डाल दी।

'तुम्हें चीनी बहुत पसंद है?' मिसेज़ सतलफ़ ने पूछा।

'हाँ,' लीना ने जवाब दिया।

'हमें तो सैक्रीन ज़्यादा प्रिय है,' मिस हकसैन ने एक टिकिया अपनी प्याली में डालते हुए कहा।

'यह तो एक स्वादहीन चीज़ है,' लीना बोली।

मिसेज़ रिचमैन मुँह बनाकर और ललचाई हुई नज़रों से चीनी की तरफ़ देखने लगी–मिस हकसैन ने उसे ज़ोर से पुकारा तो एक सर्द आह भरकर उसने भी मजबूरन सैक्रीन की टिकिया उठा ली।

लंच से फ़ारिग़ होने के बाद वे ब्रिज खेलने बैठ गयीं–लीना ख़ूब खेली। सबने खेल का ख़ूब लुत्फ़ उठाया।

मिसेज़ सतलफ़ और मिसेज़ रिचमैन के दिल में मेहमान के लिए गहरी हमदर्दी का जज़्बा पैदा हो गया–मिस हकसैन के दिल की मुराद भी पूरी हो गयी और वह यही तो चाहती थी कि लीना उनके साथ दो-चार हफ़्ते ख़ुशी से बसर कर सके।

चंद पलों के बाद मिस हकसैन और मिसेज़ रिचमैन गोल्फ़ खेलने चली गयीं और मिसेज़ सतलफ़ एक जवाँ साल ख़ुशशक्ल प्रिंस रोकामीर के साथ सैर को निकल गईं–लीना कुछ देर सुस्ताने के ख़याल से लेट गयी।

डिनर से थोड़ा वक़्त पहले सब लौट आईं–यह उनका रोज़ का मामूल (नियम) था।

'लीना प्यारी, कहो वक़्त कैसे गुज़रा...' एक दिन मिस हकसैन ने कहा, गोल्फ़ खेलते वक़्त ध्यान तुम्हारी ही तरफ़ था।'

'ओह, पहले तो मैं बड़े मज़े से बिस्तर पर ही पड़ी रही, फिर मैंने बाहर जाकर कॉकटेल पी...और सुनो, एक छोटा-सा क़हवाख़ाना मेरी नज़र में पड़ा, जहाँ बड़ी अच्छी बालाई मिलती है...मैंने रोज़ाना मकान पर बालाई मँगवाने का इंतज़ाम कर लिया है,' लीना की आँखें चमक रही थीं और उसे यकीन था कि वे तीनों उसकी बात को सराहेंगी।

'तुम कितनी अच्छी हो लीना...' मिस हकसैन ने कहा, 'लेकिन अफ़सोस कि हमें बालाई पसंद नहीं...ऐसी आबोहवा में यह हमें रास नहीं आ सकती।'

'न सही पर मैं जो सलामत हूँ,' लीना ने मुस्कराते हुए कहा।

'तुम्हें क्या अपनी शक्लोसूरत की कोई परवाह नहीं,' मिसेज़ सतलफ़ ने मुँह बनाकर कहा।

'मुझे तो डॉक्टर ने बालाई खाने को कहा है।'

'क्या उसने मक्खन, रोटी, आलू और बालाई चारों ही चीज़ें तज्वीज़ की हैं?'

'बेशक, सादा ग़िज़ा से मैं यही मुराद लेती हूँ।'

'तुम यक़ीनन बहुत मोटी हो जाओगी।'

लीना खिल खिलाकर हँस दी।

रात को लीना के सो जाने पर देर तक तीनों नुक्ताचीनी करती रहीं–उस शाम उनकी तबियत कितनी शिगुफ़्ता (प्रफुल्लित) थी, और अब मिसेज़ रिचमैन बेज़ार-सी नज़र आने लगीं। मिसेज़ सतलफ़ अलग जली बैठी थीं और मिस हकसैन का मिज़ाज भी बिगड़ चुका था।

'मैं यह कतई बर्दाश्त नहीं कर सकती कि वह मेरा मनभाता खाना मेरी आँखों के सामने बैठकर उड़ाये,' मिसेज़ रिचमैन ने ज़रा तल्ख़ी से कहा।

'यह तो कोई भी बर्दाश्त नहीं कर सकता,' मिस हकसैन ने जवाब दिया।

'आख़िर तुमने उसे यहाँ बुलाया ही क्यों?'

'मुझे इस बात की क्या ख़बर थी।'

'अगर उसके दिल में अपने मरहूम शौहर का ज़रा भी ख़याल होता तो वह कभी पेट भरकर न खाती...उसकी मौत हुए अभी दो ही महीने तो गुज़रे हैं।'

'सुना, वह क्या कह रही थी...कि उसे डॉक्टर ने मक्खन, रोटी, आलू और बालाई खाने को कहा है।'

'उसे तो फिर किसी सेनेटोरियम का रुख़ करना चाहिए।'

'वह मेहमान है तो तुम्हारी...हमारा तो उससे कोई रिश्ता नहीं...मैं तो लगातार दो हफ़्ते तक उस पेटू का तमाशा देखती रही हूँ।'

'सिर्फ़ खाने-पीने को ज़िंदगी का मक़सद समझ लेना बड़ी बेहूदगी है।'

'तुम क्या लीना की आड़ लेकर मुझे बेहूदा पुकार रही हो?' मिस हकसैन ने पूछा।

'लीना तो हमारे बावर्चीखाने में घुसकर खाती-पीती ही है, तुम ख़ुद भी तो यही कुछ करती हो...' मिसेज़ सतलफ़ ने ज़रा तीखी आवाज़ में कहा, 'और मैं यह कभी बर्दाश्त नहीं कर सकती।'

इन अल्फ़ाज ने मिस हकसैन के तन-बदन में एक आग-सी लगा दी—वह उछलकर खड़ी हो गयी, 'मिसेज़ सतलफ़, अपनी ज़ुबान सँभालो...तुम क्या मुझे इतना ही कमीना ख़याल करती हो।'

'तो आख़िर तुम्हारा वजन क्यों कम नहीं होता?'

'बिलकुल ग़लत...मेरा तो कई पौंड वजन कम हो गया है,' यह कहकर मिस हकसैन बच्चों की तरह फूट-फूटकर रोने लगी, और आँसू उसकी आँखों से टपक-टपककर छाती पर गिरने लगे।

'आपस में बदगुमानी से फ़ायदा?' मिसेज़ रिचमैन ने हौले-से कहा।

मिसेज़ सतलफ़ ने मिस हकसैन की तरफ़ मुहब्बत भरी नज़रों से देखा, 'प्यारी, तुम मेरा मतलब नहीं समझीं,' यह कहकर वह घुटनों के बल झुकी और उसने मिस हकसैन के जिस्म को अपने आग़ोश में लेने की कोशिश की। उसका दिल भर आया और उसकी आँखों से भी आँसुओं की झड़ी जारी हो गयी।

'तो क्या मैं दुबली दिखाई नहीं देती?' मिस हकसैन ने हिचकी लेते हुए कहा।

'हाँ बेशक...' मिसेज़ सतलफ़ ने भर्राई हुई आवाज़ में जवाब दिया।

मिसेज़ रिचमैन भी, जो फ़ितरतन निहायत कमज़ोर तबियत थीं, अब रोने लगीं—यह मंज़र बहुत रिक़्क़तख़ेज़ (भावविभोरपूर्ण) था—मिस हकसैन। ऐसी औरत को आँसू बहाते देखकर संगदिल इंसाँ भी मोम हो जाता—आख़िरकार उन्होंने अपने आँसू पोंछे और हर एक ने ब्रांडी और पानी के चंद घूँट पिये।

वे अब इस बात पर अड़ी थीं कि लीना, डॉक्टर की हिदायत के मुताबिक, अपनी मनमर्ज़ी, का ग़िज़ा खाये। आख़िर वह उनकी मेहमान ठहरी। उनका फ़र्ज़ था कि हर तरह से उसका कलेजा ठंडा करें—उन्होंने एक-दूसरे का गर्मजोशी से मुँह चूमा और अपनी-अपनी ख़्वाबगाहों में चली गयीं।

यह सच है कि इनसानी फ़ितरत बहुत कमज़ोर है और उस पर किसी का कोई अख़्तियार नहीं—रिश्ता के मामले में अब हर एक अपनी मर्ज़ी की आप मालिक थी—उन्होंने मछली के कबाब शुरू किए तो लीना की सिवइयाँ, मक्खन और पनीर पर बसर होने लगी। वह हफ़्ते में दो बार उबले हुए अंडे और कच्चे टमाटर खातीं, और लीना मटर के दाने बालाई (मलाई) में मिलाकर खातीं—लीना को अब टमाटर

मुख़्तलिफ़ मसालों में पकाकर खाने का शौक़ चर्राया था, और खानसामाँ तो शौक़ीन था ही। वह हर बार एक बेहतरीन चीज़ तैयार करके मेज़ पर चुन देता।

लीना ने एक मौके पर यह भी कहा कि डॉक्टर ने उसे लंच पर बरगंडी की अर्गवानी शराब और डिनर पर शेंपियन इस्तेमाल करने को कहा है–इन अल्फ़ाज़ ने तीनों सहेलियों को दम-ब-ख़ुद (विस्मित) कर दिया। वे अभी भी हँस-खेल रही थीं, लेकिन यकायक उनकी कैफ़ियत बदल गयी। मिसेज़ रिचमैन का तो गोया रंग ज़र्द पड़ गया। मिसेज़ सतलफ़ की नीली आँखों में एक ख़ौफ़नाक-सी चमक पैदा हो गयी। और मिस हकसैन की आवाज़ भर्रा गयी।

वे जो ब्रिज खेलते वक्त बड़े नर्म लहज़े में एक-दूसरे से बात किया करती थीं, अब बात-बात पर बिगड़ने लगीं–लीना ने उन्हें बहुतेरा समझाया-बुझाया कि खेल के वक़्त आपस में तकरार मुनासिब नहीं, लेकिन बेसूद–लीना हमेशा ख़ुश रहती कि खेल में शुरू ही से उसका पल्ला भारी रहता। कुछ ही दिनों में उसने एक बड़ी रकम जीत ली थी।

तीनों मोटी सहेलियों को अब एक-दूसरे से नफ़रत होने लगी। वे अपने मेहमान से भी उकता चुकी थीं। वे एक-दूसरी के ख़िलाफ़ एक-दूसरी के कान भरतीं–जब लीना के रुख़्सत का वक़्त आया तो वे बेशक एक-दूसरी से बहुत दूर जा चुकी थीं। लीना के सामने वे एक-दूसरी से जाहिरा मिलती रही थीं, लेकिन फिर यह बात भी न रही थी–वे एक-दूसरी से बहुत मायूस हो चुकी थीं।

मिस हकसैन जब लीना को रुख़्सत करने स्टेशन पर गई तो गाड़ी पर सवार होते वक़्त लीना ने कहा, 'मेरे पास अल्फ़ाज़ नहीं हैं कि तुम्हारी मेहमाननवाज़ी का शुक्रिया अदा कर सकूँ।'

'तुम्हारी सोहबत बहुत पुरलुत्फ़ रही,' मिस हकसैन ने जवाब दिया।

जब गाड़ी रवाना हुई तो मिस हकसैन ने इस ज़ोर से आह भरी कि प्लेटफॉर्म उसके नीचे काँप-काँप गया–वह 'उफ़' का शोर बुलंद करती घर लौटी।

उसने गुस्ल का लिबास पहना और होटल की तरफ़ जा निकली–उसकी आँखों के सामने मिसेज़ रिचमैन नया पायजामा और गले में मोतियों की माला पहने, बनाव-शृंगार किए बैठी थी।

वह उसकी तरफ़ बढ़ी, 'क्या कर रही हो?'

मिसेज़ रिचमैन को मिस हकसैन के अल्फ़ाज़ दूर पहाड़ों में बादल की ग़रज़ की तरह सुनाई दिए–उसने कहा, 'कुछ खा रही हूँ,' उसके सामने मक्खन, सेब का मुरब्बा, क़हवा और बालाई वगैरा चुने हुए थे। वह गर्म रोटी पर मक्खन की मोटी तह जमाकर उस पर बालाई रख रही थी।

'तुम खाने के लालच में अपनी जान दे दोगी।'

'कोई परवाह नहीं,' मिसेज़ रिचमैन ने एक बड़ा लुक़्मा चबाते हुए कहा।

'तुम और भी मोटी हो जाओगी।'

'बस ख़ामोश...उस नाबकार (कमबख़्त) को ख़ुदा समझे, जिसे मैं लगातार हफ़्तों हलक में रंगारंग निवाले हँसते देखती रही हूँ...एक इनसान तो इतना हज्म नहीं कर सकता।'

मिस हकसैन की आँखों में आँसू आ गये। वह बिलकुल बेजान-सी हो गई। उसे इस वक़्त शायद एक मजबूत मर्द की ज़रूरत थी, जो उसे अपने घुटनों पर लिटाकर पुचकारे। वह ख़ामोशी से पास ही कुर्सी पर बैठ गयी।

ख़ादिम हाज़िर हुआ तो उसने क़हवे की ट्रे की तरफ़ इशारा करके उसे सब कुछ लाने को कहा–जब वह हाथ बढ़ाकर क्रीम रोल उठाने लगी तो मिसेज़ रिचमैन ने प्लेट एक तरफ़ खिसका दी–मिस हकसैन जल-भुन गई और उसने मिसेज़ रिचमैन को एक ऐसे नाम से मुख़ातिब किया, जो ख़ासतौर पर औरतों के शायाने-शान न था। इतने में ख़ादिम उसके लिए मक्खन, मुरब्बा और क़हवा लेकर आ गया।

'नाबकार, बालाई लाना भूल गया,' वह शेरनी की तरह बिफरकर बोली।

उसने खाना शुरू किया और हलक में मक्खन और मुरब्बा ठूँसने लगी।

होटल में अब रंगारंग इनसानों की चहल-पहल नज़र आने लगी थी–मिसेज़ सतलफ़ भी प्रिंस रोकमीर के साथ चहलक़दमी करती उधर आ निकली। वह अपने गिर्द एक रेशमी लबादा मजबूती से लपेटे हुए थी, ताकि इस तरह वह कुछ दुबली दिखाई दे। उसने अपनी ठोड़ी का नुक़्स छिपाने के लिए सिर को ऊपर उठाया हुआ था। वह बहुत मसरूर (प्रफुल्लित) थी–एक युवती की तरह प्रिंस उससे इजाज़त लेकर पाँच मिनट के लिए मर्दाना टॉयलेट में अपने बाल सँवारने चला गया। वह

भी अपने होंठों को लिपस्टिक से चमकाने के लिए जनाना टॉयलेट की तरफ़ बढ़ी। एकाएक उसकी नज़र अपनी दोनों सहेलियों पर पड़ी।

वह रुक गयी, 'तुम पेटू, हैवान...'

वह कुर्सी पर बैठ गई और उसने ख़ादिम को पुकारा–उसके ज़ेहन से अब प्रिंस का ख़याल भी उतर चुका था।

आँख झपकते में ख़ादिम हाज़िर हो गया।

उसने कहा, 'मेरे खाने को भी यही चीज़ें लाओ।'

मिस हकसैन बोली, 'और मेरे लिए सिवइयाँ!'

'मिस हकसैन!' मिसेज़ रिचमैन पुकार उठी।

'बस ख़ामोश...'

'तो मैं भी सिवइयाँ खाऊँगी।'

क़हवा लाया गया और क्रीमरोल और बालाई भी, मुरब्बा भी, सिवइयाँ भी–वह गर्म रोटी पर मलाई की तह जमाकर खाने लगी। मुरब्बे के बड़े चम्मच हलक में ठूँसने लगी–वह गोया एक ख़ास एहतिमाम से खा रही थी–ऐसे मौके पर मिसेज़ सतलफ़ के लिए प्रिंस रोकमीर से लगाव एक बेमानी बात थी।

'मैंने सालों से आलू नहीं खाए,' मिस हकसैन ने धीमी आवाज़ में कहा।

मिसेज़ रिचमैन ने फ़ौरन ख़ादिम को तीनों के लिए भुने हुए आलू लाने को कहा।

चंद ही लम्हों के बाद भुने हुए आलू उनके सामने थे–वे बड़े चटखारे लेकर खाने लगीं।

तीनों सहेलियों ने एक-दूसरी की तरफ़ देखा और सर्द आहें भरने लगीं–उनके दरमियान ग़लतफ़हमी अपने-आप दूर हो गयी। अब उनके दिलों में इंतिहाई मुहब्बत का जज़्बा मौज़जन था–उन्हें यक़ीन न आया कि आज से पहले वे एक-दूसरी से ताल्लुक़ ख़त्म करने पर आमादा हो चुकी थीं–आलू अब ख़त्म हो चुके थे।

'होटल में चॉकलेट तो ज़रूर होंगे?' मिसेज़ रिचमैन ने कहा।

'क्यों नहीं।'

थोड़ी देर बाद मिस हकसैन अपना मुँह खोले हलक में चॉकलेट ठूँस रही थी—मिसेज़ रिचमैन चॉकलेट मुँह में डालने से पहले, दोनों सहेलियों की तरफ़ नज़रें उठाए, नाबकार लीना को कोसने लगी, 'तुम चाहे जो कहो, लेकिन हक़ीक़त यह है कि वह ब्रिज खेलना नहीं जानती।'

'बेशक,' मिसेज़ सतलफ़ ने सहमत होते हुए कहा।

मिसेज़ हकसैन का ज़ेहन इस वक़्त किसी लज़ीज़ केक की फ़िक्र में था।

हुस्न की तख़्लीक़*

कॉलेज में शाहिदा हसीन-तरीन लड़की थी। उसको अपने हुस्न का अहसास था। इसीलिए वह किसी से सीधे मुँह बात न करती और ख़ुद को मुग़लिया ख़ानदान की कोई शहज़ादी समझती। उसके नैन-नक़्श वाक़ई मुग़लयी थे। ऐसा लगता था कि नूरजहाँ की तस्वीर जो उस ज़माने के मुसव्विरों (चित्रकारों) ने बनाई थी उसमें जान पड़ गई है।

कॉलेज के लड़के उसे 'शहज़ादी' कहते थे। लेकिन उसके सामने नहीं, पर उसको मालूम हो गया था कि उसे यह नाम दिया गया है। वह और भी मसरूर हो गई।

कॉलेज में मख़लूत तालीम (सहशिक्षा) थी। लड़के ज़्यादा थे और लड़कियाँ कम। आपस में मिलते-जुलते, लेकिन बड़े तकल्लुफ़ के साथ। शाहिदा अलग.-थलग रहती। इसलिए कि उसको अपने हुस्न पर बड़ा नाज़ था। वह अपनी साथ की लड़कियों से भी बहुत कम गुफ़्तगू करती थी। क्लास में आती तो एक कोने में बैठ जाती और बुत-सी बनी रहती। बड़ा हसीन बुत...उसकी बड़ी-बड़ी स्याह आँखें जिनपर घनी पलकों की छवि रहती थी, साकित-ओ-सामित (जड़ व स्थिर) रहतीं। लड़के उसे देखते और जी-ही-जी में बहुत कुढ़ते कि यह हुस्न ख़ामोश क्यों है। इस कदर सुस्त किसलिए है, इसे तो मुतहर्रिक (सक्रिय) होना चाहिए।

उसका रंग गोरा था...बहुत गोरा जिसमें थोड़ी-सी ग़लत रूई भी घुली हुई थी। अगर यह न होती तो शक्कर की बनी हुई पुतली थी, जो दीवाली के त्योहार पर बिका करती है।

उसमें मिठास थी, लेकिन वह ज़ाहिर यह करना चाहती थी कि बड़ी कड़वी-कसैली है...कॉलेज में उसका रवैया ही कुछ इस क़िस्म का था कि हर वक़्त नीम की बनाली बनी रहती थी।

एक दिन उसके एक क्लास के लड़के ने जुरत से काम लेकर उससे कहा, 'हुज़ूर...ख़ाकसारी में अपनी जगह देकर कभी किसी को सरफ़राज़ तो करें।'

उसने कोई जवाब न दिया। दूसरे दिन उस स्टूडेंट को प्रिंसिपल ने बुलाया और निकाल बाहर किया।

---

* रचना

इस हादसे के बाद तमाम लड़के मोहतात (सतर्क) हो गये। उन्होंने शाहिदा को देखना ही छोड़ दिया कि कहीं उनका वही हश्र न हो, जो उस छात्र का हुआ।

शाहिदा अब बी.ए. में थी। ख़ूबसूरत होने के अलावा काफ़ी ज़हीन थी। उसके प्रोफ़ेसर उसकी ज़हानत और ख़ूबसूरती से बड़े मरऊब थे। प्रिंसिपल की चहेती थी। इसलिए कि वह उसकी बड़ी बहिन के बड़े लड़के की बेटी थी।

कॉलेज में बातें होती ही रहती हैं। शाहिदा के बारे में क़रीब-क़रीब हर रोज़ तालिबे इल्मों (छात्रों) में बातें होती थीं। वह उसके लिए कोई बुरी राय क़ायम नहीं कर पाते थे। इसलिए कि उसका कैरेक्टर बड़ा मजबूत था।

टुक शाप में बातें होतीं और शाहिदा का हुस्न बहस का मुद्दा होता। सब सोचते कि यह हसीन क़िला कौन सिर करेगा।

शाहिदा को जैसा कि सबको मालूम था, सिर्फ़ ख़ूबसूरत चीज़ें पसंद थीं। वह किसी बदसूरत चीज़ को बर्दाश्त नहीं कर सकती थी।

एक दिन क्लास में एक लड़के की नाक बह रही थी। शाहिदा ने जब उसकी तरफ़ देखा तो फ़ौरन उठकर चली गयी।

वह बड़ी नफ़ासतपसंद थी। उसको वह हर चीज़ खलती थी जो बदनुमा हो।

कॉलेज में एक लड़की जमीला थी...बड़ी बदसूरत, मगर शाहिदा के मुकाबले में कहीं ज़्यादा ज़हीन। उसको वह नफ़रत की निगाहों से देखती थी वैसे वह उसकी जहानत की क़ायल थी और कोई रश्क महसूस नहीं करती थी।

कॉलेज के सब लड़के सोचते थे कि शाहिदा अगर हसीन न होती तो कितना अच्छा होता...वे उससे बातचीत तो कर सकते। मगर वह अपने हुस्न के गुरूर में सरशार रहती और किसी को मुँह ही नहीं लगाती थी।

एक दिन कॉलेज में हंगामा-सा बरपा हो गया...एक लड़का जिसके वालिद का ट्रांसफर हो गया था, उस कॉलेज में दाख़िला लेने के लिए आया। लड़कों और लड़कियों ने उसे देखा और शशदर (स्तब्ध) रह गये। वह शाहिदा से ज़्यादा ख़ूबसूरत था। उसका नाम शाहिद था...उसको दाख़िला मिल गया।

जिस क्लास में शाहिदा थी, उसी में शाहिद भी था...इत्तिफ़ाक़ की बात है कि जब शाहिद पहले रोज़ क्लासरूम में आया तो शाहिदा मौजूद नहीं थीं। उसको जुकाम हो गया था और इसके बायस उसने दो रोज़ के लिए छुट्टी ले ली थी।

दो दिन के बाद जब शाहिद कॉलेज के बाग़ में टहल रहा था तो उसने देखा कि एक ख़ूबसूरत मगर बेजान-सी मूरत आ रही है। उसने अपनी किताबें बैंच पर रखीं और आगे बढ़ा।

शाहिदा ने उसे देखा। वह उसकी ख़ूबसूरती से मुतास्सिर हुई और थोड़ी देर के लिए उसके क़दम रुक गये। ज़मीन गीली थी, कीचड़-सी हो रही थी। शाहिद जब उसकी तरफ़ बढ़ा तो वह घबरा-सी गई। उसी घबराहट में उसका पाँव फिसला और वह औंधे मुँह ज़मीन पर गिर पड़ी।

शाहिद ने लपककर उसे उठाया...शाहिदा के टखने में मोच आ गई थी मगर उसने मुस्कराकर कहा, 'शुक्रिया...आप कौन हैं?'

शाहिद ने जवाब दिया, 'एक ख़ादिम।'

'आप ख़ादिम तो दिखाई नहीं देते।'

'क्या दिखाई देता हूँ...बाज़ औक़ात सही शक्लें ग़लत दिखाई दिया करती हैं।'

शाहिदा को यह बात पसंद आई। उसके टखने में बहुत दर्द हो रहा था मगर वह उसे चंद लम्हों के लिए भूल गई। 'आपका नाम?'

'शाहिद!'

शाहिदा ने सोचा कि शायद वह उसका नाम सुन चुका है और शरारत के तौर पर शाहिद बन रहा है। 'आप ग़लत कह रहे हैं।'

'आप कॉलेज के रजिस्टर से इसकी तसदीक़ कर सकती हैं।'

'आप इस कॉलेज में पढ़ते हैं?'

'जी हाँ...आप यहाँ कैसे चली आईं?'

'वाह...मैं भी तो यहीं पढ़ती हूँ।'

'किस क्लास में?'

'बी.ए. में।'

'मैं भी तो बी.ए. में हूँ।'

'झूठ...आप तो माली मालूम होते हैं।'

'इस शक्ल के आदमी वाक़ई माली मालूम होते हैं।...लेकिन अफ़सोस है कि अभी तक कोई फूल नहीं तोड़ा।'

'फूल क्या तोड़ने के लिए होते हैं...उन्हें तो सिर्फ़ सूँघना चाहिए।'

शाहिद एक लहज़े के लिए ख़ामोश हो गया। फिर उसने सँभलकर कहा, 'मैं आपको सूँघ रहा हूँ।'

शाहिदा भन्ना गई, 'आप बड़े बदतमीज़ हैं।'

शाहिद ने बैंच पर से किताबें उठाते हुए मुस्कराकर कहा, 'मैंने आपको तोड़ा तो नहीं...सिर्फ़ सूँघ लिया है। और मैं समझता हूँ कि आपकी पंखुड़ियों में से गुरूर की बू आती है। माफ़ कीजिएगा। गुरूर मैं कर सकता हूँ। लेकिन मर्दों के साथ...मैं भी एक फूल हूँ, पर आप कली हैं। मैं आपसे मुकाबला नहीं कर सकता।'

शाहिदा अपना टखना पकड़े बैठी थी। एकदम कराहने लगी। 'हाय-हाय दर्द हो रहा है।'

शाहिद ने उससे इजाज़त तलब की। 'क्या मैं इसे दबा दूँ?'

'दबाइए....ख़ुदा के लिए दबाइए।'

शाहिद ने उसके मोच आये हुए टखने पर इस तौर पर मसाज किया कि पन्द्रह मिनट के अंदर-अंदर शाहिदा का दर्द दूर हो गया।

इस वाक़्ये के बाद कॉलेज में वे दोनों ख़ाली पीरियड में इकट्ठे बाहर जाते और बाग़ में बैठकर जाने क्या बातें करते रहते। शायद वे यह कोशिश कर रहे थे कि दोनों गीली ज़मीन पर फिसलें और उनके दिल के टखनों में मोच आ जाये और वे सारी ज़िंदगी उनको सहलाते रहें।

दोनों ने बी.ए. पास कर लिया, बड़े अच्छे नंबरों से। शाहिदा के नंबर शाहिद के मुकाबले में पाँच ज्यादा थे। उसने उसका बदला लेना चाहा। 'शाहिदा। मैं ये पाँच नंबर अभी लिये लेता हूँ।'

'कैसे?'

शाहिद ने उसको पहली मर्तबा अपनी गोद में उठाया और उसको पाँच मर्तबा चूम लिया।

शाहिदा ने कोई एतराज़ न किया, वह बहुत ख़ुश हुई, लेकिन थोड़ी देर के बाद उसने शाहिद से बड़ी संजीदगी से कहा, 'हमारे नंबर पूरे हो गये। लेकिन आज के इस वाक़्ये के बाद मैंने फ़ैसला कर लिया है कि आपकी मेरी शादी हो जानी चाहिए...मैं अपने होंठ अब किसी और के होंठों से आलूदा नहीं करूँगी।'

शाहिद बहुत ख़ुश हुआ। उसे यक़ीन ही नहीं था कि उसकी दिली आरज़ू कभी पूरी होगी। उसने इसी ख़ुशी में पाँच नंबर और हासिल कर लिये और शाहिदा से कहा, 'मेरी जान! मैं इसी उम्मीद में तो अब तक जीता रहा हूँ।'

शाहिदा के माँ-बाप ने उसकी शादी की एक जगह बातचीत की। मगर शाहिदा ने साफ़ इनकार कर दिया कि वह किसी बदसूरत मर्द से रिश्ता-ए-अज़दुवाज़ क़ायम करने के लिए तैयार नहीं।

बहुत झगड़े हुए। आख़िर शाहिदा ने बता दिया कि वह अपने हमजमाअत शाहिद को जो बहुत ख़ुशशक्ल है, पसंद करती है। उसके अलावा किसी और मर्द को अपनी रफ़ाक़त (संगत) में नहीं लेगी।

उसके माँ-बाप शाहिद के वालिदैन से मिले। बड़े शरीफ़ और सूझबूझ वाले आदमी थे...और रोशनख़याल भी।

शाहिद को जब उन्होंने देखा तो बहुत ख़ुश हुए। आला तालीम के लिए विलायत जा रहा था। लेकिन उसकी ख़्वाहिश थी कि पहले शादी करे और अपनी बीवी को साथ लेकर जाये ताकि वह भी बाहर की दुनिया देखे।

जब वालिदैन रजामंद हो गये तो उनकी शादी हो गई। वे बहुत ख़ुश थे। पहली रात शाहिद ने अपनी बीवी से कहा, 'हमारा बच्चा...लड़की हो या लड़का...जब पैदा होगा तो उसे दुनिया देखने आयेगी।'

शाहिदा ने पूछा, 'क्यों?'

शाहिद हँसा। 'मेरी जान! तुम इतनी हसीन हो...मैं भी कुछ बदशक्ल नहीं। हमारा बच्चा यक़ीनन हम दोनों से कहीं ज़्यादा ख़ूबसूरत होगा।'

हनीमून मनाने के लिए वे स्विट्ज़रलैण्ड चले गये। वे यहाँ चार महीने रहे। इसके बाद लंदन चले गये जहाँ शाहिद को पी.एच.डी. की डिग्री लेनी थी।

शाहिद के बाप मियाँ हिदायतउल्ला की वहाँ एक कोठी थी जो उनकी आमद से पहले ही ख़ाली करा ली गई थी...शाहिदा बहुत ख़ुश थी और शाहिद भी। इसलिए कि वे एक बच्चे की आमद का इंतज़ार कर रहे थे।

शाहिद कहता था, 'हमारा बच्चा इतना हसीन और ख़ूबसूरत होगा कि उसका जवाब न होगा।'

शाहिदा कहती, 'ख़ुदा नज़र-ए-बद से बचाए...ज़रूर गुलगोथना-सा होगा।'

पूरे दिन हुए तो बच्चा पैदा होने के आसार पैदा हुए। शाहिद ने अपनी बीवी को मेटरनिटी होम में दाख़िल करा दिया।

लेबर वार्ड के बाहर शाहिद बड़े इज़तिराब (बेचैनी) में इधर-उधर टहल रहा था उसकी नज़रों के सामने एक ऐसे बच्चे की तस्वीर थी जिसके खद-ओ-ख़ाल उसके और उसकी बीवी के आपस में बड़े हसीन तौर पर मुदगम हो गये हों।

लेबर वार्ड से नर्स बाहर आई। शाहिद ने लपककर उससे पूछा, 'ख़ैरियत है?'

'जी हाँ।'

'लड़का है या लड़की?'

नर्स परेशान-सी थी। उसने सिर्फ़ इतना कहा, 'पता नहीं लड़का है या लड़की, पर हमने ऐसा बच्चा कभी नहीं देखा।'

शाहिद ने ख़ुश होकर पूछा, 'बहुत ख़ूबसूरत है ना?'

नर्स ने मुँह बनाकर जवाब दिया, 'बड़ा बदसूरत है...उसके सिर पर ऐसा मालूम होता है सींग हैं। दाँत भी हैं...तुम लोग इतने ख़ूबसूरत होकर कैसे बच्चे को जन्म दिया।'

शाहिद अपने बच्चे को देखने के लिए न गया...लेकिन दूसरे दिन मेटरनिटी होम में टिकट लगा दी गई कि जो आदमी चाहे, इस अजीबुल ख़िलक़त (विचित्र) बच्चे को देख सकता है।

❑

पसीना

'मेरे अल्लाह! आप तो पसीने में सराबोर हो रहे हैं।'

'नहीं। कोई इतना ज्यादा तो पसीना नहीं आया।'

'ठहरिए, मैं तौलिया लेकर आऊँ।'

'तौलिये तो सारे धोबी के यहाँ गये हुए हैं।'

'तो मैं अपने दुपट्टे ही से आपका पसीना पोंछ देती हूँ।'

'तुम्हारा दुपट्टा रेशमी है, पसीना जज्ब नहीं कर सकेगा।'

'पसीने के ये कतरे मुझसे नहीं देखे जाते। आपका यह कहना ठीक है कि रेशमी कपड़ा पानी जज्ब नहीं कर सकता...लेकिन मैं आपका तौलिया हूँ...क्या मैं आपका पसीना खुश्क नहीं कर सकती।'

'आज गर्मी ज्यादा थी। साइकिल पर यहाँ आते-आते मैं क़रीब-क़रीब बेहोश हो गया था।'

'हाय अल्लाह!'

'नहीं...बस मैं चंद मिनटों में ठीक हो गया। एक दोस्त था उसने मुझे आम का शर्बत पिला दिया।'

'आम का शर्बत भी होता है?'

'हर चीज़ का शर्बत बनाया जा सकता है।'

'मेरा भी?'

'तुम्हारा शर्बत तो मैं हर रोज़ पीता हूँ, लेकिन इसका ज़ायका अच्छा नहीं होता।'

'शरीर कहीं के।'

'शरारत तो तुम्हारी होती है कि तुम मिठास में खटाई डाल देती हो।'

'खटाई तो आप डालते हैं...मैं तो मिसरी की डली हूँ।'

'मानता हूँ...लेकिन कभी-कभी...'

'आप मुझसे वह ज्यादा न कीजिए...इधर आइए, मैं आपकी टाई उतारूँ।'

'आज इतना तकल्लुफ़ क्यों किया जा रहा है?'

'आप मुहब्बत को तकल्लुफ़ कहते हैं?'

'इसके मुताल्लिक़ मैं तफ़सीलात में जाना नहीं चाहता...वैसे मैं इतना ज़रूर कह सकता हूँ कि इतनी मुहब्बत का इज़हार तुमने पहले कभी नहीं किया।'

'आप मुहब्बत को क्या जानें।'

'इनसान अगर मुहब्बत ही को जान-पहचान नहीं सकता तो मैं समझता हूँ कि वह हैवान भी नहीं...कोई निर्जीव चीज़ है...पत्थर है...सड़क पर गिरा हुआ रोड़ा है।'

'इधर आइये, मैं आपकी टाई उतारूँ।'

'इस तकल्लुफ़ की क्या ज़रूरत है?'

'मेरी समझ में नहीं आता कि आप तकल्लुफ़ की बात क्यों करते हैं...मैंने कभी आपसे तकल्लुफ़ बरता है?'

'आज पहली बार।'

'आप इतने ज़हीन हैं...बताइए इस तकल्लुफ़ की वजह क्या है?'

'मैं इतना ज़हीन नहीं हूँ।'

'आप कस्र-ए-नफ़्शी (सदाशयता) से काम ले रहे हैं।'

'जनाब मैं कस्र-ए-नफ़्शी से काम नहीं ले रहा...एक हक़ीक़त थी जो मैंने बयान कर दी?'

'मेरे पास तो आइए, मैं आपका पसीना पोंछ दूँ...गर्मी में बेहाल हो के आ रहे हैं।'

'कोई इतनी ज़्यादा बेहाली नहीं। वैसे इसमें कोई शक नहीं कि आज दर्जा-ए-हरारत (टेम्प्रेचर) बहुत बढ़ा हुआ है...सुनने में आया है कि आज दस आदमी इस हिद्दत से मर गये हैं।'

'मैं कहती हूँ, आप इतने रुपये ख़र्च करते हैं...क्यों नहीं घर में एक 'कूलर' ले आते।'

'कूलर की क्या ज़रूरत है? तुम ख़ुद बहुत बड़ी कूलर हो...इतनी गर्मी में घर आया हूँ। तुम्हारी बातों ही ने मुझे ऐसी ठंडक पहुँचा दी है जो सबसे बड़ा कूलर भी नहीं पहुँचा सकता।'

'आपने अब मेरा मज़ाक उड़ाना शुरू कर दिया।'

'तुम्हारी क़सम...मैं ऐसी गुस्ताख़ी कभी नहीं कर सकता।'

'मेरी क़सम आपने क्यों खाई है?'

'इसलिए कि बड़ी लज़ीज़ है।'

'यानी आदमी को वही क़समें खानी चाहिए जो मज़ेदार हों।'

'यक़ीनन।'

'आपसे मैं कभी जीत नहीं सकती।'

'मैं तो हमेशा हारता रहा हूँ।'

'आप कब हारे हैं...हार तो हमेशा मेरी ही होती रही है।'

'अच्छा, अब ज़रा मैं आराम करना चाहता हूँ...मेरा कुरता-पायजामा निकाल दो।'

'अलमारी में सिर्फ़ एक पायजामा मौजूद है।'

'बनियान होगी।'

'जी नहीं तीन मैली पड़ी हैं जो नौकर ने अभी तक नहीं धोई।'

'ऐसी छोटी-छोटी चीज़ें तो तुम्हें ख़ुद धो लेनी चाहिए।'

'आपको क्या मालूम कि साबुन कितना वाहियात होता है...छाले पड़ जाते हैं हाथों में।'

'नौकरों के हाथों में भी यक़ीनन छाले पड़ते होंगे।'

'आप हमेशा नौकरों की तरफ़दारी करते हैं।'

'क्या वे इनसान नहीं?'

'खैर छोड़िए इस क़िस्से को...इधर आइए...मैं आपकी टाई उतार दूँ।'

'यह कौन-सी इतनी बड़ी मुहिम है, जो आप सिर करना चाहती हैं।'

'मैं आपसे बहस करना नहीं चाहती...यह बताइए कि आपको चलने में तकलीफ़ क्यों महसूस हो रही है?'

'जूता ज़रा तंग है?'

'ये वही है न जो आपने पिछले महीने लिया था?'

'हाँ, वही है...आज पहली बार पहना है।'

'देख के नहीं लिया था।'

'देखकर ही लिया था...पहना भी था, पर...'

'छोटा कैसे हो गया।'

'जो चीज़ इस्तेमाल न की जाये, सिकुड़ जाती है।'

'यह अजीब मंतिक (तर्क) है।'

'औरतों को अपने ख़ाविंदों की हर बात अजीब मंतिक मालूम होती है।'

'मैंने कहा, इधर आइए, आपकी टाई उतार दूँ।'

'पहले तो मैं यह तकलीफ़देह जूते उतारना चाहता हूँ।'

'बैठ जाइए...मैं उतार देती हूँ।'

'आज तुम इतनी मेहरबान क्यों हो? पहले तो...'

'अब नख़रे न बघारिए...बैठिए कुर्सी पर।'

'यहाँ सब कुर्सियाँ इस काबिल कहाँ हैं कि उन पर आदमी बैठे।'

'मैंने आप से कहा था कि जब इनका बेंत बिलकुल नाकारा हो जायेगा तो मैं सब-की-सब ठीक करा दूँगी।'

'यह तुम्हारी अजीब जिद थी, जिसके मुताल्लिक मैंने कुछ कहना मुनासिब नहीं समझा था कि कहीं तुम नाराज न हो जाओ।'

'बात दरअसल यह है कि मैं चाहती थी कि जब तक ये कुर्सियाँ काम देती हैं, इनकी मरम्मत न कराई जाये...क्योंकि इन्हें मुकर्रर वक्त पर फिर मरम्मत तलब होना है...जितने दिन निकल जायें ठीक है।'

'मेरा ख़याल है, तुम भी मरम्मत तलब हो।'

'देखिए...मैं ऐसी बातें पसंद नहीं करती...आप बड़े बेलगाम होते जा रहे हैं।'

'चलिए...मैं ख़ामोश हो जाता हूँ।'

'आप ख़ामोश ही अच्छे लगते हैं।'

'आप ख़ामोश क्यों हो गये?'

'तुम ही ने तो मुझसे कहा था कि आप ख़ामोश ही अच्छे लगते हैं।'

'मैंने यह तो नहीं कहा था कि आप मुँह में घुंघियाँ डाल के बैठे रहें।'

'तुम मुझे कुछ खाने के लिए दो।'

'मैं क्या दूँ...आप बाहर से खाकर आ रहे हैं।'

'तुमने कैसे जाना?'

'आपकी पतलून बता रही है....सालन के दाग़ लगे हैं...ज़रूर आपने किसी होटल में अपने दोस्त के साथ अय्याशी की होगी।'

'अय्याशी तो ख़ैर नहीं की, लेकिन मजबूरन अपने अफ़सर के साथ एक दावत में शरीक़ होना पड़ा...और तुम जानती हो अच्छी तरह जानती हो कि मैंने सिर्फ़ चंद कौर मुँह में डाले और हाथ उठा लिया...इसलिए कि खाना बड़ा वाहियात था...उसमें तुम्हारे हाथों का नमक नहीं था।'

'लेकिन पतलून पर ये धब्बे कैसे?'

'इसलिए कि सालन वाहियात था। मुझसे दो मर्तबा चावल नीचे गिर गये।'

'चावल तो आपसे हमेशा नीचे गिरते रहते हैं।'

'इसको छोड़ो...मुझे यह बताओ कि फ़र्श पर शर्बत किसने गिराया और...और...यह गिलास...जग...कोई मेहमान आया था?'

'हाँ...मेरी एक सहेली आई थी।'

'कौन?'

'आप उसे नहीं जानते...कोयटे की थी, जो मेरे साथ पढ़ती थी। उसकी हाल ही में शादी हुई है। मुझसे मिलने आई थी।'

'उससे क्या बातें हुईं?'

'मैं आपको क्यों बताऊँ...वैसे वह अपने शौहर से बहुत ख़ुश थी।'

'हर औरत को अपने ख़ाविंद से ख़ुश होना चाहिए...इसमें उसका क्या बड़प्पन है?'

'नहीं...वह...'

'क्या?'

'वह बेहद ख़ुश थी...उसने मुझे...'

'क्या?'

'ऐसी-ऐसी बातें सुनाईं जो...जो मुझे मालूम ही नहीं थीं...शायद आपको भी मालूम न हों...'

'इस गुफ़्तगू को छोड़िए...आइए मैं आपके जूते उतार दूँ...'

'यह काम मैं ख़ुद भी कर सकता हूँ।'

'नहीं मैं आज ख़ुद करूँगी...पहले टाई उतारने दीजिए।'

'उतार लीजिए।'

'आप आज कितने अच्छे लग रहे हैं।'

'इसकी वजह क्या है? पहले तो 'मैं तुम्हें कभी अच्छा नहीं लगा था, ...आज अचानक यह 'इंक़लाब कैसे पैदा हो गया?'

'इंक़लाब कैसा?...मैं शुरू ही से आपसे मुहब्बत करती हूँ...मेरा सारा दुपट्टा गीला हो गया है...तौबा, आपको इतना पसीना क्यों आ रहा है?'

'चलिए अंदर।'

'चलो।'

'यहाँ बाहर की बनिस्बत गर्मी किस कदर कम है?'

'हाँ।'

'इस शू ने तो आपके पाँव की उँगलियों पर चंडियाँ डाल दी हैं।'

'हर तंग चीज़ राहत का बायस होती है।'

'मैं भी आप से तंग हो गई हूँ।'

'मुझसे।'

'नहीं...मेरी सहेली ने मुझे बताया था कि उसका ख़ाविंद...खैर आप इस किस्से को छोड़िए...उसने बड़ी तंग और चुस्त चोली पहनी हुई थी...'

'मैंने अब देखा है कि तुम भी इसी क़िस्म का ब्लाउज़ पहनी हो। कहाँ से लिया तुमने?'

'आज ही उसके दर्ज़ी से सिलवाया है।'

'और मैं जो साड़ी लाया हूँ।'

'वह इससे मैच नहीं करती...खैर मैं आपके साथ चलूँगी और उस दुकान में कोई और साड़ी पसंद कर लूँगी।'

'उस सहेली से तुमने क्या बातें कीं?'

'आप लेट जाइए...फिर आपको पसीना आ रहा है...मैं आपको उसकी तमाम बातें सुना दूँगी।'

'तुम अपनी सहेली से ऐसी बातें हर रोज़ सुना करो...ताकि हमारी ज़िंदगी ख़ुशगवार रहे...और तुम मेरे पसीने को अपने दुपट्टे से इसी तरह पोंछती रहो।'

'आपका पसीना तो अब मेरा लहू (ख़ून) बन गया है।'

❑

आर्टिस्ट लोग

जमीला को पहली बार महमूद ने बाग़-ए-जिन्नाह में देखा। वह अपनी सहेलियों के साथ चहलक़दमी कर रही थी...सबने काले बुर्के पहने हुए थे, मगर नक़ाबें उलटी हुई थीं। महमूद सोचने लगा, 'यह किस क़िस्म का पर्दा है कि बुर्क़ा ओढ़ा हुआ है, मगर चेहरा नंगा है...आख़िर इस पर्दे का मतलब क्या है...?' मगर वह जमीला के हुस्न से बहुत मुतास्सिर हुआ।

वह अपनी सहेलियों के साथ हँसती-खेलती जा रही थी–महमूद उसके पीछे चलने लगा। उसको इस बात का कतई होश नहीं था कि वह इस तरह की हरकत कर सकता है। उसने सैकड़ों मर्तबा जमीला को घूर-घूरकर देखा। इसके अलावा एक-दो बार उसको अपनी आँखों से इशारे भी किए, मगर जमीला ने उसे ध्यान देने योग्य न समझा और अपनी सहेलियों के साथ बढ़ती चली गई। उसकी सहेलियाँ भी काफ़ी ख़ूबसूरत थीं, मगर महमूद ने उसमें एक ऐसी कशिश पाई, जो लोहे के साथ चुंबक में होती है–वह उसके साथ चिमट के रह गया था।

एक जगह उसने जुर्रत से काम लेकर जमीला से कहा, 'हुजूर, अपना नक़ाब तो सँभालिए...हवा में उड़ रहा है।'

जमीला ने यह सुनकर शोर मचाना शुरू कर दिया। इस पर पुलिस के दो सिपाही जो उस वक़्त बाग़ में ड्यूटी पर थे, दौड़ते आये और उन्होंने जमीला से पूछा–'बहन, क्या बात है?'

जमीला ने महमूद की तरफ़ देखा, जो सहमा खड़ा था, और कहा, 'यह लड़का मुझसे छेड़ख़ानी कर रहा था...जबसे मैं इस बाग़ में दाख़िल हुई हूँ, यह मेरा पीछा कर रहा है।'

सिपाहियों ने महमूद का सरसरी जायज़ा लिया और फिर उसको गिरफ़्तार करके हवालात में दाख़िल कर दिया–लेकिन उसकी ज़मानत हो गयी।

अब मुक़दमा शुरू हुआ–मुक़दमे की कार्रवाई में जाने की ज़रूरत नहीं, इसलिए कि यह तफ़सील-तलब है–किस्सा मुख़्तसर यह कि महमूद का जुर्म साबित हो गया, और उसे दो माह कैदे-बामशक़्क़त की सज़ा मिल गयी। उसके वालिदैन ग़रीब

थे, इसलिए वह सेशन की अदालत में अपील न कर सके-महमूद सख़्त परेशान था कि आख़िर उसका क़ुसूर क्या है? उसको अगर एक लड़की पसंद आ गई थी और उसने उससे चंद बातें करनी चाही थीं तो क्या यह जुर्म है, जिसकी पादाश (बदले) में वह दो माह की कैद बामशक़्क़त भुगत रहा है।

जेलख़ाने में वह कई मर्तबा बच्चों की तरह रोया-उसको चित्रकारी का शौक़ था, लेकिन उससे वहाँ चक्की पिसवाई जाती थी।

अभी उसे जेलख़ाने में आये बीस रोज़ ही हुए थे कि उसे बताया गया, उसकी मुलाकाती आई है-उसने सोचा, 'यह मुलाकाती कौन है?' उसके वालिद तो उससे सख़्त नाराज़ थे और वालिदा अपाहिज थीं, कोई और रिश्तेदार थे ही नहीं।

सिपाही उसे दरवाज़े के पास ले गया, जो आहनी सलाख़ों का बना हुआ था-उन सलाख़ों के पीछे, उसने देखा, जमीला खड़ी है। वह बहुत हैरतज़दा हुआ-उसने समझा कि शायद वह किसी और को देखने आयी होगी, मगर जमीला ने सलाख़ों के पास आकर उससे कहा, 'मैं आपसे मिलने आई हूँ।'

महमूद की हैरत में और भी इज़ाफ़ा हो गया, 'मुझसे!'

'जी हाँ...मैं माफ़ी माँगने आई हूँ कि मैंने जल्दबाज़ी की, जिसकी वजह से आपको यहाँ आना पड़ा।'

महमूद मुस्करा दिया, 'हाय! उस ज़ूदपशेमाँ का पशेमाँ होना।'

जमीला ने कहा, 'यह तो ग़ालिब है।'

'जी हाँ...ग़ालिब के सिवा और कौन हो सकता है, जो इनसान के जज़्बात की तरजुमानी कर सके...मैंने आपको माफ़ कर दिया...लेकिन मैं यहाँ आपकी कोई ख़िदमत नहीं कर सकता, इसलिए कि यह मेरा घर नहीं है, सरकार का है...इसके लिए मैं माफ़ी चाहता हूँ।'

जमीला की आँखों में आँसू आ गये, 'मैं आपकी ख़िदमत के लिए हाज़िर हूँ।'

चंद मिनट उनके दरमियान और बातें हुई, जो मुहब्बत के अहदो-पैमान थीं-जमीला ने उसको साबुन की एक टिकिया दी, मिठाई भी पेश की।

इसके बाद वह हर पन्द्रह दिन के बाद महमूद से मुलाकात करने के लिए आती रही। इस दौरान में उन दोनों की मुहब्बत परवान चढ़ गई।

जमीला ने महमूद को एक रोज़ बताया, 'मुझे मौसीक़ी (संगीत) सीखने का शौक़ है...आजकल मैं ख़ाँ साहब सलाम अली ख़ाँ से सबक़ ले रही हूँ।'

महमूद ने उससे कहा, 'मुझे मुसव्विरी (चित्रकारी) का शौक़ है...मुझे यहीं जेलख़ाने में और कोई तकलीफ़ नहीं...मशक्क़त से मैं घबराता नहीं, लेकिन मेरी तबीयत जिस फ़न की क़ायल है, यहाँ उसको कहने का मौक़ा नहीं मिलता....यहाँ न कोई रंग है न रौग़न, न कोई काग़ज़ है न पेंसिल...बस चक्की पीसते रहो।'

जमीला की आँखें फिर आँसू बहाने लगीं, 'बस अब थोड़े ही दिन बाक़ी रह गये हैं...आप बाहर आयेंगे तो सब कुछ हो जायेगा।'

महमूद दो माह की क़ैद काटने के बाद बाहर आया तो जमीला दरवाज़े पर मौजूद थी—उसी काले बुर्क़े में, जो अब पुराना हो गया था और जगह-जगह से फट गया था।

दोनों आर्टिस्ट थे—उन्होंने फ़ैसला किया कि शादी कर लें—चुनांचे शादी हो गई।

जमीला के माँ-बाप कुछ असासा (पूँजी) छोड़ गये थे। उससे उन्होंने छोटा-सा मकान बनाया और ज़िंदगी बसर करने लगे।

महमूद एक आर्ट स्ट्रूडियो में जाने लगा, ताकि अपना शौक़ पूरा कर सके— जमीला ख़ाँ साहब सलाम अली ख़ाँ से फिर तालीम हासिल करने लगी।

एक बरस तक वे दोनों तालीम हासिल करते रहे—महमूद मुसव्विरी सीखता रहा और जमीला मौसीक़ी (संगीत)।

इसके बाद उनका बचा-खुचा असासा ख़त्म हो गया और नौबत फ़ाक़ों पर आ गई—दोनों आर्ट के शैदाई थे। वे समझते थे कि फ़ाक़े करनेवाले ही सही तौर पर अपने आर्ट की मेराज (चरम) तक पहुँच सकते हैं। इसलिए वे अपनी उस फ़ाक़ामस्ती के ज़माने में भी ख़ुश थे।

एक दिन जमीला ने अपने शौहर को यह बात बताई कि उसे एक अमीर घराने में मौसीक़ी सिखाने की ट्यूशन मिल रही है।

महमूद ने यह सुनकर उससे कहा, 'नहीं, ट्यूशन-व्यूशन बकवास है...हम लोग आर्टिस्ट हैं।'

उसकी बीवी ने बड़े प्यार के साथ कहा, 'लेकिन मेरी जान, गुज़ारा कैसे होगा?'

महमूद ने अपने फूसड़े निकले हुए कोट का कॉलर बड़े अमीराना अन्दाज़ में दुरुस्त करते हुए जवाब दिया, 'आर्टिस्ट को इन फ़िज़ूल बातों का ख़याल नहीं रखना चाहिए...हम आर्ट के लिए जिंदा रहते हैं, आर्ट हमारे लिए जिंदा नहीं रहता।'

जमीला यह सुनकर बहुत ख़ुश हुई, 'लेकिन मेरी जान, आप मुसव्विरी सीख रहे हैं...आपको हर महीने फ़ीस अदा करनी पड़ती है, इसका बंदोबस्त भी तो कुछ होना चाहिए...फिर खाना-पीना है, इसका ख़र्च अलहदा है।'

'मैंने फ़िलहाल मुसव्विरी की तालीम लेनी छोड़ दी है...जब हालात मन मुताबिक होंगे तो देखा जायेगा।'

जमीला यह सुनकर ख़ामोश रही।

दूसरे दिन जब वह घर आई तो उसके पर्स में पन्द्रह रुपये थे, जो उसने अपने ख़ाविंद के हवाले कर दिए और कहा, 'मैंने आज से ट्यूशन शुरू कर दी है। यह पन्द्रह रुपये मुझे पेशगी मिले हैं...आप मुसव्विरी का फ़न सीखने का काम जारी रखें।'

महमूद के मर्दाना जज़्बात को बड़ी ठेस लगी, 'मैं नहीं चाहता कि तुम मुलाज़िमत करो मुलाज़िमत मुझे करनी चाहिए।'

जमीला ने ख़ास अन्दाज़ में कहा, 'हाय, मैं कोई ग़ैर हूँ...मैंने अगर कहीं थोड़ी देर के लिए मुलाज़िमत कर ली है तो इसमें हर्ज ही क्या है...बहुत अच्छे लोग हैं, और जिस लड़की को मैं तालीम देती हूँ, बहुत प्यारी और ज़हीन है।'

यह सुनकर महमूद ख़ामोश हो गया—उसने मज़ीद गुफ़्तगू न की।

दूसरे हफ़्ते के बाद वह पच्चीस रुपये लेकर आया और उसने अपनी बीवी से कहा, 'मैंने आज अपनी एक तस्वीर बेची है। ख़रीदार ने उसे बहुत पसंद किया, लेकिन ख़सीस (कंजूस) था। मुझे सिर्फ़ पच्चीस रुपये दिए...अब उम्मीद है कि मेरी तस्वीरों की मार्किट चल निकलेगी।'

जमीला मुस्कराई, 'हम तो फिर काफ़ी अमीर आदमी हो जायेंगे।'

महमूद ने उससे कहा, 'जब मेरी तस्वीरें बिकनी शुरू हो जायेंगी, तो मैं तुम्हें ट्यूशन नहीं करने दूँगा।'

जमीला ने अपने ख़ाविंद की टाई की गिरह दुरुस्त की और बड़े प्यार से कहा—'आप मेरे मालिक हैं, जो भी हुक्म देंगे, मुझे तस्लीम (स्वीकार) होगा।'

दोनों बहुत ख़ुश थे, इसलिए कि वे एक-दूसरे से मुहब्बत करते थे—महमूद ने जमीला से कहा, 'अब तुम कुछ फ़िक्र न करो। मेरा काम चल निकला है...चार तस्वीरें कल या परसों तक बिक जायेंगी और अच्छे दाम वसूल हो जायेंगे। फिर तुम अपनी मौसीक़ी की तालीम जारी रख सकोगी।'

एक दिन जमीला जब शाम को घर आई तो उसके बालों में धुनी हुई रुई का गुबार इस तरह जमा हुआ था, जैसे किसी अधेड़ उम्र आदमी की दाढ़ी में सफ़ेद बाल।

महमूद ने उससे पूछा, 'यह तुमने अपने बालों की क्या हालत बना रखी है मौसीक़ी सिखाने जाती हो या किसी जिनिंग फैक्ट्री में काम करती हो।'

जमीला ने, जो महमूद की नयी रजाई की पुरानी रुई को धुन रही थी, मुस्कराकर कहा, 'हम आर्टिस्ट लोग हैं। हमें किसी बात का होश ही नहीं रहता।'

महमूद ने हुक़्क़े की नै मुँह में लेकर अपनी बीवी की तरफ़ देखा और कहा, 'होश वाक़यी नहीं रहता।'

जमीला ने महमूद के बालों में अपनी उँगलियों से कंघी करना शुरू की, 'यह धुनकी हुई रुई का गुबार आपके सिर में कैसे आ गया?'

महमूद ने हुक़्क़े का एक कश लगाया, 'जैसे तुम्हारे सिर में आ गया...हम दोनों एक ही जिनिंग फैक्ट्री में काम करते हैं, सिर्फ़ आर्ट की ख़ातिर...'

❑

घोगा

मैं जब अस्पताल में दाख़िल हुआ तो छठे रोज़ मेरी हालत बहुत ख़राब हो गई। कई रोज़ तक बेहोश रहा। डॉक्टर जवाब दे चुके थे। लेकिन ख़ुदा ने अपना करम किया और मेरी तबीयत सँभलने लगी।

उस दौरान की बातें मुझे याद नहीं। दिन में कई आदमी मिलने के लिए आते। लेकिन मुझे बिलकुल मालूम नहीं, कौन आता था, कौन जाता था, मेरे बिस्तर-ए-मर्ग (मृत्यु-शय्या) पर जैसा कि मुझे अब मालूम हुआ दोस्तों और अज़ीज़ों का जमघटा लगा रहता, कुछ आहें भरते, मेरी ज़िंदगी के बीते हुए वाक़ियात दोहराते और अफ़सोस का इज़हार करते।

जब मेरी तबीयत किसी कदर सँभली और मुझे ज़रा होश आया तो मैंने आहिस्ता-आहिस्ता अपने आस-पास का हाल जानना शुरू किया। मैं जनरल वार्ड में था। दरवाज़े के अंदर दाख़िल होते ही दायें हाथ का पहला बेड मेरा था। दीवार के साथ लोहे की अलमारी थी, जिसमें ख़ास-ख़ास दवाएँ और सर्जरी के उपकरण थे, दीगर सामान भी था, मसलन गर्म पानी और बर्फ़ की रबड़ की थैलियाँ, थर्मामीटर, बिस्तर की चादरें, कंबल और रुई वगैरह। इसके अलावा और बेशुमार चीज़ें थीं, जिनका प्रयोजन मेरी समझ में नहीं आता था।

कई नर्सें थीं, सुबह सात बजे से दो बजे दोपहर तक। दो बजे से शाम के सात बजे तक, चार-चार नर्सों की टोली इस वार्ड में काम करती। रात को सिर्फ़ एक नर्स ड्यूटी पर होती थी।

रात को मुझे नींद नहीं आती थी। यूँ तो अकसर आँखें बंद किए लेटा रहता, लेकिन कभी-कभी अधखुली आँखों से इधर-उधर देख लेता कि क्या हो रहा है। उन दिनों जो नर्स रात की ड्यूटी पर होती थी, वह इस कदर मुख़्तसर (नाटी) थी कि उसे कोई भी अपने बटुवे में डाल सकता था। गहरा साँवला रंग, जिस्म का हर हिस्सा अटपटा, इंतिहा दर्जे की मामूली लड़की थी, मालूम नहीं कुदरत ने उसके साथ इस क़िस्म का ग़ैर शायराना सुलूक क्यों किया था कि वह शे'र थी, न रुबाई, न कतअ...अलबत्ता उस्ताद इमाम दीन की तुकबंदी मालूम होती थी।

हर नर्स का कोई-न-कोई चाहनेवाला मौजूद था, मगर ग़रीब का कोई भी नहीं था। मैं नर्सिंग के पेशे को बावजूद उसकी मौजूदा गिरावटों के एहतिराम की नज़र से देखता हूँ। इसलिए मुझे उस नर्स से जिसका नाम मिस ज़ेकब था, बड़ी हमदर्दी थी। उसमें कोई मरीज़ दिलचस्पी नहीं लेता था।

एक शाम को जब वह आई और मेरे बिस्तर के पास से गुज़री, तो मैंने अपनी नहीफ़ (दुर्बल) आवाज़ में उससे कहा, 'अस्सलाम अलैकुम मिस ज़ेकब।' उसने मेरी आवाज़ सुन ली। फ़ौरन रुककर उसने जवाब दिया, 'सलाम अलैकुम।'

बस इसके बाद मेरा यह दस्तूर हो गया कि जब वह शाम को ड्यूटी पर आती तो वार्ड में दाख़िल होते ही सबसे पहले उसको मेरी अस्सलाम अलैकुम सुनाई देती। मुझे नींद आनी शुरू हो गई थी, लेकिन सुबह साढ़े पाँच बजे जाग जाता। मिस ज़ेकब रात भर की जागी हुई मरीज़ों के टेम्प्रेचर लेने में मसरूफ़ होती, जब मेरे बिस्तर के पास आती तो मैं फिर उसे सलाम करता।

'अस्सलाम अलैकुम' का यह सिलसिला बड़ा दिलचस्प हो गया। वह इस लिहाज़ से चिढ़ गई कि पहल मैं क्यों करता हूँ। अतः उसने कई बार कोशिश की कि वह पहल करे मगर उसे नाकामी हुई। लेकिन एक रोज़ सुबह-सबेरे जबकि ज़्यादा देर तक जागने के बायस मेरी आँख लग गई थी। जब वह मेरा टेम्प्रेचर लेने के लिए आई तो उसने महीन पतली आवाज़ को ज़ोरदार बनाकर कहा, 'सलाम अलैकुम।'

मैं चौंक पड़ा...आँखें खोलीं तो देखा कि मिस ज़ेकब का अलग वजूद मेरे सामने खड़ा मुस्करा रहा है। मैंने बड़ी फ़राख़दिली से अपनी शिकस्त तस्लीम की और उसके मुताबिक मुनासिब-ओ-मौज़ूं मुस्कराहट अपने होंठों पर पैदा करके जवाब दिया 'वअलैकुम अस्सलाम मिस ज़ेकब—आज तो आपने कमाल कर दिया।'

वह बेहद ख़ुश हुई, और इस ख़ुशी में उसने मेरा दो बार टेम्प्रेचर लिया कि पहली मर्तबा उसने थर्मामीटर अच्छी तरह झटका नहीं था।

एक रात मुझे बिलकुल नींद नहीं आ रही थी और मैं बार-बार अपनी घड़ी देख रहा था कि दिन होने में कितनी देर है। बारह बजे के क़रीब मैंने अपनी धुँध ली आँखों से देखा कि वार्ड के बीच में जो मेज़ पड़ी है, उसके साथ कुर्सी पर मिस ज़ेकब अपने तमाम नाटेपन के साथ बैठी है और एक मरीज़ जो मोटा था, उससे बातें करने की कोशिश कर रहा है।

चूँकि ख़ामोशी थी, इसलिए मैं उसकी गुफ़्तगू सुन सकता था। वह नर्स से बड़े गहरे क़िस्म के इश्क़ का इज़हार करने की कोशिश कर रहा था। पहले वह कुछ देर चपरासियों के मानिंद जिनका साहब अपनी कुर्सी पर मौजूद हो, खड़ा रहा। फिर वह उससे मुख़ातिब हुआ, 'नर्स साहिबा...क्या इस वक़्त आप मुझे ऐस्प्रिन की गोली दे सकती हैं?'

मिस जेकब शायद रिपोर्ट लिखने में मसरूफ़ थी। उसने इस मोटे मरीज़ की तरफ़ देखा, कलम मेज़ पर रखकर उठी और उस अलमारी में से जो मेरे बिस्तर के क़रीब थी, ऐस्प्रिन की एक गोली निकालकर उसके हवाले कर दी।

रात के दो बज गये। मैं जाग रहा था, लेकिन मेरी आँखें बंद थीं। आहट हुई तो मैंने करवट बदलकर देखा कि वही मोटा मरीज़ अलमारी खोलकर ऐस्प्रिन की गोलियाँ निकाल रहा है, बिलकुल उसी तरह जैसे कोई चोरी कर रहा हो। मैंने कोई मुदाख़लत न की।

मैंने दूसरे दिन नर्स नईमा हक़ से जो हर सुबह मेरा बदन छोटे-छोटे तौलियों से कुनकुने पानी में साबुन के साथ साफ़ किया करती थी और परले दर्जे की शरीर (नटखट) थी, पूछा कि 'उन्नीस नंबर के बेड का मरीज़ कौन है?'

उसका साँवला चेहरा सवाल बन गया, 'आप उसके बारे में क्यों पूछ रहे हैं?'

मैंने उससे कहा, 'तुम जानती हो, मैं अफ़साना-निगार हूँ, मुझे हर शख़्स से दिलचस्पी है, चाहे वह मरीज़ ही क्यों न हो?'

'उसमें क्या बात है?'

'जो तुम में है...तुम शरीर हो, वह चोर है।'

नईमा हक़ को मेरी यह बात नागवार मालूम हुई, 'शरारत और चोरी को आप एक ही बात समझते हैं।'

वह मेरे बालों भरे सीने पर तौलिया फेर रही थी, मैंने अपने कमज़ोर हाथ से उसके गाल पर हौले से चपत लगाई और कहा, 'मेरा यह मतलब नहीं था...तुम मेरे सवाल का जवाब दो कि उन्नीस नंबर के बेड का जो मरीज़ है उसका क्या नाम है?'

नईमा ने जवाब दिया, 'घोगा।'

'यह क्या नाम है?'

'बस है...हमने रख दिया है।'

मैं उससे कुछ और पूछने ही वाला था कि नईमा ने उबाली हुई सिरिंज पकड़ी और उसमें एक सीसी विटामिन बी कॉम्पलेक्स डालकर सूई मेरे सूखे हुए बाज़ू में चुभो दी, मुझे सख़्त दर्द हुआ, इसलिए मैं घोगा को भूल गया, मगर इतने में अज़रा आ गयी। यह नर्स नईमा से चार सीसी आगे थी। उन दोनों में जो गुफ़्तगू हुई, उससे मुझे मालूम हुआ कि उन्नीस नंबर के बेड के मरीज़ का नाम इन दोनों ने मिलकर तजवीज़ किया है।

अज़रा ने पहले मेरी ख़ैरियत पूछी, फिर कहा, 'ख़ैरियत तो है आप घोगे के मुताल्लिक़ पूछ रहे थे।'

मैंने दर्द के बायस ज़रा तल्ख़ लहजे में कहा, 'घोगा जाये जहन्नुम में...और तुम भी उसके साथ...'

अज़रा मुस्कराई...'मैं तो उसके साथ जहन्नुम की आख़िरी हद तक जाने के लिए तैयार हूँ।'

नईमा ने पूछा, 'क्यों?'

अज़रा ने जवाब दिया, 'वह मुझसे मुहब्बत करता है, मैं उससे मुहब्बत करती हूँ।'

नईमा ने अज़रा की चुटकी ली और बड़े ज़ोर से कहा, 'वह तो मुझसे मुहब्बत करता है...चलो आओ...अभी फैसला कर लें। घोगा से पूछ लो, अभी कल ही मुझसे कह रहा था कि वह अपने दो मकान मेरे नाम लिख देगा।'

अज़रा ने मक्खीमार छड़ी नईमा के सिर पर मारी। 'वह दो मकान क्या, दो ईंटें भी तुम्हारे नाम नहीं लिखेगा...वह घोगा है...बहुत बड़ा घोगा...तुम उसको अभी तक नहीं पहचानी हो।'

इसके बाद मुझे चंद रोज़ में उस मोटे मरीज़ के मुताल्लिक़ अजीबो-ग़रीब बातें मालूम हुईं, जिसको नईमा और अज़रा ने घोगे का नाम दे रखा था।

उसका नाम गुलाम मुहम्मद था। मास्टर गुलाम मुहम्मद बी.ए.बी.टी. किसी मिडिल स्कूल का हेड मास्टर। उसको दमे का मर्ज़ था, बड़ी शदीद क़िस्म का दमा था। जब उसे दौरा पड़ता तो सारा वार्ड उसकी धौंकनी जैसी चलती हुई साँसों के उतार-चढ़ाव से घंटों गूँजता रहता। लेकिन इस हालत में भी वह नज़रबाज़ी से न टलता।

उसकी उम्र चालीस के कुछ ऊपर होगी, मगर कुँवारा था। मेरी उससे मुलाकात हुई तो उसने मुझे बताया कि उसने शादी इसलिए नहीं की कि वह दमे का मरीज़ है। किसी लड़की की ज़िंदगी क्यों ख़राब करे।

उसकी दो बहिनें थीं जो उम्र में उससे कुछ छोटी थीं। वे भी कुँवारी थीं। उनके मुताल्लिक़ मुझे इतना ही मालूम हुआ है कि बड़ी हेल्थ-विज़िटर है और छोटी टीचर। ये दोनों बिला नागा आतीं और घोगे के पास अपने बुक़्क़ों समेत एकाध घंटा बैठकर चली जातीं। वह उसके नाश्ते और दो वक़्त के खाने के लिए परांठे और सालन वगैरह लाया करती थीं।

उसको ऐसे टीके लग रहे थे जिनसे भूख बढ़ जाती है। लेकिन इस बात का ख़ास ख़याल रखना पड़ता है कि मरीज़ ज़्यादा न खाए ताकि उसका वजन न बढ़े। मगर घोगा बहुत पेटू था। घर से जो कुछ आता, चट कर जाता। फिर उसके साथ वाले बेड पर एक बंगाली नौजवान था, जो अरसे से टायफ़ायड में गिरफ़्तार था। उसको भूख नहीं लगती थी। घोगा उसका खाना भी पेट में डाल लेता। मगर नईमा ने मुझे बताया कि अस्पताल से जो उसे मुफ़्त खाना मिलता है उसके अलावा वह इधर-उधर से और चीज़ें भी इकट्ठा करता है और अपनी बहिनों के हवाले कर देता है।

एक रात जबकि मुझे नींद आने ही वाली थी मैंने देखा कि घोगा दबे पाँव चला आ रहा है। रात की नर्स किसी दूसरे वार्ड की नर्स से बातें करने में मशगूल थी। घोगे ने अलमारी खोली और उसमें से कई चीज़ें निकाल कर अपनी जेब में डाल लीं। मुझे उसकी यह हरकत बहुत बुरी मालूम हुई, लेकिन मैं उससे कुछ न कह सका। इसलिए कि मुझे कोई फैसला करने में देर हो गई। इसका नतीजा यह हुआ कि वह हर रोज़ अलमारी में से चीज़ें चुराता और मैं उसे टोक न सकता।

मेरी समझ में नहीं आता था कि जब उसे दवाएँ बराबर मिलती हैं तो वह और दवाइयाँ जो उसके मर्ज़ दमे का इलाज नहीं थीं, क्यों इस तरीक़े से हासिल करता है?

नईमा हक़ से मैंने पूछा तो उसने मख़सूस अन्दाज़ में गर्दन को एक हलकी-सी जुंबिश देकर और अपने साँवले होंठों पर उनसे ज़्यादा गहरे रंग की मुस्कराहट पैदा करके कहा, 'जनाब इतने बड़े राइटर बने फिरते हैं, आपको यह भी मालूम नहीं कि वह जितनी दवाइयाँ और इंजेक्शन चुराता है, अपनी बहिन को जो कि हेल्थ-विज़िटर है, दे देता है...उसको रोज़ाना बेड के लिए एक रुपया देना पड़ता है...बहुत बड़ा घोगा है, इसलिए वह इस ख़र्च की कसर यूँ पूरी कर लेता है, बल्कि उसको कुछ प्रॉफिट ही होता है।'

नईमा का यह कहना दुरुस्त था, इसलिए कि मेरी बीवी के बयान से इसकी तसदीक़ हो गई। उसको घोंगे से सख़्त नफ़रत थी। अस्पताल से जो कुछ मिलता तो वह अपनी बहिन के सुपुर्द कर देता, खाना भी। एक और नर्स रफ़ीक़ा थी। वह उस मरीज़ का नाम भी लेना नहीं चाहती थी।

शक्ल-सूरत की मामूली, मगर जवान थी। हर वक़्त अपने सफ़ेद फ़्रॉक को पेटी के नीचे खींचती और फिर अपने सीने के उभारों को पसंदीदा निगाहों से देखती। मगर किरदार के लिहाज़ से वह दूसरी नर्सों के मुकाबले में बहुत ज़्यादा मजबूत थी उसको घोंगे से इसलिए नफ़रत थी कि वह उससे बेमानी बातें करता था।

दरअसल वह हर नर्स से बेमानी या बेमायने बातें करने का आदी था। मैंने कई बार देखा कि पहले उसने किसी नर्स से रस्मी बातचीत की। इसके बाद बिस्तर पर से उठकर उसके पीछे-पीछे चलने लगा। कुछ इस भोंडे तौर पर कि वह ग़रीब उकता गई और उसने जो दवा माँगी, अलमारी में से निकालकर उसको दे दी कि छुटकारा मिले।

क़रीब-क़रीब हर नर्स उससे मुतनफ़्फ़र (खिन्न) थी...मुझे ख़ुद वह बहुत नापसंद था। मेरे बिस्तर की तरफ़ रुख़ करता तो मैं चादर ओढ़ लेता ताकि उसको यह मालूम हो कि मैं सो रहा हूँ। उसका बातचीत का अन्दाज़ मुझे खलता था, यही वजह है कि मैंने उसे कभी बर्दाश्त न किया।

मुझसे दो-तीन बार उसने चंद रुपये बतौर कर्ज़ लिये और वापस न दिए, मुझे इसका कोई ख़याल न था। लेकिन जब मुझे मालूम हुआ कि ये पन्द्रह रुपये उसने मुझसे इसलिए हासिल किए थे कि उसको दस रुपये एक खास दवा के लिए ख़र्च करने पड़े थे जो अस्पताल में नहीं थी तो मेरी तबियत बहुत मुकद्दर हुई और मैंने दिल-ही-दिल में उसको सैकड़ों गालियाँ दीं। फिर तमाम डॉक्टरों पर उसके ज़लील किरदार की चुगली कर दी।

वे पहले मेरी बताई हुई बातें न मानें। उन्होंने कभी ऐसा मरीज़ न देखा था न सुना। मगर नर्सों से पूछ-पूछ के उनको हक़ीक़त मालूम हो गई और उन्होंने घोंगे को रुख़्सत कर देने का फैसला कर लिया। मुझे इसका इल्म था। चुनांचे मैंने महज़ अपना दिल ठंडा करने की ख़ातिर उसको अपने पास बुलाया और कहा, 'सुना है आप कल-परसों जाने वाले हैं।'

घोगे ने अपने नीम गंजे सिर पर हाथ फेरा और ताज्जुब का इज़हार किया। बड़े डॉक्टर ने तो मुझसे कहा था कि और छुट्टी ले लो...और मैं एक महीने की ले चुका हूँ।

मेरा दिल डूबने-सा लगा एक महीना और...तीस दिन मज़ीद चोरियों के नर्सों के पीछे चलने और हाथ मल-मल के दवाएँ माँगने के।

बड़े डॉक्टर साहब बहुत नर्म दिल थे। मैंने सोचा, 'यक़ीनन घोगे ने अपने हाव-भाव से ऐसे अन्दाज़ में उनकी मिन्नत-ख़ुशामद की होगी और उन्होंने अपना पीछा छुड़ाने के लिए उसको एक माह और अस्पताल में रहने की इजाज़त दे दी होगी।' मगर उसी दिन घोगा इंतिहाई निराशा के आलम में मेरे पास आया और कहने लगा।

'मैं कल जा रहा हूँ।'

मुझे बड़ी ख़ुशी हुई। 'मगर मास्टर साहब आपने तो एक महीने की छुट्टी ली है, अभी-अभी।'

उसने आह भरकर जवाब दिया, 'डॉक्टर साहब ने कहा कि तुम्हारा काफ़ी इलाज हो चुका है। अब तुम घर में आराम करो।'

मैंने कहा, 'यह बेहतर है।'

लेकिन घोगे का चेहरा बता रहा था कि घर में उसे चुराने के लिए दवाएँ नहीं मिलेंगी। नर्सें भी न होंगी। झक मारेगा वहाँ।

मैं सुबह चार साढ़े चार बजे के क़रीब सोया। दस बजे आँख खुली। नईमा हक़ मेरे पास खड़ी थी। दरअसल उसी ने मुझे जगाया था। मैंने उसकी तरफ़ देखा तो मुझे महसूस हुआ कि वह मुझे कोई ख़बर सुनाना चाहती है। मुझे ज़्यादा देर तक इंतज़ार न करना पड़ा।

मक्खीमार छड़ी से मेरे बिस्तर पर चंद ग़ैर मरी मक्खियाँ मारने के बाद उसने मुझसे कहा, 'घोगा गया।'

मैंने कहा, 'हाँ सुना था कि वह जा रहा है।'

नईमा के साँवले होंठों पर सिकुड़ी हुई मुस्कराहट नमूदार हुई, 'और वह भी गई...'

मैंने पूछा, 'कौन?'

नईमा ने जवाब दिया, 'वह...वह मिस ज़ेकब...जिसके बारे में आप कहा करते थे कि इतनी मुख़्तसर है कि बटुवे में समा सकती है...लेकिन घोगे के पास तो कोई बटुवा नहीं था।'

मुझे बड़ी हैरत हुई कि मिस ज़ेकब को घोगे में क्या नज़र आया या घोगे को मिस ज़ेकब में क्या ख़ूबी दिखाई दी...लेकिन तीसरे रोज़ मिस ज़ेकब नाइट ड्यूटी पर थी। जब वह सुबह मेरे बिस्तर के क़रीब आयी तो मैंने ज़ोर से अस्सलाम अलैकुम कहा। उसने चौंककर धीमी आवाज़ में उस सलाम का जवाब दिया और मेरा टेम्प्रेचर लिये बग़ैर चली गई।

सात बजे जब दूसरी नर्सें आईं तो नईमा ने मेरा बदन पोंछने के लिए गर्म पानी तैयार करते हुए, अपने साँवले होंठों पर कुनकुनी मुस्कराहट पैदा करते हुए कहा, 'घोगे के पास बटुवा नहीं था, इसलिए आपकी मिस ज़ेकब वापस तशरीफ़ ले आयी है।'

मैंने पूछा, 'क्या हुआ?'

नईमा ने गर्म-गर्म पानी में तर किया हुआ तौलिया मेरे बाज़ू पर रख दिया, 'कुछ ख़ास तो नहीं हुआ...सिर्फ़ ज़ेकब के कानों की दो सोने की बालियाँ गुम हो गई हैं...शायद घोगे की बहिन के कान नंगे होंगे।'

तयब्क्कुन[*]

उधर से मुसलमान और इधर से हिंदू अभी तक आ-जा रहे थे। कैंप के कैंप भरे पड़े थे, जिनमें तिल धरने के लिए वाक़्यी कोई जगह नहीं थी लेकिन इसके बावजूद लोग उनमें ठूँसे जा रहे थे। गल्ला नाकाफ़ी है। हिफ़्ज़ानेसेहत का कोई इंतज़ाम नहीं बीमारियाँ फैल रही हैं। इसका होश किसको था। अजब अफ़रा-तफ़री और तफ़रीत (अव्यवस्था) का आलम था।

सन् 48 का आग़ाज़ था, ग़ालिबन मार्च का महीना। इधर और उधर दोनों तरफ़ रज़ाकारों (स्वयंसेवकों) के ज़रिये से 'मग़्विया' (अपहृत) औरतों और बच्चों की बरआमदगी का मुस्तह्सन (शुभ) काम शुरू हो चुका था। सैकड़ों मर्द, औरतें, लड़के और लड़कियाँ इस कार-ए-खैर में हिस्सा ले रही थीं। मैं जब उनको सरगम-ए-अमल देखता तो मुझे बड़ी मसर्रत (ख़ुशी) हासिल होती। यानी ख़ुद इनसान इनसान की बुराइयों के आसार मिटाने की कोशिश में मसरूफ़ था। जो इस्मतें लुट चुकी थीं, उनको मज़ीद लूट-खसोट से बचाना चाहता था। किसलिए?...इसलिए कि उसका दामन मज़ीद धब्बों और दाग़ों से आलूदा न हो? इसलिए कि वह जल्दी-जल्दी अपने ख़ून से लिथड़ी हुई उँगलियाँ चाट लें और हम अपने हम–जिन्सों के साथ दस्तरख़्वान पर बैठकर रोटी खाएँ? इसलिए कि वे इंसानियत का सूई-धागा लेकर, जब तक दूसरे आँखें बंद किए हैं, इस्मतों के चाक रफ़ू कर दें।

कुछ समझ में नहीं आता था...लेकिन उन रज़ाकारों की जद्दो-जहद कोशिश फिर भी क़ाबिल-ए-क़द्र मालूम होती थी।

उनको सैकड़ों दुश्वारियों का सामना करना पड़ता था। हज़ारों झमेले थे जो उन्हें उठाने पड़ते थे। क्योंकि जिन्होंने औरतें और लड़कियाँ उड़ाई थीं, सीमाबवार (अस्थिर) थे, आज इधर कल उधर, अभी इस मुहल्ले में अभी उस मुहल्ले में और फिर आस-पास के आदमी भी उनकी मदद नहीं करते थे।

अजीब-अजीब दास्तानें सुनने में आती थीं...एक अफ़सर ने मुझे बताया कि सहारनपुर में दो लड़कियों ने पाकिस्तान में अपने वालिदैन के पास जाने से इनकार कर दिया। दूसरे ने बताया कि जब जालंधर में ज़बरदस्ती हमने एक लड़की को

---

[*]   विश्वास

निकाला तो क़ाबिज़ के सारे ख़ानदान ने उसे यूँ अलविदा कही जैसे वह उनकी बहू है और किसी दूर-दराज़ सफ़र पर जा रही है...कई लड़कियों ने रास्ते में वालिदैन के ख़ौफ़ से ख़ुदकुशी कर ली। कुछ सदमों की ताब न लाकर पागल हो चुकी थीं, कुछ ऐसी भी थीं जिनको शराब की लत पड़ चुकी थी। उनको प्यास लगती तो पानी की बजाय शराब माँगती और गंदी-गंदी गालियाँ बकतीं।

मैं उन बरामद की हुई लड़कियों और औरतों के बारे में सोचता तो मेरे ज़ेहन में सिर्फ़ फूले हुए पेट उभरते...इन पेटों का क्या होगा? इनमें जो कुछ भरा है इसका मालिक कौन है? पाकिस्तान या हिन्दुस्तान?

और वो नौ महीनों की बारबरदारी...उसकी उजरत पाकिस्तान अदा करेगा या हिन्दुस्तान? क्या यह सब ज़ालिम फ़ितरत या बहीखाते में दर्ज होगा?...मगर क्या इसमें कोई पन्ना ख़ाली रह गया?

दर-आमदा औरतें आ रही थीं, बर-आमदा औरतें जा रही थीं।...इन्हें अगवा कब किया गया है?...अगवा तो एक बड़ा रोमांटिक कार्य है। जिसमें मर्द और औरतें दोनों शरीक होते हैं। यह तो एक ऐसी खाई है जिसको फाँदने से पहले दोनों रूहों के सारे तार झनझना उठते हैं, लेकिन यह अगवा कैसा है कि एक निहत्थी को पकड़कर कोठरी में क़ैद कर लिया।

लेकिन वह जमाना ऐसा था कि मंतिक (समझ) इस्तिदलाल (तर्क) और फ़लसफ़ा बेकार चीज़ें थीं...उन दिनों जिस तरह गर्मियों में भी दरवाज़े और खिड़कियाँ बंद करके सोते थे, उसी तरह मैंने अपने दिल-ओ-दिमाग़ की भी सब खिड़कियाँ-दरवाज़े बंद कर दिए थे। हालाँकि उन्हें खुला रखने की ज़्यादा ज़रूरत उसी वक़्त थी। लेकिन मैं क्या करता। मुझे कुछ सूझता नहीं था।

दर-आमदा (आगत) औरतें आ रही थीं, बर-आमदा (निर्गत) औरतें जा रही थीं।

यह दर-आमद और बर-आमद जारी थी...तमाम व्यापारिक खुसूसियात के साथ।

और सहाफ़ी (पत्रकार), अफ़साना-निगार और शायर अपने क़लम उठाए शिकार में मसरूफ़ थे...लेकिन अफ़सानों और नज़्मों का एक सैलाब था जो उमड़ा चला आ रहा था। क़लमों के क़दम उखड़-उखड़ जाते थे। इतने सैट थे कि सब बौखला गये थे।

'और वह चली गई, अपनी मौहूम तलाश में...'

'मैंने सोचा एक तलाश और फिर मौहूम...लेकिन पगली को क्यों इतना यक़ीन था कि उसकी बेटी पर कोई कृपाण नहीं उठा सकता। कोई तेज़ धार या छुरा

उसकी गर्दन की तरफ़ नहीं बढ़ सकता। क्या वह अमर थी या उसकी ममता अमर थी...ममता तो ख़ैर अमर होती है। फिर क्या वह अपनी ममता ढूँढ़ रही थी...क्या उसने उसे कहीं खो दिया...?'

'तीसरे फेरे पर फिर मैंने उसे देखा। अब वह बिलकुल चीथड़ों में थी, क़रीब-क़रीब नंगी, मैंने उसे कपड़े दिए। लेकिन उसने क़ुबूल न किए। मैंने उससे कहा, 'माई मैं सच कहता हूँ, तेरी लड़की पटियाला ही में क़त्ल कर दी गई थी।'

'उसने फिर उसी फ़ौलादी तयक़्क़ुन के साथ कहा, 'तू झूठ कहता है।'

मैंने उससे अपनी बात मनवाने की ख़ातिर कहा, 'नहीं, मैं सच कहता हूँ, काफ़ी रो-पीट लिया है तुमने...चलो मेरे साथ मैं तुमको पाकिस्तान ले चलूँगा।'

'उसने मेरी बात न सुनी और बड़बड़ाने लगी। बड़बड़ाते-बड़बड़ाते वह एकदम चौंकी, अब उसके लहज़े में तयक़्क़ुन फ़ौलाद से भी ज़्यादा ठोस था। 'नहीं मेरी बेटी को कोई क़त्ल नहीं कर सकता।'

'मैंने पूछा, 'क्यों?'

बुढ़िया ने हौले-हौले कहा, 'वह ख़ूबसूरत है...इतनी ख़ूबसूरत कि उसे कोई क़त्ल नहीं कर सकता...उसे तमाचा तक नहीं मार सकता।'

'मैं सोचने लगा, 'क्या वह वाक़्यी इतनी ख़ूबसूरत थी...? हर माँ की आँखों में उसकी औलाद चंदे आफ़ताब-ओ-चंदे माहताब होती है...लेकिन हो सकता है कि वह लड़की वाक़्यी ख़ूबसूरत हो...मगर इस तूफ़ान में कौन-सी ख़ूबसूरती है जो इनसान के खुरदरे हाथों से बची है...हो सकता है पगली उस ख़याल-ए- ख़ाम (भ्रम) को धोखा दे रही है...फ़रार के लाखों रास्ते हैं...दु:ख एक ऐसा चौक है जो अपने गिर्द लाखों बल्कि करोड़ों सड़कों का जाल बुन देता है...'

'बॉर्डर के उस पार कई फेरे हुए हर बार मैंने उस पगली को देखा। अब वह हड्डियों का ढाँचा रह गयी थी। बीनाई कमज़ोर हो चुकी थी। रास्ता टटोलकर चलती थी। मगर उसकी तलाश जारी थी बड़ी शद्द-ओ-मद (गहनता) से। उसका यक़ीन उसी तरह दृढ़ था कि उसकी बेटी जिंदा है, इसलिए कि उसे कोई मार नहीं सकता।'

'...बहिन ने मुझसे कहा कि 'इस औरत से मग़ज़मारी फ़िज़ूल है। इसका दिमाग़ चल चुका है। बेहतर यही है कि तुम इसे पाकिस्तान ले जाओ और पागलख़ाने में दाख़िल करा दो।'

'मैंने मुनासिब न समझा कि मैं इसकी मौहूम तलाश जो उसकी ज़िंदगी का वाहिद (एकमात्र) सहारा थी, मैं उससे छीन लूँ। मैं उसे एक विस्तृत पागलख़ाने

से, जिसमें वह मीलों की मुसाफ़त तय करके अपने पाँव के आबलों (छालों) की प्यास बुझा सकती थी, उठाकर एक मुख़्तसर सी चहारदीवारी में क़ैद कराना नहीं चाहता था।'

'आख़िरी बार मैंने उसे अमृतसर में देखा। उसकी बदहाली का यह आलम था कि मेरी आँखों में आँसू आ गये। मैंने फैसला कर लिया कि मैं उसे पाकिस्तान ले जाऊँगा और पागलख़ाने में दाख़िल करा दूँगा।'

'वह फ़रीद के चौक में खड़ी अपनी नीम अंधी आँखों से इधर-उधर देख रही थी। चौक में काफ़ी चहलपहल थी। मैं बहिन के साथ एक दुकान पर बैठा एक अपहृत लड़की के मुतअल्लिक़ बातचीत कर रहा था जिसके मुतअल्लिक़ हमें यह ख़बर मिली थी कि वह बाज़ार सहबोनियाँ में एक हिंदू बनिए के घर मौजूद है। यह गुफ़्तगू ख़त्म हुई तो मैं उठा कि उस पगली से झूठ-सच कहकर उसे पाकिस्तान जाने के लिए आमादा करूँ कि एक जोड़ा उधर से गुज़रा...औरत ने घूँघट काढ़ा हुआ था...छोटा-सा घूँघट। उसके साथ एक सिक्ख नौजवान था। बड़ा छैल-छबीला, बड़ा तंदुरुस्त और तीखे नैन-नक्श वाला...'

'जब ये दोनों उस पगली के पास से गुज़रे तो नौजवान एकदम ठिठक गया दो क़दम पीछे हटकर औरत का हाथ पकड़ लिया, कुछ इस अचानक तौर पर कि लड़की ने अपना छोटा-सा घूँघट उठाया। लड़के की धुली हुई चादर के चौखटे में मुझे एक ऐसा गुलाबी चेहरा नज़र आया, जिसका हुस्न बयान करने में मेरी जुबान आजिज़ है।'

'मैं उनके बिलकुल पास था। सिक्ख नौजवान ने उस हुस्न-ओ-जमाल की देवी से उस पगली की तरफ़ इशारा करते हुए सरगोशी से कहा, 'तुम्हारी माँ।'

लड़की ने एक लहज़े के लिए पगली की तरफ़ देखा और घूँघट ओढ़ लिया और सिक्ख नौजवान का बाजू पकड़कर भिंचे हुए लहज़े में कहा, 'चलो।'

और वे दोनों सड़क से उधर ज़रा हटकर तेज़ी से आगे निकल गये...पगली चिल्लाई, 'भागभरी-भागभरी।'

'वह बहुत बेचैन थी मैंने पास जाकर पूछा, 'क्या बात है माई?'

'वह काँप रही थी, 'मैंने उसको देखा है...मैंने उसको देखा है।'

'मैंने पूछा, 'किसे?'

'उसके माथे के नीचे दो गड़ों में उसकी आँखों के बेनूर डले मुतहर्रिक (गतिमान) थे...'अपनी बेटी को...भागभरी को।'

मैंने फिर उससे कहा, 'वह मर-खप चुकी है माई।'

उसने चीखकर कहा, 'तुम झूठ कहते हो।'

'मैंने इस बार उसको पूरा यक़ीन दिलाने की ख़ातिर कहा, 'मैं ख़ुदा की कसम खाकर कहता हूँ, वह मर चुकी है।'

'यह सुनते ही वह पगली चौक में ढेर हो गई।'

❑

राजो

सन् इकतीस के शुरू होने में सिर्फ़ रात के चंद बर्फ़ाए हुए घंटे बाक़ी थे। वह लिहाफ़ में सर्दी की शिद्दत के बायस काँप रहा था। वह पतलून और कोट समेत लेटा हुआ था, लेकिन इसके बावजूद सर्दी की लहरें उसकी हड्डियों तक पहुँच रही थीं।

वह उठ खड़ा हुआ और उसने अपने कमरे की सब्ज़ रोशनी में, जो सर्दी में इजाफ़ा कर रही थी, ज़ोर-ज़ोर से टहलना शुरू कर दिया कि उसका दौराने-ख़ून तेज़ हो जाये।

थोड़ी देर यूँ चलने-फिरने के बाद जब उसके जिस्म के अंदर थोड़ी-सी हरारत पैदा हो गई तो वह आरामकुर्सी पर बैठ गया और सिगरेट सुलगाकर अपने दिमाग़ को टटोलने लगा–उसका दिमाग़ चूँकि बिलकुल ख़ाली था, इसलिए उसकी सुनने की क्षमता बहुत तेज़ हो गई थी।

कमरे की सारी खिड़कियाँ बंद थीं, मगर वह बाहर गली में हवा की मद्धम से मद्धम गुनगुनाहट भी बड़ी आसानी से सुन रहा था।

उसी गुनगुनाहट में उसे इनसानी आवाज़ें सुनाई दी–एक दबी-दबी-सी चीख दिसंबर की आख़िरी रात की ख़ामोशी में चाबुक के औल की तरह उभरी और फिर किसी की अनुरोध भरी आवाज़ लरज़ी।

वह उठ खड़ा हुआ और उसने खिड़की की दर्ज़ (दरार) में से बाहर की तरफ़ देखा।

वही, वही लड़की, सौदागरों की नौकरानी म्युनिसिपैलिटी की लालटेन के नीचे खड़ी थी, सिर्फ़ एक सफ़ेद बनियान पहने–लालटेन की रोशनी में यूँ मालूम हो रहा था कि उसके बदन पर बर्फ़ की एक पतली-सी तह जम गई है।

बनियान के नीचे लड़की की बदनुमा छातियाँ नारियलों की मानिंद लटक रही थीं और वह इस अन्दाज़ में खड़ी थी, गोया अभी-अभी कुश्ती से फ़ारिग़ हुई है। लड़की को ऐसी हालत में देखकर उसके कलात्मक जज़्बात को धचका-सा लगा।

इतने में किसी मर्द की भिंची-भिंची-सी आवाज़ उसको सुनाई दी, ख़ुदा के लिए अंदर चली आओ...कोई देख लेगा तो आफ़त ही आ जायेगी।' आवाज़ सौदागर बच्चे की थी जिसे वह पहचानता था।

वहशी बिल्ली की तरह लड़की ने गुर्राकर जवाब दिया, 'मैं नहीं आऊँगी ...बस एक बार जो कह दिया कि नहीं आऊँगी।'

सौदागर बच्चे ने इल्तिजा के तौर पर लड़की से कहा, 'ख़ुदा के लिए ऊँचा न बोलो राजो, कोई सुन लेगा।'

'तो उसका नाम राजो है,' उसने मन-ही-मन में कहा।

राजो ने अपनी लंबी चुटिया को झटका देकर सौदागर बच्चे से कहा, 'सुन ले, सारी दुनिया सुन ले, ख़ुदा करे सारी दुनिया सुन ले...अगर तुम मुझे अपने कमरे के अंदर आने के लिए कहोगे तो मैं ख़ुद मुहल्ले भर को जगाकर सब कुछ कह दूँगी।'

राजो उसे नज़र आ रही थी मगर सौदागर बच्चा, जिससे वह मुख़ातिब थी उसकी नज़रों से ओझल था।

उसने एक लंबी और गहरी साँस लेकर फिर खिड़की की बड़ी दर्ज़ (दरार) से राजो को देखा और उसके बदन पर झुरझुरी-सी तारी हो गई–अगर राजो सारी की सारी नंगी होती तो शायद उसकी कलात्मक भावनाओं को ठेस न पहुँचती। राजो के जिस्म के जो हिस्से नंगे थे, उसके जिस्म के छिपे हिस्सों को स्पष्ट कर रहे थे।

राजो म्युनिसिपैलिटी की लालटेन के नीचे खड़ी थी और वह महसूस कर रहा था कि औरत के मुताल्लिक़ उसके जज़्बात अपने कपड़े उतार रहे हैं।

राजो की ग़ैर बेडौल बाँहें, जो कँधों तक नंगी थीं, नफ़रतअंगेज़ तौर पर लटक रही थीं, मर्दाना बनियान और गले में से उसकी नीम पुख़्त डबलरोटी-जैसी मोटी और नर्म छातियाँ कुछ इस अन्दाज़ से बाहर झाँक रही थीं गोया सब्ज़ी-तरकारी की टूटी हुई टोकरी में से गोश्त के टुकड़े दिखाई दे रहे हों; हद से ज्यादा इस्तेमालशुदा घिसी हुई पतली बनियान का निचला घेरा ख़ुद-ब-ख़ुद ऊपर को उठ गया था और राजो की नाभि का गड्ढ़ा उसके खमीरे आटे–जैसे फूले हुए पेट पर यूँ दिखाई दे रहा था, जैसे किसी ने उँगली चुभो दी हो।

वह नज़ारा देखकर उसके दिमाग़ का ज़ायका ख़राब हो गया–उसने चाहा कि खिड़की से हटकर अपने बिस्तर पर लेट जाये और सब कुछ भूल-भालकर सो जाये लेकिन जाने क्यों वह दर्ज़ पर आँख जमाए खड़ा रहा।

राजो को उस हालत में देखकर उसके दिल में नफ़रत पैदा हो गई थी और शायद वह उसी नफ़रत की वजह से राजो में दिलचस्पी ले रहा था।

सबसे छोटे सौदागर बच्चे ने, जिसकी उम्र तीस बरस के लगभग होगी, एक बार फिर इल्तिजाइया लहज़े में राजो से कहा, राजो, ख़ुदा के लिए अंदर चली आओ...मैं तुमसे वादा करता हूँ कि फिर कभी तुम्हें नहीं सताऊँगा...लो अब मान जाओ...तुम्हारी बग़ल में वकीलों का मकान है; उनमें से किसी ने देख या सुन लिया तो बड़ी बदनामी होगी।'

राजो ख़ामोश रही, फिर थोड़ी देर के बाद बोली, 'मुझे मेरे कपड़े ला दो...बस अब मैं तुम्हारे घर में नहीं रहूँगी...तंग आ गयी हूँ...मैं कल से वकीलों के यहाँ नौकरी कर लूँगी...अब अगर तुमने मुझसे कुछ और कहा तो ख़ुदा कसम, शोर मचाना शुरू कर दूँगी...चुपचाप मेरे कपड़े ला दो।'

सौदागर बच्चे ने कहा, 'लेकिन तुम रात कहाँ काटोगी?'

राजो ने जवाब दिया, 'जहन्नुम में...तुम्हें इससे क्या...जाओ, अपनी बीवी की बग़ल गरम करो, मैं कहीं-न-कहीं सो जाऊँगी। राजो की आँखों में आँसू आ गये–वह सचमुच रो रही थी।

दर्ज़ पर से आँख हटाकर वह पास पड़ी हुई कुर्सी पर बैठ गया और सोचने लगा।

राजो की आँखों में आँसू देखकर उसे अजीब क़िस्म का सदमा हुआ था; उस सदमे के साथ वह नफ़रत भी लिपटी हुई थी जो राजो को उस हालत में देखकर उसके दिल में पैदा हुई थी–मगर निहायत नर्मदिल होने के बायस वह पिघल-सा गया। राजो की खिलाड़ी आँखों में, जो शीशे के मर्तबान में चमकदार मछलियों की तरह सदा चमकती रहती थीं, आँसू देखकर उसका जी चाहा कि उन्हें थपकाकर दिलासा दे। राजो की जवानी के चार क़ीमती साल सौदागर भाइयों ने मामूली चटाई की तरह इस्तेमाल किए थे। इन बरसों में तीनों सौदागर भाइयों के नली-क़दम कुछ इस तरह हो गये थे कि उनमें से किसी को भी इस बात का ख़ौफ़ नहीं रहा था कि कोई उनके पैरों के निशान पहचान लेगा–और राजो के मुताल्लिक़ भी यही कहा जा सकता है कि न उसने अपने क़दमों के निशान देखे थे, न दूसरों के। राजो को तो बस चलते जाने की धुन थी, किसी भी तरफ़।

पर अब शायद राजो ने मुड़ के देखा था–मुड़ के राजो ने क्या देखा था जो उसकी आँखों में आँसू आ गये–वह नहीं जानता था।

बाहर सन् तीस की आख़िरी रात दम तोड़ रही थी और अंदर कमरे में उसका दिल धड़क रहा था।

क्या राजो सौदागर भाइयों के मकान के अंदर चली गई है?

क्या वह सबसे छोटे सौदागर बच्चे का कहा मान गई है?

मगर वह झगड़ी किस बात पर है?

ज़रूर उसके और सौदागर बच्चे के दरमियान, जिसका नाम महमूद है, किसी बात पर झगड़ा हुआ है–तभी तो वह दिसंबर की खून जमा देनेवाली आख़िरी रात में सिर्फ़ एक बनियान और सलवार पहने घर से बाहर निकल आई है और वापस अंदर जाने का नाम तक नहीं ले रही है।

वह सोच रहा था और महसूस कर रहा था कि उसे राजो के काँपते हुए नथुने नज़र आ रहे हैं।

वह जानता था कि राजो को दुखी देखकर उसके एक नामालूम जज़्बे को तस्कीन मिली है, लेकिन उसके दिल में रहम के जज़्बात भी पैदा हुए हैं।

किसी औरत से उसने कभी हमदर्दी का इज़हार नहीं किया था; शायद इसीलिए वह राजो को दुखी देखना चाहता था कि वह उससे अपनी हमदर्दी का इज़हार कर सके।

उसे यक़ीन था कि अगर वह राजो के क़रीब होना चाहेगा तो वह जंगली घोड़ी की तरह बिदकेगी नहीं।

राजो 'ग़िलाफ़' चढ़ी औरत नहीं थी; वह जैसी भी थी, दूर से नज़र आ जाती थी; उसकी भद्दी और मोटी हँसी, जो अकसर उसके मटमैले होंठों पर बच्चों के टूटे हुए घरौंदे की मानिंद नज़र आती थी, असली हँसी थी–और अब जबकि उसकी भँवरे जैसी मुतहर्रिक आँखों ने आँसू उगल दिए थे तो उनमें कोई बनावटीपन नहीं रहा था।

राजो को वह, उसका नाम जाने बिना, एक मुद्दत से जानता था–उसकी आँखों के सामने राजो के चेहरे के तमाम खुतूत तब्दील हुए थे और वह ग़ैर महसूस तरीक़े से लड़की से औरत बनने की तरफ़ बढ़ी थी। यही वजह है कि वह तीन सौदागर भाइयों को हुजूम नहीं समझती थी।

उसे यह हुजूम पसंद नहीं था, इसलिए कि वह एक औरत के साथ सिर्फ़ एक मर्द मुनसलिक (जुड़े) देखने का क़ायल था–और यूँ उसे राजो के मामले में पसंदीदगी और नापसंदीदगी के दरमियान रुक जाना पड़ता था।

सन् इकतीस की पहली सुबह वह आई।

वह लिहाफ़ ओढ़े लेटा हुआ था और जाग रहा था।

उसने कमरा साफ़ किए जाने की आवाज़ सुनी तो समझा कि जमादार जल्दी आ गया है–उसने लिहाफ़ के अंदर ही से कहा, 'जमादार, गर्द मत उड़ाना।'

एक निसवानी (जनाना) आवाज़ उसको सुनाई दी, 'जी मैं...जी मैं तो...' उसने लिहाफ़ उलट दिया–राजो सामने खड़ी थी।

वह बहुत मुतहैयिर (चकित) हुआ–चंद लम्हात वह राजो को देखता रहा, फिर उसने कहा, 'तुम यहाँ कैसे आ गई हो?'

राजो ने झाड़ू अपने कँधे पर रखी और जवाब दिया, 'मैं आज सुबह ही यहाँ आयी हूँ...सौदागरों की नौकरी मैंने छोड़ दी है।'

उसकी समझ में न आया कि क्या कहे। आख़िर उसने इतना कहा, 'अच्छा किया...! अब क्या तुमने हमारे यहाँ नौकरी कर ली है?'

'जी हाँ!' राजो ने जवाब दिया।

यकायक उसने महसूस किया कि उसको राजो से सख़्त नफ़रत है और उसको बड़ी उलझन महसूस हुई–रात का तमाशा उसकी आँखों के सामने था मुझे इससे नफ़रत है, इस कदर नफ़रत कि मैं चाहता हूँ, यह मेरी नज़रों के सामने न आये...मैं नहीं चाहता कि मेरे घर में इसका किसी क़िस्म का दखल हो...

वह कुछ समझ न पा रहा था–हालाँकि बात सिर्फ़ इतनी थी कि उसकी वालिदा (माँ) बहुत रहमदिल थीं और उन्हें एक नौकरानी की ज़रूरत थी और उन्होंने राजो को नौकरी पर रख लिया था।

राजो आती–सुबह नाश्ता लेकर आती; फिर शेव का सामान लेकर आती; दोपहर का खाना पेश करती।

उसको राजो की सब बातें बहुत नागवार गुज़रती–वह नहीं चाहता था कि राजो उसके लिए वह सब करे।

एक दिन उसने तंग आकर राजो से कहा, 'देखो राजो, मुझे तुम्हारी हमदर्दियाँ पसंद नहीं...मैं अपना काम ख़ुद कर सकता हूँ...तुम मेहरबानी करके तकलीफ़ न किया करो।'

राजो ने बड़ी मतानत (शालीनता) से कहा, 'सरकार, मुझे कोई तकलीफ़ नहीं होती...मैं तो आपकी बाँदी हूँ।'

वह झेंप-सा गया, 'ठीक है, ठीक है...तुम नौकरानी हो, बस इस बात का ख़याल रखो।'

राजो ने तिपाई का कपड़ा ठीक करते हुए कहा, 'जी, मुझे हर चीज़ का ख़याल है...मुझे इस बात का भी ख़याल है कि आप मुझे अच्छी नज़रों से नहीं देखते।'

वह लुटपुट गया, 'मैं...मैं तुम्हें अच्छी नज़रों से नहीं देखता, यह तुमने यह तुमने कैसे जाना?'

राजो मुस्कराई, 'हुज़ूर, आप अमीर आदमी हैं...आपको हम ग़रीबों के दुख-दर्द का कोई अहसास नहीं हो सकता।'

उसको राजो से और ज़्यादा नफ़रत हो गई–वह समझने लगा कि यह लड़की, जो उसके घर में उसकी वालिदा की नर्म तबीयत की वजह से आ गई है, बहुत वाहियात है।

और राजो थी कि बड़ी बाकायदगी से घर का काम करती कि नुक्स निकालने का सवाल ही पैदा न होता।

जब उसकी शादी का सवाल उठा तो वह बहुत बेचैन हुआ। वह इतनी जल्दी शादी नहीं करना चाहता था–उसने अपने वालिदैन से साफ़ लफ़्ज़ों में कह दिया, 'मुझे यह झंझट अभी नहीं चाहिए।'

उसके वालिदैन (माता-पिता) ने बहुत ज़ोर दिया कि वह शादी कर ले, मगर वह न माना–लड़की पसंद नहीं आई थी।

एक दिन वह घर से ग़ायब हो गया–राजो भी।

दूसरे दिन मालूम हुआ कि वे मियाँ-बीवी बन चुके हैं।

ख़त और उसका जवाब

मंटो भाई,

तस्लीमात! मेरा नाम आपके लिए बिलकुल नया होगा। मैं कोई बहुत बड़ी अदीबा नहीं हूँ। बस कभी-कभार अफ़साना लिख लेती हूँ और पढ़कर फाड़ फेंकती हूँ। लेकिन अच्छे अदब को समझने की कोशिश ज़रूर करती हूँ और मैं समझती हूँ कि इस कोशिश में कामयाब हूँ। मैं और अच्छे अदीबों के साथ आपके अफ़साने भी बड़ी दिलचस्पी से पढ़ती हूँ। आपसे मुझे हर बार नये विषय की उम्मीद रही और आपने दर-हक़ीक़त हर बार नया मौज़ूअ पेश किया। लेकिन जो मौज़ूअ मेरे ज़ेहन में है वह कोई अफ़साना-निगार पेश न कर सका। यहाँ तक कि सआदत हसन 'मंटो' द्वारा भी नफ़सीयात मनोविज्ञान और जिंसीयत (सेक्स) का इमाम तस्लीम किया जाता है।

हो सकता है वह मौज़ूअ आप की कहानियों के मौज़ूआत की क़तार में हो और किसी वक़्त भी आप उसे अपनी कहानी के लिए चुन लें। लेकिन फिर सोचती हूँ कि हो सकता है, सआदत हसन 'मंटो' जैसा बेरहम अफ़साना-निगार भी उस मौज़ूअ से चश्मपोशी कर जाये। इसलिए कि उस मौज़ूअ को नंगा करने से सारी क़ौम नंगी होती है और शायद 'मंटो' क़ौम को नंगा देख नहीं सकता।

आपकी अदीमुल फ़ुर्सती (व्यस्तता) के पेश-ए-नज़र मैं इस ख़त को उलझाना नहीं चाहती और साफ़ अल्फ़ाज में कह देना चाहती हूँ कि वह मौज़ूअ है, 'हमारे माहौल के मर्दों का कमउम्र लड़कों के साथ नाजायज़ ताल्लुक।' मुख़्तसर अल्फ़ाज (शब्दों) में आप कोई भी सलाह ले सकते हैं।

मेरा अभिप्राय यही था...मैं बहुत अरसे से सोच रही थी कि इस बारे में आपको ख़त लिखूँ और आख़िर जुर्रत कर ली। सिवाय 'मंटो' के और कोई इस मौज़ूअ को बेनक़ाब नहीं कर सकता। अगर मेरी क़लम में ज़ोर होता तो मैंने कभी की कहानी लिखी होती।

अस्सलाम!

आपकी बहिन (मैं यहाँ असल नाम नहीं दे रही) नुजहत शीरीं बी.ए.।

जब मुझे यह ख़त मिला तो मैं सोचने लगा कि यह लड़की कौन है? मैं कहाँ का मनोवैज्ञानिक और यौन-विशेषज्ञ हूँ कि उसने मुझसे रुजू किया।

'जब यह ख़त मिला तो इत्तिफ़ाक़ से मेरे एक दोस्त जो ज्योतिष और हस्तरेखा में शग्फ़ रखते हैं और इसके अलावा रमल और जफ़र (एस्ट्रोलॉजी) के भी तालिब इल्म हैं, मैंने उन्हें यह ख़त पढ़ने के लिए दिया और कहा वारिसी साहब! मैंने इसके बारे में जो राय क़ायम की है वह महफ़ूज़ है।'

मेरे एक और दोस्त जिनका नाम दोस्त मुहम्मद है। उनसे मैं अपनी राय बयान कर चुका था।

वारिसी साहब ने यह ख़त पढ़ा और अपने मख़सूस अन्दाज़ में मुस्करा के कहा, 'यह औरत अगर वाक़यी औरत है और शादीशुदा है...जो कि होना चाहिए तो उसके ख़ाविंद को इग्लामबाज़ी (गुदामैमुन) का शौक़ है।'

मैंने दोस्त मुहम्मद से यही कहा था। अपनी बीवी से भी। मगर वे मानते नहीं थे। मेरी बहुत-सी बातें लोग नहीं मानते। मैं पैग़म्बर नहीं हूँ, कोई वली भी नहीं लेकिन अपनी इस्तिताअत के मुताबिक़ लोगों को समझने की कोशिश ज़रूर करता हूँ।

मैंने भी वही नतीजा निकाला था जो मेरे दोस्त वारिसी साहब ने निकाला... मैंने उनसे और दोस्त मुहम्मद से मशविरा किया कि मैं उस औरत के ख़त का क्या जवाब दूँ।

वारिसी साहब ने कहा, 'मंटो साहब—आप हमसे पूछते हैं? ऐसे ख़तों का जवाब देना आप ही का काम है।'

मैंने उनसे कहा, 'वारिसी साहब, मेरे लिए यह बहुत मुश्किल है। मैं कोई डॉक्टर, हकीम नहीं। मैं तो साफ़-साफ़ लफ़्ज़ों में जो कुछ मुझे कहना होगा, लिख दूँगा।'

उन्होंने कहा, 'तो लिख दो।'

'औरत ज़ात है—कैसे लिखूँ?'

'जब वह लिखती है कि मर्दों का कमउम्र लड़कों के साथ ग़ैरफ़ित्री ताल्लुक़ होता है—तो आप क्यों उसके जवाब में ऐसे ही अल्फ़ाज़ में मुनासिब जवाब नहीं देते।'

मैंने उनसे कहा, 'मुझे ऐसे मुनासिब अल्फ़ाज़ नहीं मिलते जिनमें उसका जवाब लिख सकूँ।'

और यह हक़ीक़त है कि मैं ख़ुद को आजिज़ समझ रहा था...लेकिन दोस्त मुहम्मद ने कहा, 'मंटो साहब आप तकल्लुफ़ से काम ले रहे हैं। क़लम पकड़िए और जवाबी ख़त लिख डालिए।'

मैंने क़लम पकड़ा और लिखना शुरू कर दिया–

'ख़ातून-ए-मोहतरम!

मैं आपको अपनी बहिन बनाने के लिए तैयार नहीं। इसलिए कि मुझपर बहुत से फ़रायज़ आयद हो जायेंगे। आप मेरे लिए ख़ातून-ए-मोहतरम ही रहेंगी। इसलिए कि यह रिश्ता ज़्यादा उचित है।

मुझे औरतों से डर लगता है। हो सकता है कि आप किसी मर्द वेश में औरत बनी हों। लेकिन मैं आपकी बात पर एतबार करके आपको एक औरत मानता हूँ।

आपके ख़त से जो कुछ मैंने समझा है–वह मैं अर्ज़ किए देता हूँ। मैं यक़ीनन बहुत बेरहम अफ़साना-निगार (कहानीकार) हूँ–मेरे सामने लाखों मौज़ूआत (विषय) पड़े हैं और जब तक मैं ज़िंदा हूँ पड़े रहेंगे। सड़क के हर पत्थर पर एक अफ़साना अंकित होता है। लेकिन मैं क्या करूँ। अगर किसी ख़ास जीते-जागते मौज़ूअ पर लिखूँ तो मुक़दमे का ख़ौफ़ होता है।

आपको शायद मालूम हो कि मुझ पर अब तक छह मुक़दमे चल चुके हैं–इसी सिलसिले में–मेरी समझ में नहीं आता कि मैं क़ुसूरवार कैसे क़रार दिया जाता हूँ। जबकि मैंने अपनी ज़िंदगी में एक भी गाली किसी को नहीं दी। किसी की माँ-बहिन की तरफ़ बुरी नज़रों से नहीं देखा–बैर यह मेरा और क़ानून का आपस का झगड़ा है। आपको इससे क्या वास्ता।

मैं यक़ीनन बेरहम अफ़साना-निगार हूँ। (जिन मायनों में आपने 'बेरहम' इस्तेमाल किया है) आपने जिस ख़दशे (आशंका) का इज़हार किया है कि मैं शायद आपके पेश-ए-नज़र मौज़ूअ को नज़रअंदाज़ कर जाऊँ तो यह गलत है।

मैं अल्लामा इक़बाल मरहूम के इस क़ौल का क़ायल हूँ कि–

अगर रूबाही हयात अंदर ख़तर जी

मैंने तो अपनी सारी ज़िंदगी इस शे'र की तौलीद (जन्म) से पहले ख़तरों में गुज़ारी है और अब भी गुज़ार रहा हूँ।

जो मौज़ूअ आपके ज़ेहन में है, कोई नया नहीं है–उस पर इस्मत चुग़ताई अपने मशहूर अफ़साने लिहाफ़ में लिख चुकी हैं कि एक औरत के ख़ाविंद को इग़लामबाज़ी की आदत थी। उसका रद्द-ए-अमल यह हुआ कि उस औरत ने दूसरी औरतों से हम-जिन्सी (समलैंगिकता) शुरू कर दी।

जहाँ मर्दों में हम जिंसीयत है, वहाँ औरतों में भी है। मैं आपको एक ज़िंदा मिसाल पेश करता हूँ–बेगम पारा (फ़िल्म एक्ट्रेस) को तो आप जानती होंगी। उसका ताल्लुक़ परोत्तमदास गुप्ता से है।

आप लिखती हैं हमारे माहौल के मर्दों का कमउम्र लड़कों से ग़ैरफ़ित्री ताल्लुक...।

मैं आपसे अर्ज़ करूँ, जहाँ तक मैं समझता हूँ, कोई चीज़ ग़ैरफ़ित्री नहीं होती। इनसान की फ़ितरत में बुरे-से-बुरा और अच्छे-से-अच्छा फ़े'ल (कृत्य) मौजूद है। इसलिए यह कहना नादुरुस्त है कि इनसान का फलां फ़े'ल ग़ैरफ़ित्री है–इनसान कभी फ़ितरत के ख़िलाफ़ जा ही नहीं सकता। जो उसकी फ़ितरत है, वह उसी के अंदर रहकर तमाम अच्छाइयाँ और बुराइयाँ करता है।

मुझे मालूम नहीं, आप शादीशुदा हैं या कुँवारी–लेकिन मुझे ऐसा महसूस होता है कि आपको कोई तल्ख़ तजुर्बा हुआ है, जिसकी बिना पर आपने मुझे यह ख़त लिखा।

समलैंगिकता आज से नहीं, हज़ारों साल से कायम है। लेकिन आजकल उसका रुझान क़रीब-क़रीब ग़ायब होता जा रहा है। इसकी वजह यह है कि औरतें मैदान-ए-अमल में आ गई हैं।

जब समलैंगिकता ज़ोरों पर थी तो उस वक़्त औरतें आसानी से दस्तयाब नहीं होती थीं। मर्द भटकते-भटकते बकौल आपके कमउम्र लड़कों से ग़ैरफ़ित्री ताल्लुक़ात क़ायम कर लेते थे–मगर अब यह रुझान बहुत हद तक कम हो गया है।

आप औरत हैं–इसलिए आपको मालूम नहीं कि यह कमउम्र लौंडे अब आपके रक़ीब (प्रतिपक्षी) नहीं रहे–मैं आपसे एक और बात कहूँ। जिस चीज़ की तलब हो, वही मंडी में आती है–पहले तलब छोकरों की थी, अब छोकरियों की है।

आप यक़ीनन जानती होंगी कि आजकल हव्वा की बेटियाँ ताँगे में सवार शिकार में मसरूफ़ होती हैं।

मैं आपको और बात बताऊँ—एक जमाना था (आज से बीस-बाईस बरस पहले) जब लाहौर में एक सिक्ख लड़का टेनी सिंह होता था...बड़ा खूबसूरत...उसके सामने किसी भी हसीन लड़की के नक्श मंद पड़ जाते।

उसने लाहौर में एक क़यामत बरपा कर रखी थी—उसके आशिक ने उसको एक मोटर कार ले दी ताकि उसे गवर्नमेंट कॉलेज जाने और घर तक आने में कोई तकलीफ़ न हो।

मैं अब आपको कितने क़िस्से सुनाऊँ—अमृतसर में (जहाँ का मैं रहने वाला हूँ) मेरा एक हिन्दू दोस्त हैं—अच्छी शक्ल-ओ-सूरत का था। हम दोनों बैठक में बातें कर रहे थे जो अंदर गली में थी। उसने एकाएक मुझसे चौंककर कहा, 'यार बाहर बहुत शोर हो रहा है—चलो।'

मैं कानों से ज़रा बहरा हूँ...मुझे शोर-वोर कुछ सुनाई नहीं दे रहा था। बहरहाल, मैं उसके साथ हो लिया...हम बाहर निकले तो बाज़ार की तमाम दुकानें बंद थीं। ऐसा मालूम होता था कि कांग्रेस की किसी तहरीक (आंदोलन) के बायस हड़ताल हो गई है।

चंद गुंडे हाथ में हॉकियाँ लिये फिर रहे थे...वे हमारे पास आये। एक गुंडे को मैंने पहचान लिया...बड़ा ख़तरनाक था। उसने बड़ी नर्मी से मेरे हिंदू दोस्त मनोहर से कहा, 'बाऊ जी, आप अंदर चले जायें ऐसा न हो कि आपको कोई नुक़सान पहुँच जाये।'

मनोहर और मैं वापस घर चले आये। मैंने उससे पूछा कि, 'यह क़िस्सा क्या है' तो उसने मुझे बताया कि दो आदमी उससे इश्क़ करते हैं—बड़ा स्पष्टवादी था—एक पड़गू के मुहल्ले का था, दूसरा फ़रीद के चौक का—मनोहर पड़गू से राज़ी था। इसलिए उन दोनों में लड़ाई हुई और नौबत यहाँ तक पहुँची कि शाम तक ग्यारह आदमी जख़्मी होकर अस्पताल में थे और मनोहर बिलकुल ठीक-ठाक था। अब मुझे आपसे यह कहना है—बल्कि पूछना है कि आपने मर्दों का कमउम्र लड़कों से गैरफ़ित्री ताल्लुक़ कैसे जाना?

जैसा कि मैंने और मेरे दोस्त वारिसी साहब ने सोचा है उसकी वजह सिर्फ़ यही हो सकती है कि आपका शौहर ऐसा शग़्ल करता होगा—आप मुझे उसके बारे में ज़रूर लिखिएगा। मैं यह भी नहीं जानता कि आप शादीशुदा हैं—हो सकता है, कोई और बात हो। देखिए, मैं आपसे एक बात अर्ज़ करूँ—क़रीब-क़रीब हर लड़का अपनी

जवानी के दिनों में ऐसी हरकतें करता है–हो सकता है आपने अपने लड़के के बारे में ही लिखा हो–उसे सचेत कर देना काफ़ी है–या उसकी शादी कर देनी चाहिए। क्योंकि हर आदत पककर तबीयत बन जाती है–और यह एक ख़ौफ़नाक चीज़ है।

जिन्स (सेक्स) का अहसास सिर्फ़ बालिग आदमियों में ही नहीं, छोटे-छोटे बच्चों में भी होता है–मैं उसके बारे में कुछ ज़्यादा नहीं कह सकता इसलिए कि उर्दू ज़ुबान इसकी इजाज़त नहीं देती।

आपने जो मुझे चैलेंज दिया है, क़ुबूल है–मैं अरसे से सोच रहा था कि जो मौज़ूअ आपने बताया है, उस पर कोई अफ़साना लिखूँ। अब यक़ीनन लिखूँगा। चाहे एक मुक़दमा और चल जाये।

आप मुझे अपने मुताल्लिक़ (बारे में) तफ़सील (विस्तार) से लिखिए, ताकि मैं कोई अन्दाज़ा कर सकूँ।

ख़ाकसार
सआदत हसन 'मंटो'।

❑

मिसेज़ गुल

मैंने जब उस औरत को पहली मर्तबा देखा तो मुझे ऐसा महसूस हुआ कि मैंने नींबू निचोड़नेवाला खटका देखा है। बहुत दुबली-पतली, लेकिन बला की तेज़। उसका सारा जिस्म, सिवाय आँखों के, इंतिहाई ग़ैर निस्वानी (स्त्रियोचित ख़ूबियों से रहित) था।

उसकी आँखें बड़ी-बड़ी और सुरमई थीं, जिनमें शरारत, दग़ाबाज़ी, और फ़रेबकारी कूट-कूट के भरी हुई थी—मेरी और उसकी मुलाकात ऊँची सोसाइटी की एक ख़ातून (महिला) के घर में हुई, जो पचपन बरस की उम्र में एक जवाँ मर्द से शादी के मरहले (चरण) तय कर रही थीं।

इस ख़ातून से, जिसको मैं अपनी और आपकी सहूलियत की ख़ातिर मिसेज़ गुल कहूँगा, मेरे बड़े बेतकल्लुफ़ मरासिम (संबंध) थे। मुझे उनकी सारी ख़ामियों का इल्म था और उन्हें मेरी चंद ख़ामियों का। बहरहाल हम दोनों एक-दूसरे से मिलते और घंटों बातें करते रहते। मुझमें उन्हें सिर्फ़ इतनी दिलचस्पी थी कि उन्हें अफ़साने पढ़ने का शौक़ था, और मेरे लिखे हुए अफ़साने उनको ख़ास तौर पर पसंद आते थे।

मैंने जब उस औरत को, जो सिर्फ़ अपनी आँखों की वजह से औरत कहलाए जाने की हक़दार थी, मिसेज़ गुल के फ़्लैट में देखा तो मुझे यह डर महसूस हुआ कि वह मेरी ज़िंदगी का सारा रस एक-दो बातों ही में निचोड़ लेगी। लेकिन थोड़े अरसे के बाद यह ख़ौफ़ दूर हो गया और मैंने उससे बातें शुरू कर दीं।

मिसेज़ गुल के मुताल्लिक़ मेरे जो ख़यालात पहले थे, सो अब भी हैं। मुझे मालूम था कि वह तीन शादियाँ करने के बाद चौथी शादी ज़रूर करेंगी। उसके बाद शायद पाँचवीं भी करें, अगर उम्र ने उनसे वफ़ा की। मगर मुझे उस औरत का, जिसका मैं ऊपर ज़िक्र कर चुका हूँ, उनसे कोई रिश्ता समझ में न आ सका।

मैं अब उस औरत का नाम भी आपको बता दूँ...मिसेज़ गुल ने उसे 'रज़िया' कहकर के पुकारा था—उसका लिबास आम नौकरानियों का-सा नहीं था, लेकिन मुझे बाद में मालूम हुआ कि मिसेज़ गुल के मुज़ारों की कोई बहू-बेटी है, जो

उनकी ख़िदमत के लिए कभी-कभार आ जाया करती है–यह ख़िदमत क्या थी, इसके मुताल्लिक़ मुझे पहले कोई इल्म नहीं था।

रज़िया की आमद से पहले मिसेज़ गुल के यहाँ बारह-तेरह बरस की एक लड़की जमीला रहती थी। उन दिनों उन्होंने एक प्रोफ़ेसर साहब से शादी कर रखी थी। यह प्रोफ़ेसर साहब जवान थे। कम-अज-कम मिसेज़ गुल से उम्र में पच्चीस बरस छोटे। वे जमीला को 'बिटिया' कहते थे और उससे बड़ा प्यार करते थे।

यह लड़की बड़ी प्यारी थी। रज़िया की तरह दुबली-पतली, मगर उसके जिस्म का कोई हिस्सा ग़ैर निस्वानी नहीं था। उसको देखकर यह मालूम होता कि यह बहुत जल्द, मालूम नहीं इतनी जल्दी क्यों, जवान औरत में तब्दील होने की तैयारियाँ कर रही है।

प्रोफ़ेसर साहब उसको अकसर अपने पास बुलाते, और हर दूसरे-तीसरे काम पर इनाम के तौर पर उसकी पेशानी चूमते और उसको शाबाशियाँ देते। मिसेज़ गुल बहुत ख़ुश होतीं, इसलिए कि यह लड़की उनकी पाली हुई थी।

मैं बीमार हो गया। दो महीने मरी (एक पहाड़ी पर्यटन स्थल) में गुज़ारकर जब वापस आया तो मालूम हुआ कि जमीला ग़ायब है। शायद वह मिसेज़ गुल की ज़मीनों पर वापस चली गई थी–लेकिन दो बरस के बाद मैंने उसे एक होटल में देखा, जहाँ वह चंद ऐशपरस्तों के साथ शराब पी रही थी।

उस वक़्त उसको देखकर मैंने महसूस किया कि उसने अपनी बलूग़त, नीम बलूग़त (अर्धवयस्कता) कहना ज्यादा मुनासिब होगा, का ज़माना बड़ी अफ़रा-तफ़री में तय किया है, जैसे किसी मुहाज़िर (शरणार्थी) का फ़सादात के दौरान में हिन्दुस्तान से पाकिस्तान का सफ़र।

मैंने उससे कोई बात न की, इसलिए कि जिनके साथ वह बैठी थी, वे मेरी जान-पहचान के नहीं थे। न मैंने इसका ज़िक्र मिसेज़ गुल से किया, क्योंकि वह जमीला की इस हैरतनाक मुसीबत पर कोई रोशनी न डालतीं।

बात रज़िया की हो रही थी, लेकिन जमीला का ज़िक्र यों ही आ गया, शायद इसलिए कि इसके बग़ैर मिसेज़ गुल के किरदार की पृष्ठभूमि पूरी न होती।

रज़िया से जब मैंने बातें शुरू कीं तो उसका लबो-लहजा उसकी आँखों के मानिंद तेज़, फरेबकार और बेसबब रंज आश्ना दुश्मन था–मुझे बिल्कुल कोफ़्त न हुई, इसलिए कि हर नयी चीज़ मेरे लिए दिलचस्पी का बायस होती है।

आमतौर पर मैं किसी औरत से भी, चाहे वह कमतरीन हो, बेतकल्लुफ़ नहीं होता, लेकिन रज़िया की आँखों ने मुझे मजबूर कर दिया कि मैं भी उससे चंद शरारत भरी बातें कहूँ।

ख़ुदा मालूम मैंने उससे क्या बात कही कि उसने मुझसे पूछा, 'आप कौन हैं?'

मैंने, जो कि शरारत पर तुला बैठा था, मिसेज़ गुल की मौजूदगी में कहा, 'आपका होनेवाला शौहर।'

वह एक लम्हे के लिए भन्ना गई, मगर फ़ौरन सँभलकर मुझसे मुख़ातिब हुई, 'मेरा कोई शौहर अब तक ज़िंदा नहीं रहा।'

मैंने कहा, 'कोई हर्ज़ नहीं...ख़ाकसार काफ़ी अरसे तक ज़िंदा रहने का वादा करता है, बशर्ते कि आपको कोई उज़्र न हो।'

मिसेज़ गुल ने ये चोटें पसंद कीं और एक झुर्रियोंवाला क़हक़हा बुलंद किया, 'सआदत, तुम कैसी बातें करते हो।'

मैंने जवाबन मिसेज़ गुल से कहा, 'मुझे आपकी यह ख़ादिम भा गयी है...मैं चाहता हूँ कि इसका क़ीमा बना के कोफ़्ते बनाऊँ, जिनमें काली मिर्च, धनिया और पुदीना ख़ूब रचा हो...'

मेरी बात काट दी गई। रज़िया उचककर बोली, 'जनाब, मैं ख़ुद बड़ी ततैया मिर्च हूँ...ये कोफ़्ते आपको हज़म नहीं होंगे। फ़साद मचा देंगे आपके मेदे के अंदर।'

मिसेज़ गुल ने एक और झुर्रियोंवाला क़हक़हा बुलंद किया, 'सआदत, तुम बड़े शरारती हो, लेकिन यह रज़िया भी किसी तरह तुमसे कम नहीं।'

मुझे चूँकि रज़िया की बात का जवाब देना था, इसलिए मैंने मिसेज़ गुल के उस जुमले की तरफ कोई तवज्जोह न दी और कहा, 'रज़िया, मेरा मेदा तुम–जैसी मिर्चों का बहुत देर का आदी है।'

यह सुनकर रज़िया ख़ामोश हो गयी। मालूम नहीं, क्यों उसने मुझे अपनी धोई हुई, मगर सुरमई आँखों से कुछ ऐसे देखा कि एक लम्हे के लिए मुझे यूँ महसूस हुआ कि मेरी सारी ज़िंदगी धोबनों के यहाँ चली गई है।

मालूम नहीं क्यों, लेकिन उसको पहली मर्तबा देखते ही मेरे दिल में ख़्वाहिश पैदा हुई थी कि मैं उसे, जो एक छोटा-सा कंकड़ थी, सड़कें कूटनेवाला इंजन बनकर ऐसा दबाऊँ कि वह चकनाचूर हो जाये, बल्कि उसका सफ़ूफ़ (चूर्ण)

बन जाये–या मैं उसके सारे वजूद को इस तरह तोड़-मरोड़ूँ और फिर इस भौंडे तरीक़े पर जोड़ूँ कि वह किसी क़दर निस्वानियत (औरतपन) अख़्तियार कर ले। मगर यह ख़्वाहिश सिर्फ़ उस वक़्त पैदा होती, जब मैं उसे देखता। इसके बाद यह ग़ायब हो जाती।

इन्सान की ख़्वाहिशें बिलकुल बुलबुलों की तरह होती हैं, जो मालूम नहीं क्यों पैदा होते हैं और क्यों फटकर हवा में तहलील (विलीन) हो जाते हैं।

मुझे रज़िया पर तरस भी आता था, इसलिए कि उसकी आँखों में ज्वाला दह.कती रहती थी, और इसके मुक़ाबले में उसका जिस्म आतिश-फ़िशाँ (ज्वालामुखी) पहाड़ नहीं था–वह हड्डियों का ढाँचा थी, और उन हड्डियों को चबाने के लिए! कुत्तों के दाँतों की ज़रूरत थी।

एक दिन उससे मेरी मुलाक़ात मिसेज़ गुल के फ़्लैट के बाहर हुई, जबकि मैं अंदर जा रहा था–वह हमारे मुहल्ले की जवान भंगन के साथ खड़ी बातें कर रही थी।

मैं जब वहाँ से गुज़रने लगा तो शरारत के तौर पर मैंने उसकी शरीर आँखों में अपनी आँखें मालूम नहीं, मेरी आँखें किस क़िस्म की हैं–डालकर बड़े आशिकाना अन्दाज़ में पूछा, 'कहो बादशाओ, क्या हो रहा है?'

भंगन की गोद में उसका पहलोठी का लड़का था। उसकी तरफ़ देखकर रज़िया ने मुझसे कहा, 'कोई चीज़ खाने के लिए माँगता है।'

मैंने उससे कहा, 'चंद बोटियाँ तुम्हारे जिस्म पर अभी तक मौजूद हैं दे दो इसे।'

मैंने पहली बार उसके धोए दीदों में दुख की अजीबो-ग़रीब क़िस्म की झलक देखी, जिसे मैं समझ न सका।

मिसेज़ गुल के यहाँ उन दिनों, जैसा कि मैं बयान कर चुका हूँ, एक नये नौजवान का आना-जाना था, इसलिए कि वह प्रोफ़ेसर साहब से तलाक़ ले चुकी थीं और नयी शादी के मरहले (चरण) तय कर रही थीं–ये साहब रेलवे में मुलाज़िम थे और इनका नाम शफ़ीक़ुल्लाह था। मिसेज़ गुल के बयान के मुताबिक़ आपको दमे की शिकायत थी, इसलिए वह हर वक़्त उनके इलाज-तीमारदारी में मसरूफ़ रहतीं। कभी उनको टिकिया देतीं, कभी इंजेक्शन लगवाने के लिए डॉक्टर के पास ले जातीं, और कभी उनके गले में दवाई लगाई जाती।

जहाँ तक मैं समझता हूँ, वे इस बीमारी में गिरफ़्तार नहीं थे। हो सकता है कि उनको कभी नज़ला-जुकाम हुआ हो, या शायद खाँसी भी आई हो, लेकिन यह मिसेज़ गुल का कमाल था कि वे ग़रीब यक़ीन कर बैठे थे कि उनको दमे की बीमारी है। एक दिन मैंने उनसे कहा, 'हज़रत, आपको यह मर्ज़ तो बहुत अच्छा लगा इसलिए कि इस बात की ज़मानत है कि आप कभी मर नहीं सकते।'

यह सुनकर वे हैरान हो गये, 'आप कैसे कहते हैं कि यह मर्ज़ अच्छा है?'

मैंने जवाब दिया, 'डॉक्टरों का यह कहना है कि दमे का मरीज़ मरने का नाम ही नहीं लेता...मैं नहीं बता सकता, क्यों...आप डॉक्टरों से मशविरा कर सकते हैं।'

रज़िया मौजूद थी। उसने शरीर कनख़ियों से मुझे बहुत घूर के देखा। फिर उसकी निगाहें अपनी स्वामिनी मिसेज़ गुल की तरफ़ मुड़ीं और उससे कुछ भी न कह सकीं।

शफ़ीकुल्लाह निरे-खरे चुग़द (उल्लू) बने बैठे थे। उन्होंने एक मर्तबा जख़्मी आँखों से रज़िया की तरफ़ देखा और वह कुड़क मुर्गी की तरह एक तरफ़ दुबक के बैठ गई। मैंने महसूस किया कि वह पहले से कहीं ज्यादा दुबली हो गई है, लेकिन उसकी आँखें बड़ी मुतहर्रिक थीं। उनमें सुरमे की क़ुदरती तहरीर ज्यादा गहरी हो गई थी।

शफ़ीकुल्लाह भी दिन-ब-दिन ज़र्द होते गये। उनको दमे के इलाज के लिए दवाएँ बराबर मिल रही थीं। एक दिन मैंने मिसेज़ गुल के हाथ से कैप्सूल की बोतल ली और चुपके से एक कैप्सूल निकालकर अपने पास रख लिया। शाम को अपने जाननेवाले एक डॉक्टर को दिखाया तो उसने एक घंटे के बाद, जाँच-परख करने के बाद बतलाया कि वह दवा दमे-वमे के लिए नहीं है, बल्कि कोई नशा आवर दवा है, यानी मारफ़ीन (अफ़्रीम का सत) है।

मैंने दूसरे रोज़ शफ़ीकुल्लाह से, उस वक़्त जबकि वह मिसेज़ गुल से वही मचल लेकर पानी के साथ निगल रहे थे, कहा, 'यह आप क्या खाते हैं?'

उन्होंने जवाब दिया, 'दमे की दवा है।'

'यह तो मारफ़ीन है।'

मिसेज़ गुल के हाथ से पानी का गिलास, जो उन्होंने शफ़ीकुल्लाह के हाथ से वापस ले लिया था, गिरते-गिरते बचा। झुर्रियों भरे चेहरे से गुस्से में उन्होंने मेरी तरफ़ देखकर कहा, 'क्या कह रहे हो सआदत?'

मैं उनसे मुख़ातिब न हुआ और शफ़ीकुल्लाह से अपना सिलसिला-ए-कलाम जारी रखते हुए मैंने कहा, 'जनाब यह मारफ़ीन है...आपको अगर इसकी आदत हो गई तो मुसीबत पड़ जायेगी।'

शफ़ीकुल्लाह ने बड़ी हैरत से पूछा, 'मैं आपका मतलब नहीं समझा?'

मिसेज़ गुल के तेवरों से मुझे मालूम हुआ कि वे नाराज़ हो गई हैं और मेरी यह गुफ़्तगू उन्हें पसंद नहीं। रज़िया ख़ामोश एक कोने में मिसेज़ गुल के लिए हुक्का तैयार कर रही थी, लेकिन उसके कान हमारी गुफ़्तगू के साथ चिपके हुए थे, ऐसे कान जो बड़ी नाख़ुशगवार मौसीक़ी (संगीत) को सुनने के लिए मजबूर हों।

मिसेज़ गुल ने इस दौरान बड़ी तेज़ी से चार इलायचियाँ दाँतों के नीचे एक के बाद दूसरी दबाई और उन्हें बड़ी बेरहमी से चबाते हुए मुझसे कहा, 'सआदत, तुम कभी-कभी बड़ी बेहूदा बातें किया करते हो...ये कैप्सूल मारफ़ीन के कैसे हो सकते हैं?'

मैं ख़ामोश रहा। बाद में मुझे मालूम हुआ कि मारफ़ीन का इंजेक्शन दिया जाता है। मेरे डॉक्टर दोस्त की जाँच-परख ग़लत थी। वह कोई और दवा थी, लेकिन थी नशा आवर।

मैं फिर बीमार हुआ और रावलपिंडी के अस्पताल में दाख़िल हो गया। जब सेहत में कुछ सुधार हुआ तो मैंने इधर-उधर घूमना शुरू कर दिया। एक दिन मुझे मालूम हुआ कि एक आदमी शफ़ीकुल्लाह की हालत बहुत नाज़ुक है। मैं उसके वार्ड में पहुँचा मगर वे, वे शफ़ीकुल्लाह नहीं थे, जिन्हें मैं जानता था। उसने धतूरा खाया हुआ था।

चंद रोज़ के बाद इत्तफ़ाक़न मुझे एक और वार्ड में जाना पड़ा, जहाँ मेरा एक दोस्त यरकान (पीलिया) में जकड़ा था। मैं जब उस वार्ड में दाख़िल हुआ तो मैंने देखा कि एक बिस्तर के इर्द-गिर्द कई डॉक्टर जमा हैं। क़रीब गया तो मुझे मालूम हुआ कि मर रहा मरीज शफ़ीकुल्लाह है।

उन्होंने मुझे अपनी बुझती हुई आँखों से देखा और बड़ी कमज़ोर आवाज़ में कहा, 'सआदत साहब, जरा मेरे पास आइए...मैं आपसे कुछ कहना चाहता हूँ।'

मैंने अपने क़रीब-क़रीब बहरे कान उनकी आवाज़ सुनने के लिए तैयार कर दिए। वे कह रहे थे 'मैं...मैं मर रहा हूँ...आपसे एक बात कहना चाहता हूँ...हर...हर एक को ख़बरदार कर दीजिए कि वह मिसेज़ गुल से बचा रहे...बड़ी ख़तरनाक औरत है...'

इसके बाद वह चंद लम्हात के लिए ख़ामोश हो गये। डॉक्टर नहीं चाहते थे कि वे कोई बात करें, लेकिन वे बोलते रहे। चुनांचे उन्होंने बड़ी मुश्किल से ये अल्फ़ाज़ अदा किए, 'रज़िया मर गई है...बेचारी रज़िया...उस ग़रीब के सुपुर्द यही काम था कि वह आहिस्ता-आहिस्ता मरे...मिसेज़....मिसेज़ गुल उससे वही काम लेती थी, जो आदमी कोयलों से लेता है, मगर वह उनकी आग से दूसरों को गर्मी पहुँचाती थी, ताकि...'

वह अपना जुमला मुकम्मल न कर सके।

❑

मौजदीन

रात की तारीकी में सेंट्रल जेल के दो वार्डन बंदूक लिये चार क़ैदियों को दरिया की तरफ़ लिये जा रहे थे, जिनके हाथ में कुदाल और बेलचे थे। पुल पर पहुँचकर उन्होंने साथ के सिपाही से डिबिया लेकर लालटेन जलाई और तेज़-तेज़ क़दम बढ़ाते दरिया के किनारे जा रहे थे।

किनारे पर पहुँचकर उन्होंने बारहदरी की बग़ल में कुदालें और बेलचे फेंके और लालटेन की मद्धिम रोशनी में इस तरह तलाश शुरू की, जैसे वे किसी दबे ख़ज़ाने की खोज में आये हैं। एक क़ैदी ने लालटेन थामे वार्डन को दारोगा जी के नाम से मुख़ातिब करते हुए कहा, 'दारोगा जी! यह जगह मुझे पसंद है। अगर हुक्म हो तो ख़ुदाई शुरू कर दें।'

'देखना ज़मीन नीचे से पथरीली न हो वरना सारी रात ख़ुदाई में गुज़र जायेगी। कमबख़्त को मरना रात ही को था,' वार्डन ने आदेशपरक और बेज़ारी के लहज़े में कहा।

क़ैदियों ने कुदालें और बेलचे उठाए और खोदना शुरू किया। वार्डन बेज़ारी के मूड में बैठे सिगरेट पी रहे थे। क़ैदी ज़मीन खोदने में दिल-ओ-जान से लगे थे। धीरे-धीरे ज़मीन पर खुदी हुई, मिट्टी का ढेर लग गया और वार्डन ने क़रीब आकर क़ब्र का मुआयना किया। ज़मीन चूँकि पथरीली नहीं थी, इसलिए वह बड़े इत्मीनान के साथ क़रीब ही एक पत्थर पर बैठा सिगरेट पीने लगा, जिसे सुलगाने के लिए उसने लालटेन मँगाई।

ख़ुदाई क़रीब-क़रीब ख़त्म हो चुकी थी। वार्डन दो क़ैदियों को लिये जेल की तरफ़ चला गया और बीस मिनट के बाद कंबल में लिपटी हुई क़ैदी की लाश लेकर वापस आया।

दूसरा वार्डन जब तक सिलें जमा करा के लाया था।

एक क़ैदी जो क़त्ल के जुर्म की पादाश में सज़ा काट रहा था। वह कुदालें और बेलचे उठाए क़ब्र के सिरहाने चंद क़दम हटकर खड़ा हो गया।

वार्डन ने बहुत ही बरहम लहज़े में उसकी तरफ़ देखकर कहा,

'ओ उल्लू के पट्ठे अपने अब्बा को क़ब्र में उतारने में उनकी मदद कर।'

क़ैदी ने दबे लहज़े में कहा, 'दरोगा जी! लालटेन पकड़ता हूँ...मैं नहीं चाहता कि उस मासूम और बेगुनाह को एक क़ातिल के हाथ छू जायें।'

वार्डन यह सुनकर गरजा, 'बेगुनाह के बच्चे जासूस को मासूम कहता है।'

क़ातिल ने कहा, 'दरोगा जी। मैं क़ातिल हूँ...यही अहसास मुझे उस क़ैदी की लाश छूने से रोकता है।'

'जासूस' दफ़नाया जा चुका था...क़ैदी और वार्डन जा चुके थे। सुबह आठ बजे पुलिस की मौजूदगी में डिप्टी कमिशनर क़ब्र पर आया। जेल के अफ़सरों के बयानात लिये गये और डिप्टी कमिशनर साहब अदालत तशरीफ़ ले गये।

पेशी की पहली मस्त जो उठाई गई, उस पर 'सरकार बनाम मौजदीन' लिखा था।

अर्दली ने अदालत के कमरे से बाहर निकलकर बुलंद आवाज़ में तीन मर्तबा पुकारा, बल्कि यूँ कहिए कि ललकारा, 'सरकार बनाम मौजदीन...मौज दी...मौजदीन है?' लेकिन यह आवाज़ बदकिस्मती से उस 'जासूस' क़ैदी की क़ब्र तक न पहुँच सकी या अगर पहुँची भी हो तो वह तामील के लिए न आया। शायद यह समझकर कि वह अब डिप्टी कमिशनर के क़ानून की पहुँच से बहुत दूर जा चुका है। उस जगह जहाँ कोई और क़ानून चलता है। जहाँ डिप्टी कमिशनर के समन की भी तामील नहीं हो सकती।

आरोपी चूँकि ग़ैरहाज़िर था, इसलिए डिप्टी कमिशनर साहब बहादुर ने ग़ैरहाज़िर-मुलज़िम कार्यवाही यक-तरफा के लिए मस्त उठाई और रीडर से जुर्म की नौइयत दरियाफ़्त की।

'जासूसी,' मुंशी ने नंबर की कार्यवाही लिखते हुए कहा...

'मुलज़िम रात को सेंट्रल जेल में मौत हो चुका है। मस्त दाख़िल-ए-दफ़्तर कर दी जाये,' डिप्टी कमिशनर ने हुक्म दिया।

'जासूस' की सेंट्रल जेल में मौत की ख़बर शहर भर में इसलिए मशहूर हो गई कि जिले के डिप्टी कमिशनर और पुलिस के अफ़सरों ने उसकी नमाज़-ए-जनाज़ा पढ़ी। आज़ाद कश्मीर हुकूमत के नेक सीरत अफ़सरों की हर तरफ़ से दाद-ओ-तहसीन दी जा रही थी। मुझे जब इस घटना का इल्म हुआ तो मुझे एक महीना पहले की एक शाम याद आई, जबकि मैं राजधानी के एक होटल में बैठा डाकगाड़ी का इंतज़ार कर रहा था। जिसके जरिये से मेरे मरम्मतशुदा जूते रावलपिंडी से आने

वाले थे। गाड़ी आने में देर हुई। मैं क़रीब-क़रीब उठने ही वाला था कि एक गहरे साँवले रंग के आदमी ने जिसकी उम्र तीस बरस के लगभग थी, मुझे अपनी तरफ आक़र्षित किया।

'आप बूत टेम से बैठा किसी का इंतज़ार करता है?' उसने मुस्कुराते हुए पूछा।

'भई अजीब मुसीबत है। जूता फट जाये मुज़फ़्फ़राबाद में, तो मरम्मत के लिए रावलपिंडी भेजना पड़ता है या अगर कोई ड्राइवर मेहरबान हो तो उसी के हाथ भेज देते हैं। आज मैं अपने मरम्मतशुदा जूतों के इंतज़ार में तीन घंटे से बैठा हूँ और कमबख़्त डाकगाड़ी भी आज ही लेट हुई है। ख़ैर कल सही।'

मैं यह कहकर उठने लगा तो उसने मुझे चंद मिनट और इंतज़ार करने के लिए कहा। मैं उस अजनबी सूरत को देखता रहा जिसकी आँखों में बेचैनी थी और जिसके होंठ कुछ कहने के लिए बेताब थे।

वह बीड़ी पर बीड़ी पिए जा रहा था और मेरे सामनेवाली कुर्सी पर बैठा बार-बार बाहर खुले में देखता था। मैं डाकगाड़ी के इंतज़ार में हर एक हॉर्न पर कान धरता, वक़्त गुज़ारने के लिए मैंने उससे पूछा, 'आप यहाँ क्या कर रहे हैं?'

'हम बैठा है,' उसने इंतहाई सादगी से जवाब दिया।

'नहीं, मेरा मतलब है यहाँ आपका क्या कारोबार है।'

'कारोबार कुछ नहीं करता कश्मीर देखने का शौक़ था, चला आया।'

'आप कहाँ से आये हैं?'

'लाहौर से। लेकिन मैं पूर्वी पाकिस्तान का हूँ, लाहौर में दीनयात की तालीम लेता हूँ।'

मुझे गुफ़्तगू के दौरान उसने बताया कि वह जिस संस्था में पढ़ता है, धर्मार्थ संस्था है, जहाँ के अधिकारी रसीद बुक छापकर छात्रों को चंदे की उगाही के लिए दूसरे शहरों में भेज देते हैं। वह चूँकि कम उम्र बच्चा न था। इसलिए उसको बड़ी मुश्किलों के बाद 'सफ़ीर' (प्रतिनिधि) बनकर आज़ाद कश्मीर में चंदा जमा करने की इजाज़त मिल गई। उसकी बातों में सादगी थी। महज़ कश्मीर देखने के शौक़ में उसने 'महारत' हासिल की थी। उसने यह भी बता दिया कि यतीमखानों के नाम पर 'भिखमंगों' का नाम संस्थाओं ने 'सफ़ीर' रखा है। जमाशुदा चंदा उनकी जेबों में जाता है। और 'सफ़ीर' का गुज़ारा चढ़ावे की देगों या मुहल्लेवालों की ख़ैरात पर होता है। दीनयात की तालीम मस्जिद में दी जाती है।

मुझे उसकी बातें सुनकर बहुत दुख हुआ। वाक़ई वह हमदर्दी के क़ाबिल था। उसने मुझे बताया कि वह उस शहर में नया है और किसी मस्जिद का पता भी नहीं जानता, जहाँ वह रात बसर कर सके। मैंने मस्जिद का पता दिया और उसके लिए रोटी मँगवाई। वह चूँकि भूखा था, उसने निःसंकोच बजाय रोटी के सादा चावल के लिए बैरे से कहा।

'हम लाहौर की मस्जिद में भी लोगों का दिया खाता है। इसलिए इधर भी हमने इनकार नहीं किया,' उसने इंतहाई सादगी से कहा।

वह खाना खा चुका था। मुझसे इजाज़त लेकर उसने जेब से लिखने के लिए पैंसिल और काग़ज़ निकाला और अपने घरवालों को बांगला जुबान में ख़त लिखने लगा। मैं जब तक फ़रमायशी गाने सुनता रहा। ख़त लिखने के बाद उसने मुझसे माफ़ी माँगी और कहा, 'मैंने घरवालों को लिखा कि मैं आज़ाद कश्मीर आया हूँ और अब यहीं रहूँगा। अगर पाकिस्तान ने हिन्दूस्तान के ख़िलाफ़ जिहाद शुरू किया तो मैं भी उसमें हिस्सा लूँगा और कश्मीर को आज़ाद कराऊँगा।'

मैंने जवाब में हिन्दी मक़्बूज़ा कश्मीर की ख़ूबसूरती का ज़िक्र किया। कश्मीरी मुसलमानों पर भारतीय जुल्म व दमन बयान किया, जिससे वह और ज्यादा प्रभावित हुआ।

'फिर हम लाहौर वापस नहीं जायेगा। कल उनको भी ख़त लिखेगा। जिहाद शुरू होने तक इधर ही पान–बीड़ी की छाबड़ी लगाएगा,' उसने फैसलाकुन लहज़े में कहा।

इतनी देर में डाकगाड़ी आई और मैं वहीं से उठकर लॉरियों के अड्डे की तरफ़ गया और वह मेरे बताए हुए रास्ते से मस्जिद की तरफ़ गया। अपने जूते ड्राइवर से लेकर जब मैं घर की तरफ़ जा रहा था तो रास्ते में सी.आई.डी. के हेड कांस्टेबल ने मुझे आवाज़ दी जो मेरा परिचित था। मैंने रस्मी तौर पर उसकी ख़ैरियत पूछी। वह संदेह भरी नज़रों से मुझे देख रहा था।

रस्मी बातों के बाद उसने मुझे उस 'काले आदमी' के बारे में पूछा कि वह कौन है जो आपके साथ होटल में बैठा था।

मैंने मुख़्तसरन कहा, 'भई बंगाली है, आज़ाद कश्मीर देखने का शौक़ था, चला आया। नाम मौजदीन है और आज रात जामा मस्जिद में गुज़ारने के लिए गया है।'

'लेकिन वह तो होटल में बैठा कुछ अजीबो–ग़रीब जुबान में ख़त लिख रहा था। मुझे उस पर कुछ शुबह भी हुआ,' हेड कांस्टेबल ने राज़दाराना लहज़े में कहा।

'वह विचित्र भाषा नहीं। उसकी मातृभाषा बांग्ला है। हाँ, तुम्हारे लिए अजनबी है।'

इतने में मेरा मकान क़रीब आया और मैं खुदा हाफ़िज़ कहकर घर चला गया। मुझे यह मालूम न था कि सी.आई.डी. वालों को दिन की कारगुज़ारी की रिपोर्ट दूसरे रोज़ सुबह-सवेरे दफ़्तर में देनी पड़ती है और अगर रिपोर्ट न दी गई तो जवाब तलबी होती है।

हेड कांस्टेबल साहब भी दिन की कारगुज़ारी में कुछ-न-कुछ दिखाना चाहते थे। इसलिए उन्होंने घर जाकर हुकूमत के 'मुख्यालय' में एक गैर मुल्की 'जासूस' आदमी की रिपोर्ट इस तरह दी कि दूसरे रोज़ मौजदीन पान फ़रोशी के लिए चूना-कत्था ख़रीदता हुआ गिरफ़्तार किया गया। पान, चूना, कत्था वगैरह भी उसकी जासूसी की एक कड़ी बन गये और सी.आई.डी. वालों ने मज़ीद रिपोर्ट दे दी कि 'जासूस' चूँकि पान खाने का आदी है, इसलिए यह स्टॉक ख़रीदकर हमारी फ़ौजों की पिकटों की पोज़ीशन देखने पहाड़ी इलाकों में जा रहा है।

मौजदीन का चालान हुआ। डिप्टी कमिशनर साहब बहादुर ने इल्ज़ामात की संगीनी के तहत 'जासूस' को पन्द्रह दिन के रिमांड पर पुलिस के हवाले कर दिया। जहाँ से वह स्पेशल स्टाफ़ में मुंतक़िल हुआ। पन्द्रह दिन की मीआद गुज़र जाने पर डिप्टी कमिशनर साहब ने मज़ीद एक हफ़्ते के रिमांड पर उसको ज्यूडीशियल (सेंट्रल जेल) भेज दिया। वह हफ़्ता भी गुज़र गया और 'जासूस' हथकड़ियाँ पहने डिप्टो कमिशनर साहब की अदालत में पेश किया गया। जहाँ वह ज़ार-ओ-कतार रोया। गिड़गिड़ाया, मिन्नत समाजत की, लेकिन डिप्टी कमिशनर साहब ने मज़ीद एक हफ़्ते का रिमांड देकर सेंट्रल जेल भेज दिया।

सेंट्रल जेल में उसकी आख़िरी रात थी जबकि वह एक खंभे से बँधा रो रहा था। वही क़ातिल क़ैदी जिसने उसको दफ़नाते वक़्त छूने से इनकार किया, उसके क़रीब आया और पूछा—

'जासूस! तुम हर रोज़ क्यों रोते हो। यह जगह बाहरवालों की बनिस्बत बहुत अच्छी है। यहाँ झूठ नहीं, मक्र नहीं, बेईमानी नहीं। रोटी मिलती है। इसके मुकाबले में बाहर देखो कौन लोग हैं जिन्होंने तुम जैसे बेगुनाह को भी यहाँ भेजा, जो इक़तिदार (सत्ता) के लिए एक का नहीं हज़ारों का खून बहाते हैं, जो दिनदहाड़े डाके डालते हैं जो अपने निजी फ़ायदे के लिए वह काम भी करते हैं जो शैतान भी करने से गुरेज़ करता है। मुझे देखो मैंने क़त्ल किया है महज़ एक बेबस औरत के नामूस (मर्यादा) के तहफ़्फ़ुज़ के लिए। बहरहाल, मुझे तुमसे हमदर्दी है। अगर तुम बाहर जाकर ख़ुश हो तो ख़ुदा तुम्हें आज़ाद कराएगा।'

मौजदीन ने क़ैदी की बातें सुनीं और बिलकुल ख़ामोश बैठा रहा।

'सुना है बंगाली जादू जानते हैं। तुम भी जादू के ज़ोर से बाहर जाओ,' क़ैदी ने मौजदीन को बहलाने के लिए मज़ाक में कहा...

'हाँ, मैं इस क़ैद से रिहाई का जादू जानता हूँ। मैं आज ही यहाँ से भाग जाऊँगा, बहुत दूर, जहाँ से दुनिया की कोई ताकत मुझे वापस नहीं ला सकती।'

इतने में खाने की घंटी बजी। क़ैदी अपनी थाली लिये दाल-रोटी लेने गया। आधे घंटे के बाद अचानक जेल की घंटी बजनी शुरू हुई और लगातार बजती रही...दारोगा-ए-जेल कई वार्डनों के साथ जेल के अहाते में दाख़िल हुआ और 'जासूस' के गले से रस्सी का फंदा खोला जो उसने ख़ुदकुशी के लिए इस्तेमाल किया था। 'जासूस' भाग चुका था। उसको रिहाई मिल गई थी...'बंगाल का जादू' काम आया था।

मौजदीन की लाश के इर्द-गिर्द क़ैदियों का हुजूम था। दारोगा-ए-जेल ने चंद एक क़ैदियों को वहाँ ठहरने का हुक्म दे दिया और बाक़ी सारे क़ैदी बैरकों में चले गये। मौजदीन के चेहरे पर अब भी मुस्कराहट थी। वह उस कानून पर मुस्कुरा रहा था, जिसने उसको जासूस बनाकर महबूस (बंधित) किया था।

बीमार

अजीब बात है कि जब भी किसी लड़की या औरत ने मुझे ख़त लिखा है 'भाई' से मुख़ातिब किया, और बे-रब्त तहरीर में इस बात का ज़रूर ज़िक्र किया कि वह शदीद तौर पर बीमार है; मेरी तसानीफ़ (रचनाओं) की तारीफ़ें कीं; ज़मीनो-आसमान के क़ुलाबे मिला दिए।

मेरी समझ में नहीं आता था कि ये लड़कियाँ और औरतें, जो मुझे ख़त लिखती हैं, बीमार क्यों होती हैं–शायद इसलिए कि मैं ख़ुद अक्सर बीमार रहता हूँ। या कोई और वजह होगी, जो इसके सिवा और कोई नहीं हो सकती कि वे मेरी हमदर्दी चाहती हैं।

मैं ऐसी लड़कियों और औरतों के ख़तों का अमूमन जवाब नहीं दिया करता, लेकिन बाज औकात दे भी दिया करता हूँ...आख़िर इनसान हूँ। ख़त अगर बहुत ही दर्दनाक हो तो उसका जवाब देना इनसानी फ़र्ज़ में शामिल हो जाता है।

पिछले दिनों मुझे एक ख़त मौसूल हुआ, जो काफ़ी लंबा था–उसमें भी एक ख़ातून ने, जिसका नाम मैं ज़ाहिर करना नहीं चाहता, यह लिखा था कि वह मेरी तहरीरों की शैदाई है; वह एक अरसे से बीमार है; उसका ख़ाविंद भी स्थायी रूप से मरीज़ है–और उसने अपना ख़याल ज़ाहिर किया था कि जो बीमारी उसे लगी है उसके ख़ाविंद की वजह से है।

मैंने उस ख़त का जवाब न दिया–लेकिन उसकी तरफ़ से दूसरा ख़त आया, जिसमें यह गिला था कि मैंने उसके पहले ख़त की रसीद तक नहीं भेजी है–चुनांचे मुझे मजबूरन उसको ख़त लिखना पड़ा, मगर बड़ी एहतियात के साथ।

मैंने अपने ख़त में उससे हमदर्दी का इज़हार किया–उसने लिखा था कि वह और भी ज़्यादा अलील हो गई है और मरने के क़रीब है–यह पढ़कर मैं बहुत मुतास्सिर (प्रभावित) हुआ था। चुनांचे उसी के मातहत (कारण) मैंने बड़े जज़्बाती अन्दाज़ में उसे ख़त लिखा और उसको यह समझाने की कोशिश की कि ज़िंदगी ज़िंदा रहने के लिए है; ज़िंदगी से मायूस हो जाना मौत है; अगर वह ख़ुद में इतनी क़ुव्वते-इरादी (इच्छाशक्ति) पैदा कर ले तो उसकी बीमारी का नामोनिशान तक न रहेगा–और कि मैं ख़ुद पिछले दिनों मौत के मुँह में था; सब डॉक्टर जवाब दे चुके

थे, लेकिन मैंने मौत का ख़याल भी न किया था; नतीजा इसका यह निकला था कि डॉक्टर हैरत में गुम हो के रह गये थे और मैं अस्पताल से बाहर निकल आया था।

मैंने उसको यह भी लिखा कि क़ुव्वते-इरादी ही एक ऐसी चीज़ है, जो हर नामुमकिन चीज़ को मुमकिन बना देती है; वह अगर बीमार है तो ख़ुद को यह यक़ीन दिलाए कि नहीं, वह बीमार नहीं, अच्छी-भली तंदुरुस्त है।

मेरे ख़त के जवाब में उसने जो कुछ लिखा, उससे मैंने यह नतीजा अख़्ज़ा किया कि उस पर मेरी नसीहत का कोई असर नहीं हुआ है।

उसका ख़त बड़ा तवील (लंबा) था, पाँच पृष्ठों पर आधारित–उसका तर्क और उसका फ़लसफ़ा (दर्शन) अजीब क़िस्म का था। वह इस बात पर अड़ी थी कि ख़ुदा को यह मंज़ूर नहीं कि वह ज़्यादा देर तक इस दुनिया में ज़िंदा रहे–इसके अलावा उसने यह भी लिखा था कि मैं अपनी ताज़ा किताबें उसे भेज दूँ।

मैंने दो नयी किताबें उसको भेज दीं।

उनकी रसीद आ गई–बहुत-बहुत शुक्रिया अदा किया गया था, और मेरी तारीफ़ें ही तारीफ़ें थीं।

मुझे बड़ी कोफ़्त हुई–जो किताबें मैंने उसको भेजी थीं, मेरी नज़र में उनकी वक़्त नहीं थी, इसलिए कि वह सिर्फ़ हर रोज़ कुछ कमाने के लिए लिखी गयी थीं–चुनांचे मैंने उसे लिखा, 'तुमने मेरी इन दो किताबों की जो इतनी तारीफ़ की है, ग़लत है। ये किताबें महज़ बकवास हैं...तुम मेरी पुरानी किताबें पढ़ो। उनमें तुम पूरी तरह मुझे जलवागर पाओगी।'

मैंने इस ख़त में अफ़सानानवीसी (कथा लेखन) के फ़न पर भी बहुत कुछ लिख दिया–बाद में मुझे अफ़सोस हुआ कि मैंने यह झक क्यों मारी। अगर लिखना ही था तो किसी रिसाले या परचे के लिए लिखता; यह क्या कि एक औरत को, जिसे मैं जानता भी नहीं इतना तवील (लंबा) और पुर-मग़ज़ ख़त लिख दिया।

बहरहाल, जब लिख दिया तो उसे पोस्ट करना ही था।

उसका जवाब तीसरे रोज़ आ गया–अब के मुझे 'प्यारे भाई जान' से मुख़ातिब किया गया था–उसने मेरी पुरानी तस्नीफ़ात मँगवा ली थीं और उन्हें पढ़ रही थी, लेकिन उसकी बीमारी रोज़-ब-रोज़ बढ़ रही थी–उसने मुझसे पूछा था कि वह किसी हकीम का इलाज क्यों न कराए, क्योंकि वह डॉक्टरों से बिलकुल नाउम्मीद हो चुकी है।

मैंने उसे जवाब में लिखा, 'इलाज तुम किसी से भी कराओ, चाहे वह डॉक्टर हो या हकीम, लेकिन याद रखो, सबसे अच्छा मुआलिज (चिकित्सक) खुद आदमी आप होता है...अगर तुम अपनी ज़ेहनी परेशानियाँ दूर कर दो तो चंद रोज़ में तंदुरुस्त हो जाओगी!'

मैंने इस मौजूअ (विषय) पर एक लैक्चर भी उसको लिखकर भेजा–एक महीने के बाद उसकी रसीद पहुँची, जिसमें यह लिखा था कि उसने मेरी नसीहत पर अमल किया, लेकिन ख़ातिरख़्वाह नतीजा बरामद न हुआ, और यह कि वह मुझसे मिलने आ रही है–वह दो-तीन रोज़ में हैदराबाद से बंबई पहुँच जाएगी और चंद रोज़ मेरे यहाँ ठहरेगी।

मैं बहुत परेशान हुआ–छड़ा छटाँक था। एक फ्लैट में रहता था, जिसमें दो कमरे थे–मैंने सोचा, 'अगर यह मोहतरमा आ गई तो मैं एक कमरा उनको दे दूँगा; उसमें वह चंद दिन गुज़ारना चाहें तो गुज़ार लें; इलाज का बंदोबस्त भी हो जायेगा,' इसलिए कि बंबई का एक बहुत बड़ा हकीम मेरा बड़ा मेहरबान था।

छह रोज़ तक, आप यह समझिए कि मैं सूली पर लटका रहा–अख़बारवाले ने दरवाज़े पर दस्तक दी तो मैंने यह समझा कि वह मोहतरमा तशरीफ़ ले आयी हैं। बावर्चीखाने में नौकर ने अगर किसी बर्तन पर राख मलनी शुरू की तो मेरा दिल धक्-धक् करने लगा कि शायद वह आवाज़ मोहतरमा के सैंडिलों की है।

सातवें रोज़ सुबह मैंने इत्मीनान से टाइम्स ऑफ इंडिया पढ़ा, इसलिए कि मुझे यक़ीन हो गया कि अब वह नहीं आयेगी।

मैं हिन्दू-मुस्लिम फ़सादात की ख़बरें पढ़ रहा था कि दरवाज़े पर दस्तक हुई–मैं समझा कि दूधवाला है। चुनांचे मैंने नौकर को आवाज़ दी, 'रहीम, देखो कौन है?'

रहीम चाय बना रहा था–वह उबलती हुई केतली को वहीं चूल्हे पर छोड़कर बाहर निकला और उसने दरवाज़ा खोला–थोड़ी देर के बाद वह मेरे कमरे में आया और उसने मुझसे मुख़ातिब होकर कहा, 'एक औरत आयी है।'

मैं हैरतज़दा हो गया, 'औरत!'

'जी हाँ...एक औरत बाहर खड़ी है...वह आपसे मिलना चाहती है।'

मैं समझ गया कि वह औरत वही होगी–बीमार, जो मुझे ख़त लिखती रही है–चुनांचे मैंने रहीम से कहा, 'उसको अंदर ले आओ और बड़े कमरे में बिठा दो, और कह दो कि साहब अभी आते हैं।'

'जी अच्छा,' कहकर रहीम चला गया।

मैंने अख़बार एक तरफ़ रख दिया और सोचने लगा कि वह औरत किस किस्म की होगी–दिक़ (टी.बी.) की मारी हुई या मफ़्लूज (अपाहिज)। मेरे पास क्यों आई है–नहीं, मुझसे मिलने आयी है–ग़ालिबन किसी डॉक्टर से अपना इलाज कराने आई है।

मैं उठा और ग़ुस्लख़ाने में चला गया–वहाँ देर तक नहाता रहा और सोचता रहा कि वह औरत, जो मुझको इतने लंबे-चौड़े ख़त लिखती रही है और जिसको कोई ख़तरनाक बीमारी चिमटी हुई है, किस शक्ल-सूरत की होगी।

बेशुमार शक्लें मेरे तसव्वुर (कल्पना) में आई। पहले मैंने सोचा, 'अपाहिज होगी और मुझे उसको कुछ देना पड़ेगा।' यह महज़ इत्तिफ़ाक़ की बात है कि जिस दिन वह आई, उस दिन तीन तारीख़ थी, और इधर-उधर का बिल अदा करने के बाद तनख़्वाह के तीन सौ रुपये मेरे पास बच गये थे। इसलिए मेरी परेशानी में इजाफ़ा न हुआ–मैंने नहाते-नहाते यह फैसला कर लिया कि अगर उसे मदद की ज़रूरत होगी तो मैं उसे एक सौ रुपये दे दूँगा।

फ़ौरन मुझे ख़याल आया कि शायद उसको दिक़ हो और मुझे उसको अस्पताल में दाख़िल कराना पड़े–दाख़िला कोई मुश्किल नहीं था, इसलिए कि मेरे कई डॉक्टर दोस्त जे.जे. अस्पताल में काम करते थे; मैं उनमें से किसी एक से भी कह देता कि उस माज़ूर (लाचार) औरत को दाख़िल कर लें तो वह कभी इनकार न करते।

मैं काफ़ी देर तक नहाता रहा और उस औरत के मुताल्लिक़ सोचता रहा। औरतों से मिलते हुए मुझे बड़ी उलझन महसूस होती थी। यही वजह है कि मैंने एक जगह निकाह तो कर लिया था, लेकिन पिछले डेढ़ वर्ष से सोच रहा था कि अगर उसे अपने घर ले आऊँगा तो क्या होगा? जो होना होता, वह तो ख़ैर हो ही जाता, मगर सबसे बड़ा मसला, जो मुझे परेशान किए हुए था, यह था कि मैं, जिसने सारी ज़िंदगी में किसी औरत की क़ुर्बत (समीपता) हासिल नहीं की, अपनी बीवी से किस तरह पेश आता।

अब एक औरत साथ वाले कमरे में बैठी मेरा इंतज़ार कर रही थी और मैं डोंगे-पे-डोंगे पानी भरकर अपने बदन पर बेकार डाल रहा था–मैं असल में ख़ुद को उस औरत से मुलाकात करने के लिए तैयार कर रहा था।

काफ़ी देर नहाने के बाद मैं गुस्लख़ाने से बाहर निकला। कमरे में जाकर कपड़े तब्दील किए, बालों में तेल लगाया, कंघी की और फिर सोचते-सोचते पलंग पर लेट गया।

चंद लम्हात के बाद रहीम आया और उसने मुझसे कहा, 'वह औरत पूछती है कि आप कब फ़ारिग़ होंगे?'

मैंने रहीम से कहा, 'उनसे कह दो, बस पाँच मिनट में आते हैं, कपड़े तब्दील कर रहे हैं।'

रहीम 'जी अच्छा,' कहकर चला गया।

मैंने सोचा, 'अब और ज़्यादा सोचना फ़िज़ूल है; चलो अब उससे मिल ही लो; इतनी ख़तो-किताबत होती रही है, और फिर वह इतनी दूर से मिलने आई है; बीमार है; इनसानी शराफ़त का तक़ाज़ा है कि उसकी ख़ातिरदारी और दिलजोई की जाये।'

मैंने पलंग पर से उठकर स्लीपर पहने और दूसरे कमरे में जहाँ वह औरत थी दाख़िल हुआ–वह बुक़ा पहने हुए थी–मैं सलाम करके एक तरफ बैठ गया।

मुझे उसके बुक़े के स्याह नक़ाब में सिर्फ़ उसकी नाक दिखाई दी, जो काफ़ी तीखी थी–मैं बहुत उलझन महसूस कर रहा था कि उससे क्या कहूँ– बहरहाल मैंने गुफ़्तगू का आग़ाज किया, 'मुझे बहुत अफ़सोस है कि आपको इतनी देर इंतज़ार करना पड़ा...दरअसल मैं अपनी आदत की वजह से...'

उस औरत ने मेरी बात काटकर कहा, 'जी कोई बात नहीं...आप ख़्वाहमख़्वाह तकल्लुफ़ कर रहे हैं...मैं तो इंतज़ार की आदी हो चुकी हूँ।'

मेरी समझ में कुछ न आया कि मैं क्या कहूँ–बस जो लफ़्ज़ ज़ुबान पर आये, मैंने उगल दिये, 'आप किसका इंतज़ार करती रही हैं?'

उसने अपने चेहरे से नक़ाब थोड़ा-सा उठाया, इसलिए कि वह अपने नन्हे-से रुमाल से अपने आँसू पोंछना चाहती थी–आँसू पोंछने के बाद उसने मुझसे पूछा, 'आपने क्या कहा था मुझसे?'

उसकी ठोड़ी बड़ी प्यारी थी, जैसे बनारसी आम की कैरी–जब उसकी नक़ाब उठी थी तो मैंने उसकी एक झलक देख ली थी।

मैं उसके सवाल का जवाब न दे सका, इसलिए कि मैं उसकी ठोड़ी में गुम हो गया था–आख़िर उसे ही बोलना पड़ा, 'आपने पूछा था, मैं किसका इंतज़ार करती रही हूँ...जवाब सुनना चाहते हैं आप?'

'जी हाँ...फ़रमाइए...लेकिन देखिए, कोई ऐसी बात न हो जिससे क़्नूतियत (निराशा) का इज़हार हो।'

उस औरत ने अपनी नक़ाब पलट दी—मुझे ऐसा महसूस हुआ कि काली बदलियों में चाँद निकल आया है।

उसने नीची निगाहों से मुझसे कहा, 'जानते हैं आप, मैं कौन हूँ?'

मैंने जवाब दिया, 'जी नहीं।'

उसने कहा, 'मैं आपकी बीवी हूँ, जिससे आपने आज से डेढ़ वर्ष पहले निकाह किया था...मैं आपको लिखती रही हूँ कि मैं बीमार हूँ...मैं बीमार नहीं हूँ...लेकिन अगर आपने इस तरह मुझे इंतज़ार में रखा तो मैं यक़ीनन बीमार हो जाऊँगी और मर भी जाऊँगी...'

मैं दूसरे रोज़ ही उसको घर ले आया, बड़े ठाट से—अब मैं बहुत ख़ुश हूँ।

यह वाक़िया मुझे मेरे एक दोस्त ने, जो अफ़सानानिगार और शायर है, सुनाया था, जिसे मैंने अपने अन्दाज़ में रक़म (लिपिबद्ध) किया है।

एक भाई, एक वाइज़

गाने लिखनेवाला 'अज़ीम' गोविंदपुरी जब ए.बी.सी. प्रोडक्शंस में मुलाज़िम हुआ तो उसने फ़ौरन अपने दोस्त म्यूज़िक डायरेक्टर भटसावे के मुताल्लिक़ सोचा जो मराठा था। 'अज़ीम' के साथ कई फ़िल्मों में काम कर चुका था। वह उसकी क्षमताओं को जानता था। स्टंट फ़िल्मों में आदमी अपने जौहर क्या दिखा सकता है, बेचारा गुमनामी के गोशे में पड़ा था।

अत: 'अज़ीम' ने अपने सेठ से बात की, कुछ इस अन्दाज़ में की कि उसने भटसावे को बुलाया और उसके साथ एक फ़िल्म का कॉन्ट्रेक्ट तीन हज़ार रुपयों में कर लिया। कॉन्ट्रेक्ट पर दस्तख़्त करते ही उसे पाँच सौ रुपये मिले, जो उसने अपने कर्ज़ख़्वाहों को अदा कर दिए। 'अज़ीम' गोविंदपुरी का वह बड़ा शुक्रगुज़ार था। चाहता था कि उसकी कोई ख़िदमत करे मगर उसने सोचा कि आदमी बेहद शरीफ़ है और बेग़र्ज़। कोई बात नहीं अगले महीने सही। क्योंकि हर माह उसे पाँच सौ रुपये कॉन्ट्रेक्ट के मिलते थे। उसने 'अज़ीम' से कुछ न कहा, दोनों अपने-अपने काम में मशगूल थे।

'अज़ीम' ने दस गाने लिखे। जिनमें से सेठ ने चार पसंद किए। भटसावे ने मौसीक़ी (संगीत) के लिहाज़ से सिर्फ़ दो। उनकी उसने 'अज़ीम' के सहयोग से धुनें तैयार कीं जो बहुत पसंद की गईं।

पन्द्रह-बीस रोज़ तक रिहर्सलें होती रहीं। फ़िल्म का पहला गाना कोरस था। उसके लिए कम-से-कम दस ग़वैया लड़कियाँ दरकार थीं। प्रोडक्शन मैनेजर से कहा गया। मगर जब वह इंतज़ाम न कर सका तो भटसावे ने मिस माला को बुलाया। जिसकी अच्छी आवाज़ थी। उसके अलावा वह पाँच-छह और लड़कियों को जानती थी, जो सुर में गा लेती थीं। मिस माला खांडेकर जैसा कि उसके नाम से ज़ाहिर है, कोल्हापुर की मराठा थी। दूसरों के मुकाबले में उसका उर्दू का तलफ़्फ़ुज़ (उच्चारण) ज़्यादा साफ़ था। उसको यह ज़ुबान बोलने का शौक़ था। उम्र की ज़्यादा बड़ी नहीं थी, लेकिन उसके चेहरे का हर ख़द-ओ-खाल अपनी जगह पर पुख़्ता। बातें भी इस अन्दाज़ में करती कि मालूम होती अच्छी ख़ासी उम्र की है। ज़िंदगी के उतार-चढ़ाव से बा-ख़बर है। स्टूडियो के हर कारकुन को भाई जान कहती और हर आने-जाने वाले से बहुत जल्द घुल-मिल जाती थी।

उसको जब भटसावे ने बुलाया तो वह बहुत ख़ुश हुई। उसके ज़िम्मे यह काम अर्द किया गया कि वह फ़ौरन कोरस के लिए दस गाने वाली लड़कियाँ मुहैया करा दे। वह दूसरे रोज़ ही बारह लड़कियाँ ले आई। भटसावे ने उनका टेस्ट लिया। सात काम की निकलीं, बाक़ी रुख़्सत कर दी गईं। उसने सोचा कि चलो ठीक है सात ही काफ़ी हैं। जगताप साउंड रिकॉर्डिस्ट से मशविरा किया। उसने कहा, 'मैं सब ठीक कर लूँगा। ऐसी रिकॉर्डिंग करूँगा कि लोगों को ऐसा मालूम होगा कि बीस लड़कियाँ गा रही हैं।'

जगताप अपने फ़न को समझता था, चुनांचे उसने रिकॉर्डिंग के लिए साउंड प्रूफ़ कमरे की बजाय साज़िंदों और गानेवालियों को एक ऐसे कमरे में बैठाया, जिसकी दीवारें सख़्त थीं, जिन पर ऐसा कोई ग़िलाफ़ चढ़ा हुआ नहीं था कि आवाज़ दब जाये। फ़िल्म 'बेवफ़ा' का मुहूर्त उसी कोरस से हुआ। सैकड़ों आदमी आये। उनमें बड़े-बड़े फ़िल्मी सेठ और डिस्ट्रीब्यूटर्स थे। ए.बी.सी. प्रोडक्शंस के मालिक ने बड़ा एहतिमाम किया हुआ था।

पहले गाने की दो-चार रिहर्सलें हुईं। मिस माला खांडेकर ने भटसावे के साथ पूरा सहयोग किया। सात लड़कियों को अलग-अलग आगाह किया कि ख़बरदार रहें और कोई बाधा पैदा न होने दें। भटसावे पहली ही रिहर्सल से मुत्मइन था। लेकिन उसने मज़ीद इत्मीनान की ख़ातिर चंद और रिहर्सलें कराईं। उसके बाद जगताप से कहा कि वह अपना इत्मीनान कर ले। उसने जब साउंड ट्रैक में यह कोरस पहली बार हेड फोन लगाकर सुना, तो उसने ख़ुश होकर बहुत ऊँचा 'ओके' कह दिया। हर साज़ और हर आवाज़ अपने सही क़याम पर थी।

मेहमानों के लिए माइक्रोफोन का इंतज़ाम कर दिया गया था। रिकॉर्डिंग शुरू हुई तो उसे ऑन कर दिया गया। भटसावे की आवाज़ भोंपू से निकली, 'सॉन्ग नंबर, टेक फ़र्स्ट रेडी, वन.टू.।'

और कोरस शुरू हो गया।

बहुत अच्छी कम्पोज़ीशन थी। सात लड़कियों में से किसी एक ने भी कहीं ग़लत सुर न लगाया। मेहमान बहुत महृज़ूज़ (आनंदित) हुए। सेठ, जो मौसीक़ी क्या होती है? उससे भी कत्अन ना-आश्ना था, बहुत ख़ुश हुआ। इसलिए कि सारे मेहमान उस कोरस की तारीफ़ कर रहे थे। भटसावे ने साज़िंदों और गानेवालियों को शाबाशियाँ दीं। ख़ास तौर पर उसने मिस माला का शुक्रिया अदा किया। जिसने

उसको इतनी जल्दी गानेवालियों फ़राहम कर दीं। इसके बाद वह जगताप साउंड रिकॉर्डिस्ट से गले मिल रहा था कि ए.बी.सी. प्रोडक्शंस के मालिक सेठ रंछोड़ दास का आदमी आया कि वह उसे बुला रहे हैं, 'अज़ीम' गोविंदपुरी को भी।

दोनों भागे, स्टूडियो के उस सिरे पर गये, जहाँ महफ़िल जमी थी। सेठ साहब ने सब मेहमानों के सामने एक सौ रुपये का सब्ज़ नोट इनाम के तौर पर पहले भटसावे को दिया फिर दूसरा 'अज़ीम' गोविंदपुरी को। वह मुख़्तसर-सा बागीचा जिसमें मेहमान बैठे थे, तालियों की आवाज़ से गूँज उठा।

जब मुहूर्त की यह महफ़िल बरख़्वास्त हुई तो भटसावे ने 'अज़ीम' से कहा, 'माल पानी है, चलो आउट डोर चलें।'

'अज़ीम' उसका मतलब न समझा, 'आउट डोर कहाँ?'

भटसावे मुस्कराया, 'माजे मलगे (मेरे लड़के) मौज शौक़ (मौज-मस्ती) करने जायेंगे। सौ रुपया तुम्हारे पास है सौ हमारे पास...चलो।'

'अज़ीम' समझ गया, लेकिन वह उसके 'मौज-मस्ती' से डरता था, उसकी बीवी थी, दो छोटे-छोटे बच्चे भी। उसने कभी अय्याशी नहीं की थी। मगर इस वक़्त वह ख़ुश था। उसने अपने दिल से कहा, 'चलो रे...देखेंगे क्या होता है?'

भटसावे ने फ़ौरन टैक्सी मँगवाई। दोनों उसमें बैठे और ग्रांट रोड पहुँचे। 'अज़ीम' ने पूछा, 'हम कहाँ जा रहे हैं, भटसावे?'

वह मुस्कराया, 'अपनी मौसी के घर।'

और जब वह अपनी मौसी के घर पहुँचा तो वह मिस माला खांडेकर का घर था। वह उन दोनों से बड़े तपाक के साथ मिली, उन्हें अंदर अपने कमरे में ले गयी। होटल से चाय मँगवा कर पिलाई। भटसावे ने उससे चाय पीने के बाद कहा, 'हम मौज-मस्ती के लिए निकले हैं, तुम्हारे पास तुम हमारा कोई बंदोबस्त करो।'

माला समझ गई। वह भटसावे की अहसानमंद थी। इसलिए उसने फ़ौरन मराठी ज़ुबान में कहा, जिसका यह मतलब था कि मैं हर ख़िदमत के लिए तैयार हूँ।

दरअसल भटसावे 'अज़ीम' को ख़ुश करना चाहता था। इसलिए कि उसने उसको मुलाज़िमत दिलवाई थी। चुनांचे भटसावे ने मिस माला से कहा कि वह एक लड़की मुहैया करा दे।

मिस माला ने अपना मेकअप जल्दी-जल्दी ठीक किया और तैयार हो गई, सब टैक्सी में बैठे। पहले मिस माला प्ले बैक सिंगर शांता करुणा किरन के घर गयी। मगर वह किसी और के साथ बाहर जा चुकी थी। फिर वह अंसवया के यहाँ गई, मगर वह उस क़ाबिल नहीं थी कि उनके साथ ऐसी मुहिम पर जा सके।

मिस माला को बहुत अफ़सोस था कि उसे दो जगह नाउम्मीदी का सामना करना पड़ा। लेकिन उसको उम्मीद थी कि मामला हो जायेगा। चुनांचे टैक्सी गोल पैठा की तरफ़ चली। वहाँ कृष्णा थी। पन्द्रह-सोलह बरस की गुज़राती लड़की, बड़ी नर्म-ओ-नाज़ुक सुर में गाती थी। माला उसके घर में दाख़िल हुई और चंद लम्हात के बाद उसको साथ लिये बाहर निकल आई। भटसावे को उसने हाथ जोड़ के नमस्कार किया और 'अज़ीम' को भी। माला ने ठेठ दलालों के से अन्दाज़ में 'अज़ीम' को आँख मारी और गोया ख़ामोश जुबान में उससे कहा, 'यह आपके लिए है।'

भटसावे ने उस पर निगाहों ही निगाहों में 'साद' कर दिया। 'कृष्णा' 'अज़ीम' गोविंदपुरी के पास बैठ गयी। चूँकि उसको माला ने सब कुछ बता दिया था। इसलिए वह उससे चुहलें करने लगी। 'अज़ीम' लड़कियों का-सा हिजाब महसूस कर रहा था। भटसावे को उसकी तबियत का इल्म था। इसलिए उसने टैक्सी एक बार के सामने ठहराई, सिर्फ़ 'अज़ीम' को अपने साथ अंदर ले गया।

नग़मा-निगार (गीतकार) ने सिर्फ़ एक-दो बार पी थी, वह भी कारोबारी सिलसिले में। यह भी कारोबारी सिलसिला था। चुनांचे उसने भटसावे के इसार पर दो पैग रम के पिये और उसको नशा हो गया। भटसावे ने एक बोतल ख़रीद के अपने साथ रख ली। अब वे फिर टैक्सी में थे।

'अज़ीम' को बाद में मालूम हुआ कि भटसावे प्ले बैक सिंगर कृष्णा की माँ से यह कह आया था कि जो कोरस दिन में लिया गया था, उसके जितने टेक थे सब ख़राब निकले हैं। इसलिए रात को फिर रिकॉर्डिंग होगी। उसकी माँ वैसे कृष्णा को बाहर जाने की इजाज़त कभी न देती। मगर जब भटसावे ने कहा कि उसे और रुपये मिलेंगे तो उसने अपनी बेटी से कहा कि जल्दी जाओ और फ़ारिग़ होकर सीधा यहाँ आओ। वहाँ स्टूडियो में न बैठी रहना।

टैक्सी वर्ली पहुँची, यानी साहिल-ए-समुद्र के पास। यह वह जगह थी जहाँ ऐशपरस्त किसी-न-किसी औरत को बग़ल में दबाए आया करते। एक पहाड़ी-सी थी,

मालूम नहीं मस्नूई (कृत्रिम) या कुदरती...उस पर चढ़ते...वह काफ़ी वसी-ओ-अरीज़ सतह-ए-मुरतफ़ा (विस्तृत एवं विहंगम) क़िस्म की जगह थी।

उसमें लंबे फ़ासलों पर बैंचें रखी हुई थीं, जिन पर सिर्फ़ एक-एक जोड़ा बैठता। सबके दरमियान अनलिखा समझौता था कि वे एक-दूसरे के मामले में विघ्न न डालेंगे। भटसावे ने जो कि 'अज़ीम' की दावत करना चाहता था वर्ली की पहाड़ी पर कृष्णा को उसके सुपुर्द कर दिया और ख़ुद माला के साथ टहलता-टहलता एक तरफ़ चला गया।

'अज़ीम' और भटसावे में डेढ़ सौ गज का फ़ासला होगा। 'अज़ीम' जिसने गैर औरत के दरमियान हज़ारों मील का फ़ासला महसूस किया था, ने जब कृष्णा को अपने साथ लगे देखा तो उसका ईमान मुतज़लज़ल (शिथिल) हो गया। कृष्णा ठेठ मराठा लड़की थी, साँवली-सलोनी, बड़ी मजबूत, शदीद तौर पर जवान और उसमें वे तमाम दावतें थीं जो किसी खुलकर खेलने वाली में हो सकती हैं। 'अज़ीम' चूँकि नशे में था, इसलिए वह अपनी बीवी को भूल गया और उसके दिल में ख़्वाहिश पैदा हुई कि कृष्णा को थोड़े अर्से के लिए बीवी बना ले।

उसके दिमाग़ में मुख़्तलिफ शरारतें पैदा हो रही थीं। कुछ रम के बायस और कुछ कृष्णा की क़ुरबत (समीपता) की वजह से। आमतौर पर वह बहुत संजीदा रहता था। बड़ा कम-गो (अल्पभाषी)। लेकिन इस वक़्त उसने कृष्णा के गुदगुदी की। उसको कई लतीफ़े अपनी टूटी-फूटी गुज़राती में सुनाएँ। फिर जाने उसे क्या ख़याल आया कि ज़ोर से भटसावे को आवाज़ दी और कहा, 'पुलिस आ रही है। पुलिस आ रही है।'

भटसावे माला के साथ आया। 'अज़ीम' को मोटी-सी गाली दी और हँसने लगा। वह समझ गया था कि 'अज़ीम' ने उससे मज़ाक किया है। लेकिन उसने सोचा, 'बेहतर यही है किसी होटल में चलें, जहाँ पुलिस का ख़तरा न हो।' चारों उठ रहे थे कि पीली पगड़ी वाला नमूदार हुआ। उसने ठेठ सिपाहियाना अन्दाज़ में पूछा, 'तुम लोग रात के ग्यारह बजे यहाँ क्या कर रहा है? मालूम नहीं, दस बजे के बाद यहाँ बैठना ठीक नहीं है, क़ानून है।'

'अज़ीम' ने संतरी से कहा, 'जनाब अपन फ़िल्म का आदमी है। यह छोकरी, उसने कृष्णा की तरफ़ देखा, यह भी फ़िल्म में काम करती है। हम लोग किसी बुरे ख़याल से यहाँ नहीं आये। यहाँ पास ही जो स्टूडियो है, उसमें काम करते हैं।

थक जाते हैं तो यहाँ चले आते हैं कि थोड़ी-सी तफ़रीह हो गयी। बारह बजे हमारी शूटिंग फिर शुरू होने वाली है।'

पीली पगड़ी वाला मुत्मइन हो गया, फिर वह भटसावे से मुख़ातिब हुआ, 'तुम इधर क्यों बैठा है।'

भटसावे पहले घबराया, लेकिन फ़ौरन सँभलकर उसने माला का हाथ अपने हाथ में लिया और संतरी से कहा, 'यह हमारा बाइक है, हमारी टैक्सी नीचे खड़ी है।'

थोड़ी-सी और गुफ़्तगू हुई और चारों की ख़लासी हो गयी। इसके बाद उन्होंने टैक्सी में बैठकर सोचा कि किस होटल में चलें। 'अज़ीम' को ऐसे होटलों के बारे में कोई इल्म नहीं था, जहाँ आदमी चंद घंटों के लिए किसी ग़ैर औरत के साथ ख़लवत (एकांत) इख़्तियार कर सके। भटसावे ने बेकार उससे मशविरा किया। चुनांचे उसको फ़ौरन डोक यार्ड का सी देव होटल याद आया और उसने टैक्सीवाले से कहा कि वहाँ ले चलो। सी देव होटल में भटसावे ने दो कमरे लिये। एक में 'अज़ीम' और कृष्णा चले गये, दूसरे में भटसावे और मिस माला खांडेकर। कृष्णा बदस्तुर मुजस्मम (साक्षात) दावत थी, लेकिन 'अज़ीम' जिसने दो पैग और पी लिये थे, फ़लसफ़ी (दार्शनिक) रंग इख़्तियार कर गया था। उसने कृष्णा को गौर से देखा और सोचा कि इतनी कम उम्र की लड़की ने गुनाह का यह भयानक रास्ता क्यों इख़्तियार किया? ख़ून की कमी के बायस उसमें इतनी तपिश क्यों है? कब तक यह नर्म-ओ-नाजुक लड़की जो गोश्त नहीं खाती अपना गोश्त-पोस्त बेचती रहेगी? 'अज़ीम' को उस पर बड़ा तरस आया। अत: उसने वाइज़ (उपदेशक) बनकर उससे कहना शुरू किया 'कृष्णा पाप की ज़िंदगी से हट जाओ ख़ुदा के लिए। उस रास्ते से जिस पर कि तुम चल रही हो, अपने क़दम हटा लो, यह तुम्हें ऐसी गहरी खाई में ले जायेगा, जहाँ से तुम निकल नहीं सकोगी। इस्मत फ़रोशी इनसान का बदतरीन फ़े'ल है। यह रात अपनी ज़िंदगी की रोशन रात समझो, इसलिए कि मैंने तुम्हें नेक-ओ-बद समझा दिया है।'

कृष्णा ने इसका जो मतलब समझा वह यह था कि 'अज़ीम' उससे मुहब्बत कर रहा है। अत: वह उसके साथ लिपट गई और 'अज़ीम' अपने पाप व पुण्य का मसला भूल गया।

बाद में वह बड़ा शर्मिंदा हुआ। कमरे से बाहर निकला तो भटसावे बरामदे में टहल रहा था। कुछ इस अन्दाज़ से जैसे उसको बर्रे के पूरे छत्ते ने काट लिया है

और डंक उसके जिस्म में चुभो दिए हैं। 'अज़ीम' को देखकर वह रुक गया, मुत्मइन (संतुष्ट) कृष्णा की तरफ़ एक निगाह डाली और पेच-ओ-ताब खाकर 'अज़ीम' से कहा, 'वह साली चली गयी।'

अजीम जो अपनी शर्मिंदगी में डूबा था, चौंका, 'कौन?'

'वही माला।'

'क्यों?'

भटसावे के लहज़े में अजीबो-ग़रीब एहतिजाज (प्रतिरोध) था। 'हम उसको इतना वक़्त चूमते रहे। जब बोला कि आओ, तो साली कहने लगी, 'तुम हमारा भाई है। हमने किसी से शादी कर ली है और बाहर निकल गई कि वह साला घर में आ गया होगा।'

❑

खुदफ़रेब

हम न्यू पैरेस स्टोर के प्राइवेट कमरे में बैठे थे। बाहर टेलीफोन की घंटी बजी तो उसका मालिक ग़यास उठकर दौड़ा। मेरे साथ मसूद बैठा था। उससे कुछ दूर हटकर जलील दाँतों से अपनी छोटी-छोटी उँगलियों के नाख़ून काट रहा था। उसके कान बड़े गौर से ग़यास की बातें सुन रहे थे, वह टेलीफोन पर किसी से कह रहा था...

'तुम झूठ बोलती हो...अच्छा ख़ैर आज देख लेंगे...लो, यह क्या, तुम्हारे लिए तो हमारी जान हाज़िर है...अच्छा तो ठीक पाँच बजे...ख़ुदा हाफ़िज...क्या कहा? भई कह तो दिया कि तुम्हें मिल जायेगी...'

जलील ने मेरी तरफ़ देखा, 'मंटो साहब ऐश करता है ये ग़यास।'

मैं जवाब में मुस्करा दिया।

जलील उँगलियों के नाख़ून अब तेज़ी से काटने लगा, 'कई लड़कियों के साथ उसका टाँका भिड़ा हुआ है...मैं तो सोचता हूँ एक स्टोर खोल लूँ...लेडीज़ स्टोर ख़ामख़्वाह प्रेस के चक्कर में पड़ा हूँ...औरत का साया तक भी वहाँ नहीं आता। सारा दिन गड़गड़ाहटें सुनो। उल्लू के पट्ठे क़िस्म के ग्राहकों से मग़ज़-मारी करो. ..यह ज़िंदगी है?'

मैं फिर मुस्करा दिया। इतने में ग़यास आ गया। जलील ने ज़ोर से उसकी हिप पर धप्पा मारा और कहा, 'सुना, कौन थी यह जिसके लिए तू अपनी जान हाज़िर कर रहा था।'

ग़यास बैठ गया और कहने लगा, 'मंटो साहब के सामने ऐसी बातें न किया करो।'

जलील ने अपनी ऐनक के मोटे शीशों में से घूरकर ग़यास की तरफ़ देखा और कहा, 'मंटो साहब को सब मालूम है...तुम बताओ कौन थी?'

ग़यास ने अपनी नीले शीशे वाली ऐनक उतारकर उसकी कमानी ठीक करनी शुरू की, 'एक नई है...परसों आई थी टेलीफोन करने, किसी से हँस-हँस के बातें कर रही थी। फोन कर चुकी तो मैंने उससे कहा, 'जनाब फ़ीस अदा कीजिए।' यह सुनकर मुस्कराने लगी। पर्स में हाथ डालकर उसने दस रुपये का नोट निकाला और कहा, 'हाज़िर है' एक घंटे तक यहाँ बैठी रही, जाते हुए दस रूमाल ले गयी।'

मसूद जो बिलकुल ख़ामोश बैठा ग़ालिबन अपनी बेकारी के मुताल्लिक़ सोच रहा था। उठा, 'बकवास है...महज़ ख़ुदफ़रेबी है।' यह कहकर उसने मुझे सलाम किया और चला गया।

ग़यास अपनी बातों से बहुत ख़ुश था। मसूद जब अचानक बोला तो उसका चेहरा किसी कदर मुरझा गया। जलील थोड़ी देर के बाद ग़यास से मुख़ातिब हुआ, 'क्या माँग रही थी?'

ग़यास चौंका, 'क्या कहा?'

जलील ने फिर पूछा, 'क्या माँग रही थी?'

ग़यास ने कुछ रुकने के बाद कहा, 'ब्रजर्स'

जलील की आँखें ऐनक के मोटे शीशों के पीछे से चमकीं, 'साइज़ क्या है?'

ग़यास ने जवाब दिया, 'थर्टी फ़ोर।'

जलील मुझसे मुख़ातिब हुआ, 'मंटो साहब यह क्या बात है, अँगिया देखते ही मेरे अंदर हैजान-सा (अशांति) पैदा हो जाता है।'

मैंने मुस्कराकर उससे कहा, 'आपकी क़ुब्वत-ए-मुतख़्यला (कल्पना-शक्ति)बहुत तेज़ है।'

जलील कुछ न समझा और न वह समझना चाहता था। उसके दिमाग़ में खुदबुद हो रही थी। वह उस लड़की के मुताल्लिक़ बातें करना चाहता था जिसके साथ ग़यास ने टेलीफोन पर बातें की थीं। चुनांचे मेरा जवाब सुनकर उसने ग़यास से कहा, 'यार हमसे भी मिलाओ उसे।'

ग़यास ने कमानी ठीक करके ऐनक लगा ली, 'कभी यहाँ आयेगी तो मिल लेना।'

'कुछ नहीं यार, तुम हमेशा यही ग़च्चा देते रहते हो...पिछले दिनों जब वह यहाँ आई थी...क्या नाम था उसका? जमीला मैंने आगे बढ़कर उससे बात करनी चाही, तो तुमने हाथ जोड़कर मुझे मना कर दिया...मैं उसे खा तो न जाता,' यह कहकर जलील ने ऐनक के मोटे शीशों के पीछे अपनी आँखें सिकोड़ लीं।

जलील और ग़यास दोनों में बचपना था। दोनों हर वक़्त लड़कियों के मुताल्लिक़ सोचते रहते थे। ख़ूबसूरत, मोटी, दुबली लड़कियों के मुताल्लिक़ ...ताँगे में बैठी हुई लड़कियों के मुताल्लिक़...पैदल चलती और साइकिल सवार लड़कियों के मुताल्लिक़। जलील इस मामले में ग़यास से बाजी ले गया था। दफ़्तर

से किसी ज़रूरी काम पर मोटर में निकलता। रास्ते में कोई ताँगे में बैठी या मोटर में सवार लड़की नज़र आ जाती तो उसके पीछे...अपनी मोटर लगा देता। यह उसका महबूबतरीन शग़्ल था, लेकिन उसने कभी बदतमीजी न की थी। छेड़छाड़ से उसे डर लगता था। जहाँ तक गुफ़्तार (चरित्र) का ताल्लुक़ है, उसे ग़ाज़ी कहना चाहिए। बड़े-बड़े मज़बूत किले सर कर चुका था।

प्राइवेट कमरे में जब बाहर स्टोर से कोई निस्वानी (जनाना) आवाज़ आती तो ग़यास उछल पड़ता और पर्दा हटाकर एकदम बाहर निकल जाता। मर्द ग्राहकों से उसे कोई दिलचस्पी नहीं थी। उनसे उसका मुलाज़िम निपटता था।

दोनों अपने काम में होशियार थे। स्टोर किस तरह चलाया जाता है, उसको क्योंकर मक़बूल (सर्वप्रिय) बनाया जाता है; इसका ग़यास को बड़ा अच्छा सलीका था। इसी तरह जलील को प्रेस के तमाम शो'बो (विभागों) पर महारत हासिल थी। लेकिन फ़ुरसत के औकात में वे सिर्फ़ लड़कियों के मुताल्लिक़ सोचते थे। ख़याली और असली लड़कियों के मुताल्लिक।

स्टोर में किसी दिन जब कोई भी लड़की न आती तो ग़यास उदास हो जाता। यह उदासी वह जलील से टेलीफोन पर उन लड़कियों के मुताल्लिक़ बातें करके दूर करता जो बकौल उसके जाल में फँसी हुई थीं। जलील उसे अपने क़िस्से सुनाता। दोनों कुछ देर बातें करते। स्टोर में कोई ग्राहक आता या उधर प्रेस में किसी को जलील की ज़रूरत होती, तो यह दिलचस्प सिलसिला, गुफ़्तगू टूट जाती।

इस लिहाज़ से 'न्यू पैरेस स्टोर' बड़ी दिलचस्प जगह थी। जलील दिन में दो-तीन मर्तबा ज़रूर आता। प्रेस से किसी काम के लिए निकलता तो चंद मिनटों ही के लिए स्टोर से हो आता। ग़यास से किसी लड़की के बारे में छेड़छाड़ करता और उँगली में मोटर की चाभी घुमाता चला जाता।

जलील को ग़यास से यह गिला था कि वह 'अपनी लड़कियों' के मुताल्लिक़ इंतिहाई राज़दारी से काम लेता है उनका नाम तक नहीं बताता। छुप-छुप कर उनसे मिलता है, उनको तोहफ़े देता है और अकेले-अकेले ऐश करता है। यही गिला ग़यास को जलील से था। लेकिन दोनों के दोस्ताना ताल्लुक़ात वैसे-के-वैसे क़ायम थे।

एक रोज़ स्टोर में एक स्याह बुर्केवाली औरत आयी। नक़ाब उलटा हुआ था। चेहरा पसीने से सराबोर था, आते ही स्टूल पर बैठ गई। ग़यास जब उसकी तरफ

बढ़ा तो उसने बुर्क़े से पसीना पोंछकर उससे कहा, 'पानी पिलाइए एक गिलास।' ग़यास ने फ़ौरन नौकर को भेजा कि एक ठंडा लेमन ले आये। औरत ने छत के रुके हुए पंखों को देखा और ग़यास से पूछा, 'पंखा क्यों नहीं चलाते आप?'

ग़यास ने सिर के ऊपर देखकर विवशता दिखाते हुए, 'दोनों खराब हो गये हैं। मालूम नहीं क्या हुआ...मैंने आदमी भेजा हुआ है।'

औरत स्टूल पर से उठी, 'मैं तो यहाँ एक मिनट नहीं बैठ सकती,'यह कहकर वह शो-केसों को देखने लगी, 'आदमी ख़ाक शॉपिंग कर सकता है दोज़ख़ में।'

ग़यास ने अटक-अटककर कहा, 'मुझे अफ़सोस है...आप...आप अंदर तशरीफ़ ले चलिए...जिस चीज़ की आपको ज़रूरत होगी मैं लाकर दूँगा।'

ग़यास तेज़ क़दमी से आगे बढ़ा। पर्दा हटाया और उस औरत से कहा, 'तशरीफ़ लाइए।'

औरत अंदर कमरे में दाख़िल हो गयी और एक कुर्सी पर बैठ गई। ग़यास ने पर्दा छोड़ दिया। दोनों मेरी नज़रों से ओझल हो गये। चंद लम्हात के बाद ग़यास निकला। मेरे पास आकर उसने हौले से कहा, 'मंटो साहब क्या ख़याल है आपका इस लड़की के बारे में?'

मैं मुस्करा दिया।

ग़यास ने एक खाने से नयी क़िस्म की कुछ लिपिस्टक निकालीं और अंदर कमरे में ले गया। इतने में जलील की मोटर का होने बजा और वह उँगली पर चाभी घुमाता नमूदार हुआ। आते ही उसने पुकारा, 'ग़यास, आओ भई, सुनो, वह कल वाला मामला मैंने सब ठीक कर दिया है,' फिर उसने मेरी तरफ देखा, 'ओह! मंटो साहब, आदाब अर्ज़...ग़यास कहाँ है?'

मैंने जवाब दिया, 'अंदर कमरे में!'

'वह मैंने सब ठीक कर दिया मंटो साहब...अभी-अभी पेट्रोल पंप के पास मिली, पैदल जा रही थी। मैंने मोटर रोकी और कहा, 'जनाब यह मोटर आख़िर किस मर्ज़ की दवा है।' उसे छोड़कर आ रहा हूँ...' फिर उसने कमरे के पर्दे की तरफ मुँह करके आवाज़ दी...'ग़यास बाहर निकल बे।'

जलील ने उँगली पर ज़ोर से चाभी घुमाई 'मसरूफ़ (व्यस्त) है...। अब उसने अंदर मसरूफ़ होना शुरू कर दिया है,' कहकर उसने आगे बढ़कर पर्दा उठाया।

एकदम उसके जैसे ब्रेक-सा लग गया। पर्दा उसके हाथ से छूट गया। 'सॉरी,' कहकर वह उल्टे क़दम वापस आया और घबराए हुए लहजे में उसने मुझसे पूछा, 'मंटो साहब कौन है?'

मैंने सवाल किया, 'कहाँ कौन?'

'यह...यह जो अंदर बैठी होंठों पर लिपस्टिक लगा रही है।'

मैंने जवाब दिया, 'मालूम नहीं ग्राहक है।'

जलील ने ऐनक के मोटे शीशों के पीछे आँखें सिकोड़ी और पर्दे की तरफ़ देखने लगा। ग्रयास बाहर निकला। जलील से 'हैलो जलील,' कहा और आईना उठा कर वापस कमरे में चला गया। दोनों दफ़ा जब पर्दा उठा तो जलील को उस औरत की हलकी-सी झलक नज़र आयी। मेरी तरफ़ मुड़कर उसने कहा, 'ऐश करता है पट्ठा,' फिर इज़तिराब (बेचैनी) की हालत में इधर-उधर टहलने लगा। थोड़ी देर के बाद पर्दा उठा। औरत होंठों को चूसती हुई निकली। जलील की निगाहों ने उसको स्टोर के बाहर तक पहुँचाया। फिर उसने पलटकर कमरे का रुख किया। ग्रयास बाहर निकला रूमाल से होंठ साफ़ करता। दोनों एक-दूसरे से क़रीब-क़रीब टकरा गये। जलील ने तेज़ लहजे में उससे पूछा, 'यह क्या क़िस्सा था भई?'

ग्रयास मुस्कराया, 'कुछ नहीं,' यह कहकर उसने रूमाल से होंठ साफ़ किए।

जलील ने ग्रयास के चुटकी भरी, 'कौन थी?'

'यार तुम ऐसी बातें न पूछा करो,' ग्रयास ने अपना रूमाल हवा में लहराया। जलील ने छीन लिया, ग्रयास ने झपट्टा मारकर वापस लेना चाहा।

जलील पैंतरा बदलकर एक तरफ हट गया। रूमाल खोलकर उसने गौर से देखा जगह-जगह सुख़ निशान थे। ऐनक के मोटे शीशों के पीछे अपनी आँखें सिकोड़कर उसने ग्रयास को पूरा, 'यह बात है।'

ग्रयास ऐसा चोर बन गया, जिसको किसी ने चोरी करते हुए पकड़ लिया है, 'जाने दो यार इधर लाओ रूमाल।'

जलील ने रूमाल वापस कर दिया, 'बताओ तो सही कौन थी?'

इतने में नौकर लैमन लेकर आ गया। ग्रयास ने उसको इतनी देर लगाने पर झिड़का, 'कोई मेहमान आये तो तुम हमेशा ऐसा ही किया करते हो।'

जलील ने ग़यास से पूछा, 'यह लैमन उसी के लिए मँगवाया गया था।'

'हाँ यार...इतनी देर में आया है कमबख़्त...दिल में कहती होगी प्यासा ही भेज दिया,' ग़यास ने रूमाल जेब में रख लिया।

जलील ने शो-केस पर से लैमन का गिलास उठाया और गटागट पी गया, 'हमारी प्यास तो बुझ गई...लेकिन यार बताओ ना थी कौन? पहली ही मुलाकात में तुमने हाथ साफ़ कर लिया।'

ग़यास ने रूमाल निकालकर अपने होंठ साफ़ किए और आँखें चमकाकर कहा, 'चिमट ही गयी...मैंने कहा देखो ठीक नहीं...दुकान है...ज़बर्दस्ती मेरे होंठों का चुम्मा ले गई।'

एकदम मसूद की आवाज़ आयी, 'सब बकवास है...महज़ ख़ुदफ़रेबी (अपने आपको धोखा देना) है।'

ग़यास चौंक पड़ा। मसूद स्टोर के बाहर खड़ा था। उसने मुझे सलाम किया और चल दिया। जलील फ़ौरन ही ग़यास से मुखातिब हुआ, छोड़ो यार, तुम यह बताओ फिर क्या हुआ? यार चीज़ अच्छी थी क्या नाम है?'

ग़यास ने जवाब न दिया। मसूद की आवाज़ के अचानक हमले से वह बौखला-सा गया था। जलील को एकदम याद आया कि वह तो एक बहुत ही ज़रूरी काम पर निकला है। उँगली पर चाभी घुमाकर उसने ग़यास से कहा, 'लड़की के मुताल्लिक़ फिर पूछूँगा...अच्छा मंटो साहब अस्सलाम अलैकुम,' और चला गया।

मैंने मुस्कराकर ग़यास से पूछा, 'ग़यास साहब इतनी जल्दी पहली ही मुलाकात में आपने...'

ग़यास झेंप गया। मेरी बात काटकर उसने कहा, 'छोड़िए मंटो साहब...आप हमारे बुजुर्ग हैं...चलिए अंदर बैठें। यहाँ गर्मी है।'

हम अंदर कमरे की तरफ़ चलने लगे तो स्टोर के बाहर जलील की मोटर रुकी। उसने ज़ोर-ज़ोर से हॉर्न बजाया। ग़यास न गया तो वह ख़ुद दौड़ा अंदर आया। ग़यास बाहर आओ बस स्टैंड के पास एक बड़ी ख़ूबसूरत लड़की खड़ी है...'

ग़यास उसके साथ चला गया। मैं मुस्कराने लगा।

इस दौरान जलील ने बड़ी मुश्किलों से अपने बाप को राज़ी करके एक क्रिश्चियन लड़की मुलाज़िम रख ली। उसको वह अपनी स्टेनो कहता था। कई बार मोटर में उसको अपने साथ लाया, लेकिन उसको मोटर ही में बिठाए रखा। ग़यास को इस बात का बहुत गुस्सा था। एक बार उस स्टेनो के सामने ग़यास ने जलील से मज़ाक किया तो वह बहुत सिटपिटाया, उसके कान की लवें सुर्ख हो गईं। नज़रें झुका कर उसने गाड़ी स्टार्ट की और यह जा वह जा।

बक़ौल जलील के यह स्टेनो शुरू-शुरू में तो बड़ी रिज़र्व रही। लेकिन आख़िर उससे खुल ही गई। 'बस अब चंद दिनों में ही मामला पटा समझो।'

ग़यास अब ज़्यादातर जलील से उस स्टेनो की बातें करता। जलील उससे उस लड़की के मुताल्लिक़ पूछता जिसने चिमटकर उसको चूम लिया था तो ग़यास अमूमन यह कहता, 'कल उसका टेलीफोन आया। पूछने लगी आऊँ...मैंने कहा यहाँ नहीं। तुम वक़्त निकालो तो मैं किसी और जगह का इंतज़ाम कर लूँगा।'

जलील उससे पूछता, 'क्या कहा उसने?'

ग़यास जवाब देता, 'तुम अपनी स्टेनो की सुनाओ।'

स्टेनो की बातें शुरू हो जातीं।

एक दिन मैं और ग़यास दोनों जलील की प्रेस गये। मुझे अपनी किताब के कवर के डिज़ाइन के बारे में दरियाफ़्त करना था। दफ़्तर में स्टेनो एक कोने में बैठी थी लेकिन जलील नहीं था। स्टेनो से पूछा तो मालूम हुआ कि वह अभी-अभी बाहर निकला है। मैंने नौकर को भेजा कि उसको हमारी आमद की इत्तिला दे। थोड़ी ही देर के बाद जलील आ गया। चिक उठाकर उसने मुझे सलाम किया और ग़यास से कहा—"इधर आओ ग़यास।"

हम दोनों बाहर निकले। ग़यास को एक कोने में ले जाकर जलील ने उछलकर ग़यास से कहा—"मैदान मार लिया...अभी-अभी तुम्हारे आने से थोड़ी देर पहले," यह कहकर वह रुक गया और मुझसे मुख़ातिब हुआ, "माफ़ कीजियेगा मंटो साहब," फिर उसने ग़यास को ज़ोर से अपने साथ भींच लिया, 'बस मैंने आज उसको पकड़ लिया...बिलकुल उसी तरह...और उसी जगह...उस ट्रेडल के पास।'

ग़यास ने पूछा—"किसे?"

जलील झुँझला गया, "अबे अपनी स्टेनो को...ख़सम ख़ुदा की मज़ा आ गया...
यह देखो।" उसने अपना रूमाल पतलून की जेब से निकालकर हवा में लहराया...उस
पर सुर्ख़ी के धब्बे थे।

एकदम मसूद की आवाज़ आयी, 'बकवास है...महज़ ख़ुदफ़रेबी है।'

जलील और ग़यास चौंक उठे...मैं मुस्कराया। ट्रेडल पर सुर्ख़ रोग़न की
पतली-सी हमवार (समतल) तह फैली हुई थी। एक जगह पोंछने की वजह से
कुछ लाइनें पड़ गई थीं।

फ़्रोभा बाई

हैदराबाद से शहाब आया तो उसने बॉम्बे सेंट्रल स्टेशन के प्लेटफ़ॉर्म पर पहला क़दम रखते ही हनीफ़ से कहा, "देखो भाई, आज शाम को वह मामला ज़रूर होगा वरना याद रखो मैं वापस चला जाऊँगा।"

हनीफ़ को मालूम था कि 'वह मामला' क्या है। चुनांचे शाम को उसने टैक्सी ली। शहाब को साथ लिया। ग्रांट रोड के नाके पर एक दलाल को बुलाया और उससे कहा, "मेरे दोस्त हैदराबाद से आये हैं। उनके लिए एक अच्छी छोकरी चाहिए।"

दलाल ने अपने कान से अड़सी हुई बीड़ी निकाली और उसको होंठों में दबा कर कहा, "दक्कनी चलेगी?"

हनीफ़ ने शहाब की तरफ़ सवालिया नज़रों से देखा। शहाब ने कहा—"नहीं भाई...मुझे कोई मुसलमान चाहिए।"

"मुसलमान?" दलाल ने बीड़ी को चूसा, "चलिए" और यह कहकर वह टैक्सी की अगली सीट पर बैठ गया। ड्राइवर से उसने कुछ कहा, टैक्सी स्टार्ट हुई और मुख़्तलिफ बाज़ारों से होती हुई फ़्रोजेंट स्ट्रीट के साथ वाली गली में दाख़िल हुई। यह गली एक पहाड़ी पर थी। बहुत ऊँचान थी। ड्राइवर ने गाड़ी को फ़र्स्ट गेयर में डाला। हनीफ़ को ऐसा महसूस हुआ कि रास्ते में टैक्सी रुककर वापस चलना शुरू कर देगी। मगर ऐसा न हुआ। दलाल ने ड्राइवर को ऊँचान के ऐन आख़िरी सिरे पर जहाँ चौक-सा बना था रुकने के लिए कहा।

हनीफ़ कभी उस तरफ़ नहीं आया था। ऊँची पहाड़ी थी जिसके दाएँ तरफ़ एकदम ढलान थी। जिस बिल्डिंगें में दलाल दाख़िल हुआ उसकी सिर्फ़ दो मंज़िलें थीं। हालाँकि दूसरी तरफ की बिल्डिंगें सब-की-सब चार मंज़िला थीं। हनीफ़ को बाद में मालूम हुआ कि ढलान के बायस उस बिल्डिंग की तीन मंज़िलें नीचे थीं जहाँ लिफ्ट जाती थी।

शहाब और हनीफ़ दोनों ख़ामोश बैठे रहे। उन्होंने कोई बात न की। रास्ते में दलाल ने उस लड़की की बहुत तारीफ़ की थी जिसको लाने वह उस बिल्डिंग में गया था। उसने कहा था—"बड़े अच्छे खानदान की लड़की है। स्पेशल तौर पर आपके लिए निकाल रहा हूँ।"

दोनों सोच रहे थे कि यह लड़की कैसी होगी जो स्पेशल तौर पर निकाली जा रही है।

थोड़ी देर के बाद दलाल नमूदार हुआ। वह अकेला था। ड्राइवर से उसने कहा, "गाड़ी वापस करो" यह कहकर वह अगली सीट पर बैठ गया। गाड़ी एक चक्कर लेकर मुड़ी। तीन-चार बिल्डिंगें छोड़कर दलाल ने ड्राइवर से कहा, 'रोक लो' फिर हनीफ़ से मुख़ातिब हुआ, 'आ रही है...पूछ रही थी 'कैसे आदमी हैं,' मैंने कहा–"नम्बर वन।"

दस-पन्द्रह मिनट के बाद एकदम टैक्सी का दरवाज़ा खुला। और एक औरत हनीफ़ के साथ बैठ गयी। रात का वक़्त था। गली में रोशनी कम थी। इसलिए शहाब और हनीफ़ दोनों उसको अच्छी तरह न देख सके। सीट पर बैठते ही उसने कहा, "चलो।"

टैक्सी तेज़ी से नीचे उतरने लगी।

हनीफ़ के पास कोई ऐसी जगह न थी जहाँ कोई मामला हो सके। अत: जैसा तय पाया था, वे डॉक्टर ख़ान साहब के यहाँ चले गये। वह मिलिट्री हॉस्पिटल में नियुक्त था और उसको वहीं दो कमरे मिले हुए थे। शहाब ने बंबई आते ही उसको फ़ोन कर दिया था कि वह हनीफ़ के साथ रात को उसके पास आयेगा और मामला साथ होगा, चुनांचे टैक्सी मिलिट्री हॉस्पिटल में पहुँची। दलाल सौ रुपया लेकर ग्रांट रोड पर उतर गया।

रास्ते में भी शहाब और हनीफ़ उस औरत को अच्छी तरह न देख सके। कोई ख़ास बातें भी न हुईं। शहाब ने जब उससे अपने ठेठ हैदराबादी लहज़े में पूछा, 'आपका इस्म-ए-ग्रामी' तो उस औरत ने कहा–"फ़्रोभा बाई।"

"फ़्रोभा बाई?" हनीफ़ सोचता रह गया कि यह कैसा नाम है।

डॉक्टर ख़ान उनका इंतज़ार कर रहा था। सबसे पहले शहाब कमरे में दाख़िल हुआ। दोनों गले मिले और एक-दूसरे को खूब गालियाँ दीं।

डॉक्टर ख़ान ने जब एक जवान औरत को दरवाज़े पर देखा तो एकदम ख़ामोश हो गया। "आइये-आइये" उसने अपने सीने पर हाथ रखा। 'डॉक्टर ख़ान...आप?' उसने शहाब की तरफ देखा।

शहाब ने उस औरत की तरफ देखा। औरत ने कहा, 'फ़्रोभा बाई'

डॉक्टर ख़ान ने बढ़कर उससे हाथ मिलाया, "आपसे मिलकर बहुत खुशी हुई।"

फ़ोभा बाई मुस्करायी–“मुझे भी ख़ुशी हुई।”

शहाब और हनीफ़ ने एक-दूसरे की तरफ़ देखा, डॉक्टर ख़ान ने दरवाज़ा बंद कर दिया और अपने दोस्तों से कहा–“आप दूसरे कमरे में चले जाइए...मुझे कुछ काम करना है।”

शहाब ने जब फ़ोभा बाई से कहा–“चलिए।” तो उसने डॉक्टर ख़ान का हाथ पकड़ लिया, “नहीं आप भी तफ़रीफ़ (तशरीफ़) लाइए।”

“आप तशरीफ़ ले चलिए, मैं आता हूँ,” यह कहकर डॉक्टर ख़ान ने अपना हाथ छुड़ा लिया।

शहाब और हनीफ़ फ़ोभा बाई को अंदर ले गये। थोड़ी देर गुफ़्तगू हुई तो उनको मालूम हुआ कि उसकी जुबान मोटी थी। वह श और स अदा नहीं कर सकती थी। इसके बदले उसके मुँह से फ निकलता था। उसका नाम इस लिहाज़ से शोभा बाई था। लेकिन कुछ देर और बातें करने के बाद उनको पता चला कि शोभा उसका असली नाम नहीं था। वह मुसलमान थी। जयपुर उसका असली वतन था जहाँ से वह चार साल हुए भागकर बंबई चली आयी थी। इससे ज़्यादा उसने अपने हालात न बताए।

मामूली शक्ल-ओ-सूरत थी। आँखें बड़ी नहीं थीं। नाक भी खुश वज़अ थी। बालाई होंठ के ऐन दरमियान एक छोटे-से जख़्म का निशान था। जब वह बात करती तो यह निशान थोड़ा-सा फैल जाता। गले में उसने जड़ाऊ नेकलेस पहना हुआ था। दोनों हाथों में सोने की चूड़ियाँ थीं।

बहुत ही बातूनी औरत थी। बैठते ही उसने इधर-उधर की बातें शुरू कर दीं। हनीफ़ और शहाब सिर्फ़ हूँ-हाँ करते रहे। फिर उसने उनके बारे में पूछना शुरू किया कि वे क्या करते हैं, कहाँ रहते हैं, क्या उम्र है। फ़ादीफ़ुदा हैं या ग़ैर फ़ादीफ़ुदा? हनीफ़ इतना दुबला क्यों है। फ़ाहब ने दो नकली दाँत क्यों लगवाये हैं। गोफ़्तखोरा था तो उसका इलाज डॉक्टर ख़ान से क्यों न कराया। फ़रमाता क्यों है। फ़े'र क्यों नहीं गाता।

शहाब ने उसे कुछ शे'र सुनाए। शोभा ने बड़े ज़ोरों की दाद दी। जब शहाब ने यह शे'र सुनाया...

“खेतों को दे लो पानी अब बह रही है गंगा

कुछ कर लो नौजवानों उठती जवानियाँ हैं”

तो शोभा उछल पड़ी, 'वाह जनाब फ़ाहब वाह...बहुत अच्छा फ़े'र है...उठती जवानियाँ हैं। वाह-वा'

इसके बाद शोभा ने बेशुमार शे'र सुनाये, बिलकुल बेजोड़, बेतुके। जिनका सिर था न पैर। शे'र सुनाकर उसने शहाब से कहा, 'फ़ाहब साहब ...मज़ा आया आपको।'

शहाब ने जवाब दिया, 'बहुत।'

शोभा ने शरमाकर कहा, 'ये फ़े'र मेरे थे....मुझे फ़ायरी का बहुत फ़ौक है।'

शहाब और हनीफ़ दोनों ने एक-दूसरे की तरफ देखा और मुस्करा दिए...इसके बाद सिर्फ़ एक सही शे'र शोभा ने सुनाया—

'कभी तो मेरे दर्द-ए-दिल की खबर ले

मेरे दर्द से आफ़ना होने वाले'

यह शे'र हनीफ़ कई बार सुन चुका था और शायद पढ़ भी चुका था। मगर शोभा ने कहा, 'हनीफ़ फ़ाहब यह फ़े'र भी मेरा है।'

हनीफ़ ने खूब दाद दी, 'माफ़ाअल्लाह आप तो कमाल करती हैं।'

'शोभा चौंकी, 'माफ़ कीजियेगा, मेरी जुबान में तो कुछ खराबी है लेकिन आपने क्यों माफ़ाअल्लाह के बदले माफ़ाअल्लाह कहा।'

हनीफ़ और शहाब दोनों बेइख़्तियार हँस पड़े। शोभा भी हँसने लगी। इतने में डॉक्टर ख़ान आ गया। उसने अंदर दाख़िल होते ही शोभा से कहा, "क्यों जनाब इतनी हँसी किस बात पर आ रही है?"

ज़्यादा हँसने के बायस शोभा की आँखों में आँसू आ गये थे। उसने रूमाल से उनको पोंछा और डॉक्टर ख़ान से कहा, 'एक बात ऐफ़ी हुई कि हम फ़ब हँफ़ पड़े।' डॉक्टर ख़ान ने भी हँसना शुरू कर दिया।

शोभा ने उससे कहा, 'आइए बैठिए' चारपाई के एक तरफ सरककर उसने डॉक्टर ख़ान का हाथ पकड़ा और उसे अपने पास बिठा लिया।

फिर शे'र-ओ-शायरी शुरू हो गयी। शोभा ने लंबी-लंबी चार बेतुकी ग़ज़लें सुनाई। सबने दाद दी। शहाब उकता गया...वह मुआमल चाहता था। हनीफ़ उसके बदले हुए तेवर देखकर भाँप गया। चुनांचे उसने शहाब से कहा, 'अच्छा भई मैं रुख़्सत चाहता हूँ। इन्शाअल्लाह कल सुबह मुलाक़ात होगी।'

वह यह कहकर कुर्सी पर से उठा मगर शोभा ने उसका हाथ पकड़ लिया, 'नहीं, आप नहीं जा फ़कते।'

हनीफ़ ने जवाब दिया, 'मैं माज़रत (माफ़ी) चाहता हूँ। बीवी मेरा इंतज़ार कर रही होगी'

'ओह!...लेकिन नहीं। आप थोड़ी देर और ज़रूर बैठें। अभी तो फ़िर्फ़ ग्यारह बजे हैं,' शोभा ने इसरार किया।

शहाब ने एक जम्हाई ली, 'बहुत वक़्त हो गया है।'

शोभा ने मुस्कराकर शहाब की तरफ देखा, 'मैं फ़ारी रात आपके पाफ़ हूँ।'

शहाब का संकोच दूर हो गया।

हनीफ़ थोड़ी देर बैठा, फिर रुख़्सत ली और चला गया...दूसरे रोज़ सुबह नौ बजे क़रीब शहाब आया और रात की बात सुनाने लगा, अजीबो-ग़रीब औरत थी यह शोभा बाई...पेट पर बालिश्त भर ऑपरेशन का निशान था...कहती थी कि वह एक लकड़ीवाले सेठ की दाशिता (रखैल) थी। उसने एक फ़िल्म कंपनी खोल दी थी। उसके चेकों पर दस्तख़त शोभा ही के होते थे। मोटर थी जो अब तक मौजूद है। नौकर-चाकर थे। लकड़ीवाला सेठ उससे बेहद मुहब्बत करता था। उसके पेट का ऑपरेशन हुआ तो उसने एक हज़ार रुपये यतीमख़ाने को दिये।'

हनीफ़ ने पूछा, 'यह लकड़ीवाला सेठ अब कहाँ है?'

शहाब ने जवाब दिया, "दूसरी दुनिया में टाल खोले बैठा है,"...औरत खूब थी यह शोभा बाई...मैं दूसरे कमरे में सो गया। तो वह डॉक्टर ख़ान के साथ लेट गयी। सुबह पाँच बजे ख़ान ने उससे कहा कि अब जाओ। शोभा ने कहा–"अच्छा, मैं जाती हूँ, लेकिन ये मेरे ज़ेवर तुम अपने पाफ़ रख लो। मैं अकेली इनके फ़ाथ बाहर नहीं निकलती।' हनीफ़ ने पूछा–"डॉक्टर ने जेवर रख लिये?"

शहाब ने सिर हिलाया, "हाँ...पहले तो उसका ख़याल था कि नकली हैं। मगर दिन की रोशनी में जब उसने देखा तो असली थे।"

"और वह चली गयी।"

"हाँ चली गयी...यह कहकर कि वह किसी रोज़ आकर अपने ज़ेवर वापस ले जायेगी।"

'यह तुमने बड़े अचंभे की बात सुनायी।'

'ख़ुदा की क़सम हक़ीक़त है,' शहाब ने सिगरेट सुलगायी, 'इसीलिए तो मैंने कहा यह फ़ोभा बाई अजीबो-ग़रीब औरत है।'

हनीफ़ ने पूछा–"वैसे कैसी औरत थी?"

शहाब झेंप-सा गया, 'भई मुझे ऐसे मामलों का कुछ पता नहीं...यह तुम ख़ान से पूछना। वह एक्सपर्ट है।'

शाम को दोनों ख़ान से मिले। ज़ेवर उसके पास महफ़ूज़ थे। शोभा लेने नहीं आयी थी। ख़ान ने बताया, 'मेरा ख़याल है शोभा, किसी दिमाग़ी सदमे का शिकार है।'

शहाब ने पूछा—"तुम्हारा मतलब है पागल है?"

ख़ान ने कहा—"नहीं...पागल नहीं है, लेकिन उसका दिमाग़ यक़ीनन नॉर्मल नहीं। बेहद मुख़लिस (निष्ठावान) औरत है। एक लड़का है उसका जयपुर में। उसको बराबर दो सौ रुपये माहवार भेजती है। हर तीसरे महीने उससे मिलने जाती है। जयपुर पहुँचते ही बुक़ा ओढ़ लेती है, वहाँ उसे पर्दा करना पड़ता है।'

हनीफ़ ने कहा—"यह तुमने कैसे समझा कि उसका दिमाग नॉर्मल नहीं?"

ख़ान ने जवाब दिया—"भई मेरा ख़याल है...नॉर्मल औरत होती तो अपने डेढ़-दो हज़ार के ज़ेवर एक अजनबी के पास क्यों छोड़ जाती...इसके अलावा माफ़िया के इंजेक्शन लेने की आदत है।"

शहाब ने पूछा—"नशा होता है किसी क़िस्म का?"

खान ने जवाब दिया—"बहुत ही ख़तरनाक क़िस्म का...शराब से भी बदतर।"

"इसकी आदत कैसे पड़ी उसे?" शहाब ने मेज़ पर से पेपर-वेट उठाकर दवात पर रख दिया।

"ऑपरेशन हुआ तो बिगड़ गया। दर्द शिद्दत का था। इसका अहसास कम करने के लिए डॉक्टर माफ़िया के इंजेक्शन देते रहे। तक़रीबन दो महीने तक...बस आदत हो गयी।" डॉक्टर ख़ान ने माफ़िया और उसके ख़तरनाक असरात पर एक लेक्चर-सा शुरू कर दिया।

एक हफ़्ता हो गया। शोभा न आयी। शहाब वापस हैदराबाद चला गया था। डॉ. ख़ान ज़ेवर लेकर हनीफ़ के पास आया कि चलो दे आयें। दोनों ने ग्रांट के नाके पर उस दलाल को बहुत तलाश किया जो शहाब और हनीफ़ को शोभा के मकान के पास ले गया था, मगर वह न मिला। हनीफ़ को इतना मालूम था कि गली कौन-सी है और बिल्डिंग कौन-सी है...डॉक्टर ख़ान ने कहा—"ठीक है, हम पता लगा लेंगे...ये ज़ेवर मैं अपने पास नहीं रखना चाहता। चोरी हो गये तो क्या करूँगा। वह तो अजीब बेपरवाह औरत है।"

दोनों टैक्सी में वहाँ पहुँच गये। डॉक्टर ख़ान को हनीफ़ ने बिल्डिंग बता दी और कहा, 'मैं नहीं जाऊँगा भाई। तुम तलाश करो उसे।'

डॉक्टर ख़ान अकेला उस बिल्डिंग में दाख़िल हुआ। एक-दो आदमियों से पूछा मगर शोभा का कुछ पता न चला। नीचे से लिफ़्ट ऊपर को आयी तो होटल का छोकरा प्यालियाँ उठाये बाहर निकला। ख़ान ने उससे पूछा तो उसने बताया कि सबसे निचली मंज़िल के आख़िरी फ़्लैट पर चले जाओ। लिफ़्ट के ज़रिये से ख़ान नीचे पहुँचा। आख़िरी फ़्लैट की घंटी बजायी। थोड़ी देर के बाद एक बुढ़िया औरत ने दरवाज़ा खोला। ख़ान ने उससे पूछा, 'शोभा बाई हैं?'

बुढ़िया ने जवाब दिया, 'हाँ हैं।'

ख़ान ने कहा, 'जाओ उनसे कहो डॉक्टर ख़ान आये हैं।'

अंदर से शोभा की आवाज़ आयी, 'आइये डॉक्टर फ़ाहब आइये।'

डॉक्टर ख़ान अंदर दाख़िल हुआ। छोटा-सा ड्रॉइंगरूम था चमकीले फ़र्नीचर से भरा हुआ। फ़र्श पर कालीन बिछे हुए थे। बुढ़िया दूसरे कमरे में चली गयी। फ़ौरन ही शोभा की आवाज़ आयी, "डॉक्टर फ़ाहब अंदर आ जाइये...मैं बाहर नहीं आ फ़कती।"

डॉक्टर ख़ान दूसरे कमरे में दाख़िल हुआ। शोभा चादर ओढ़े लेटी थी। ख़ान ने उससे पूछा, 'क्या बात है?'

शोभा मुस्कराई, 'कुछ नहीं डॉक्टर फ़ाहब, तेल मालिफ़ करा रही थी।'

डॉक्टर पलंग के पास कुर्सी पर बैठ गया। जेब से रूमाल निकाला जिसमें ज़ेवर बँधे थे, खोलकर उसे पलंग पर रख दिया, "कब तक मैं तुम्हारे इन ज़ेवरों की हिफ़ाज़त करता रहूँगा। तुम ऐसी गयीं कि फिर उधर का रुख़ तक न किया।"

शोभा हँसी, "मुझे बहुत काम थे...लेकिन आपने क्यों तकलीफ़ की। मैं ख़ुद आ के ले जाती।" फिर उसने बुढ़िया से कहा—"चाय मँगाओ, डॉक्टर फ़ाहब के लिए।"

डॉक्टर ने कहा—"नहीं मुझे अब जाना है।"

"कहाँ?"

"अस्पताल।"

"टैक्फ़ी में आये हैं आप?"

"हाँ"

"बाहर खड़ी है।" डॉक्टर ने सिर के इशारे से कहा।

"तो आप चलिये मैं आती हूँ," यह कहकर उसने ज़ेवर तकिये के नीचे रख दिए और रूमाल डॉक्टर ख़ान को दे दिया। डॉक्टर ख़ान हनीफ़ के पास पहुँचा तो उसने पूछा–"मिल गयी?"

डॉक्टर मुस्कराया, "मिल गयी...आ रही है।"

पन्द्रह-बीस मिनट के बाद शोभा ने तेज़ी से टैक्सी का दरवाज़ा खोला और अंदर बैठ गयी।

डॉक्टर ख़ान के कमरे में देर तक फ़िज़ूल क़िस्म की शे'र बाज़ी होती रही। हिज़्र-ओ-विसाल और इश्क़-ओ-मुहब्बत के बेशुमार साधारण से अशआर शोभा ने सुनाये और उन्हें अपने नाम से मंसूब किया। डॉक्टर ख़ान और हनीफ़ ने खूब दाद दी। शोभा बहुत खुश हुई और कहने लगी, 'याकूब फेंठ घंटों मुझफ्रे फ़े'र फ़ुना करते थे।'

याकूब फेंठ वह लकड़ीवाला सेठ था जिसने शोभा के लिए एक फ़िल्म कंपनी खोली थी। डॉक्टर ख़ान और हनीफ़ हँस पड़े। शोभा भी हँसने लगी।

डॉक्टर ख़ान और शोभा की दोस्ती हो गयी। शुरू-शुरू में तो वह हफ़्ते में दो बार आती थी। अब क़रीब-क़रीब हर रोज़ आने लगी। रात आती, सुबह-सवेरे चली जाती। शाम को बिला नाग़ा मार्फ़िया का इंजेक्शन लेती। डॉक्टर इंजेक्शन लगाने से पहले उसके बाज़ू पर सुन्न करने वाली दवा लगा देता था। यह ठंडी-ठंडी चीज़ उसे पसंद थी।

तीन महीने गुज़रे तो शोभा जयपुर जाने के लिए तैयार हुई। अपनी मोटर डॉक्टर ख़ान के हवाले कर दी कि वह उसका ध्यान रखे। डॉक्टर उसे स्टेशन पर छोड़ने गया। देर तक गाड़ी में एक-दूसरे से बातें करते रहे। जब गाड़ी चलने लगी तो शोभा ने एकदम डॉक्टर का हाथ पकड़कर कहा, 'मुझे क्यों एकदम ऐफ़ा लगा है कि कुछ होने वाला है।'

डॉक्टर ख़ान ने कहा, 'क्या होने वाला है?'

शोभा के चेहरे से वहशत बरसने लगी, "मालूम नहीं मेरा दिल बैठा जा रहा है।"

डॉक्टर ख़ान ने उसे दम दिलासा दिया। गाड़ी चल दी। दूर तक शोभा का हाथ हिलता रहा।

जयपुर से शोभा के दो ख़त आये जिनसे सिर्फ़ इतना पता चलता था कि वह ख़ैरियत से पहुँच गयी है। जब वापस आयेगी तो उसके लिए बहुत-से तोहफ़े लायेगी। इसके बाद एक कार्ड आया जिसमें लिखा था–"मेरी अँधेरी ज़िंदगी में सिर्फ़ एक दीया था वह कल ख़ुदा ने बुझा दिया...भला हो उसका!'

हनीफ़ ने ये अल्फ़ाज पढ़े तो उसकी आँखों में आँसू आ गये। 'भला हो उसका' में बेपनाह ग़म था।

बहुत अरसा गुज़र गया शोभा का कोई ख़त न आया। पूरा एक बरस बीत गया। डॉक्टर ख़ान को उसका कोई पता न चला। शोभा अपनी मोटर उसके हवाले कर गयी थी। उस बिल्डिंग में गया जिसकी सबसे निचली मंज़िल में वह रहा करती थी। फ़्लैट पर कोई और ही क़ाबिज़ था एक दलाल क़िस्म का आदमी। डॉक्टर ख़ान आख़िर थक-हार कर ख़ामोश हो गया। मोटर उसने एक गैरेज में रखवा दी।

एक दिन हनीफ़ घबराया हुआ अस्पताल आया। उसका चेहरा ज़र्द था। डॉक्टर ख़ान को ड्यूटी से हटाकर वह एक तरफ़ ले गया और उससे कहा, 'मैंने आज शोभा को देखा।'

डॉक्टर ख़ान ने हनीफ़ का बाजू पकड़कर एकदम पूछा–"कहाँ?"

"चौपाटी पर...मैं उसे बिलकुल न पहचानता क्योंकि वह महज हड्डियों का ढाँचा थी।"

डॉक्टर ख़ान खोखली आवाज़ में बोला–"हड्डियों का ढाँचा?"

हनीफ़ ने सर्द आह भरी, 'शोभा नहीं थी उसका साया था। आँखें अंदर को धँसी हुई। बाल परेशान और गर्द आलूद। यूँ चलती थी कि अपने आपको घसीट रही है। मेरे पास आयी और कहा–'मुझे पाँच रुपये दो' मैंने उसको न पहचाना। पूछा–'क्या करोगी पाँच रुपये लेकर।' बोली माफ़िया का टीका लूँगी,' एकदम मैंने ग़ौर से उसकी तरफ़ देखा...उसके बालाई होंठ पर जख़्म का निशान मौजूद था...मैं चिल्लाया, 'शोभा'...उसने थकी हुई वीरान आँखों से मुझे देखा और पूछा–'कौन हो तुम'...मैंने कहा, 'हनीफ़'...उसने जवाब दिया, 'मैं किसी हनीफ़ को नहीं जानती।' मैंने तुम्हारा ज़िक्र किया कि तुमने उसे बहुत तलाश किया, बहुत ढूँढ़ा। यह सुनकर उसके होंठों पर हल्की-सी मुस्कराहट पैदा हुई और कहने लगी, 'उससे कहना मत

ढूँढ़े मुझे। मेरी तरफ़ देखो, मैं इतनी मुद्दत से अपना खोया हुआ लाल ढूँढ़ती फिर रही हूँ...यह ढूँढ़ना बिलकुल बेकार है। कुछ नहीं मिलता...लाओ पाँच रुपये दो मुझे! मैंने उसे पाँच रुपये दिये और कहा–"अपनी मोटर तो ले जाओ डॉक्टर ख़ान से। वह क़हक़हे लगाती हुई चली गयी।"

ख़ान ने पूछा–"कहाँ?"

हनीफ़ ने जबाब दिया, "मालूम नहीं...किसी डॉक्टर के पास गयी होगी।"

डॉक्टर ख़ान ने बहुत तलाश किया मगर शोभा का कुछ पता न चला।

12 जून, 1950

❑

अबजी गुड्डू

"मुझे मत सताइये...ख़ुदा की क़सम मैं आप से कहती हूँ, मुझे मत सताइये।'

"तुम बहुत ज़ुल्म कर रही हो आजकल!"

"जी हाँ बहुत ज़ुल्म कर रही हूँ।"

"यह तो कोई जवाब नहीं।"

"मेरी तरफ़ से साफ़ जवाब है, और यह मैं आपसे कई दफ़ा कह चुकी हूँ।"

"आज मैं कुछ नहीं सुनूँगा।"

"मुझे मत सताइये। ख़ुदा की क़सम, मैं आपसे सच कहती हूँ, मुझे मत सताइये मैं चिल्लाना शुरू कर दूँगी।"

"आहिस्ता बोलो। बच्चियाँ जाग पड़ेगी।"

"आप तो बच्चियों के ढेर लगाना चाहते हैं।"

"तुम हमेशा मुझे यही ताना देती हो।"

"आपको कुछ ख़याल तो होना चाहिए...मैं तंग आ चुकी हूँ।"

"दुरुस्त है...लेकिन...।"

'लेकिन वेकिन कुछ नहीं।'

'तुम्हें मेरा कुछ ख़याल नहीं...असल में अब तुम मुझसे मुहब्बत नहीं करतीं...आज से आठ बरस पहले जो बात थी वह अब नहीं रही...तुम्हें अब मेरी जात से कोई दिलचस्पी ही नहीं रही।'

'जी हाँ।'

'वे क्या दिन थे जब हमारी शादी हुई थी। तुम्हें मेरी हर बात का कितना ख़याल रहता था। हम आपस में किस क़दर शीर-ओ-शकर (समीप) थे...मगर अब तुम कभी सोने का बहाना कर देती हो। कभी थकावट का उज़्र पेश कर देती हो और कभी दोनों कान बन्द कर लेती हो। कुछ सुनती ही नहीं।'

'मैं कुछ सुनने के लिए तैयार नहीं।'

'तुम ज़ुल्म की आख़िरी हद तक पहुँच गयी हो।'

'मुझे सोने दीजिये।'

'सो जाओ...मगर मैं सारी रात करवटें बदलता रहूँगा...तुम्हारी बला से।'

'आहिस्ता बोलिये...साथ हमसाये (पड़ोसी) भी हैं।'

'हुआ करें।'

'आपको तो कुछ ख़याल ही नहीं...सुनेंगे तो क्या कहेंगे।'

'कहेंगे कि इस ग़रीब आदमी को कैसी बीवी मिली है।'

'ओह हो।'

'आहिस्ता बोलिये...देखो बच्ची जाग पड़ी।'

'अल्लाह-अल्लाह...अल्लाह जी अल्लाह...अल्लाह अल्लाह...अल्लाह जी अल्लाह...सो जाओ बेटे सो जाओ...अल्लाह अल्लाह...अल्लाह जी अल्लाह...ख़ुदा की क़सम आप बहुत तंग करते हैं। दिन भर की थकी-माँदी को सोने तो दीजिये।'

'अल्लाह अल्लाह...अल्लाह जी अल्लाह...अल्लाह अल्लाह...अल्लाह जी अल्लाह...तुम्हें अच्छी तरह सुलाना भी नहीं आता...'

'आपको तो आता है ना...सारा दिन आप घर में रहकर यही तो करते रहते हैं।'

'भई मैं सारा दिन घर में कैसे रह सकता हूँ...जब फुर्सत मिलती है आ जाता हूँ और तुम्हारा हाथ बँटा देता हूँ।'

'मेरा हाथ बँटाने की आपको कोई ज़रूरत नहीं। आप मेहरबानी करके घर से बाहर अपने दोस्तों ही के साथ गुलछर्रे उड़ाया करें।'

'गुलछर्रे?'

'मैं ज्यादा बातें नहीं करना चाहती।'

'अच्छा देखो, मेरी एक बात का जवाब दो...'

'ख़ुदा के लिए मुझे तंग न कीजिये।'

'कमाल है, मैं कहाँ जाऊँ?'

'जहाँ आपके सींग समाये चले जाइए।'

'लो अब हमारे सींग भी हो गये।'

'आप चुप नहीं करेंगे।'

'नहीं मैं आज बोलता ही रहूँगा। न ख़ुद सोऊँगा न तुम्हें सोने दूँगा।'

'सच कहती हूँ, मैं पागल हो जाऊँगी...लोगों यह कैसा आदमी है...कुछ समझता ही नहीं है...बस हर वक़्त। हर वक़्त...'

'तुम जरूर तमाम बच्चियों को जगाकर रहोगी।'

'न पैदा की होतीं इतनी।'

'पैदा करनेवाला मैं तो नहीं हूँ...ये तो अल्लाह की देन है...अल्लाह, अल्लाह...अल्लाह जी, अल्लाह अल्लाह...अल्लाह जी, अल्लाह।'

'बच्ची को अब मैंने जगाया था?'

'मुझे अफ़सोस है।'

'अफ़सोस है, कह दिया...चलो छुट्टी हुई...गला फाड़-फाड़ का चिल्लाये चले जा रहे हैं। पड़ोस का कुछ ख़याल ही नहीं, लोग क्या कहेंगे इसकी कोई परवाह ही नहीं...ख़ुदा की क़सम मैं अनक़रीब (जल्दी ही) दीवानी हो जाऊँगी।'

'दीवाने होंगे तुम्हारे दुश्मन।'

'मेरी जान के दुश्मन तो आप हैं।'

'तो ख़ुदा मुझे दीवाना करे।'

'वह तो आप हैं।'

'मैं दीवाना हूँ, मगर तुम्हारा।'

'अब चोंचले न बघारिये।'

'तुम तो न यूँ मानती हो न वूँ।'

'मैं सोना चाहती हूँ।'

'सो जाओ, मैं पड़ा बकवास करता रहूँगा।'

'यह बकवास क्या बहुत जरूरी है।'

'है तो सही...जरा इधर देखो...'

'मैं कहती हूँ, मुझे तंग न कीजिये। मैं रोऊँगी।'

'तुम्हारे दिल में इतनी नफ़रत क्यों पैदा हो गयी...मेरी सारी ज़िंदगी तुम्हारे लिए है। समझ में नहीं आता तुम्हें क्या हो गया मुझसे कोई ख़ता हुई हो तो बता दो।'

'आपकी तीन ख़तायें ये सामने पलंग पर पड़ी हैं।'

'ये तुम्हारे कोसने से कभी ख़त्म नहीं होंगी।'

'आपकी हठ कब ख़त्म होगी?'

'लो बाबा मैं तुमसे कुछ नहीं कहता। सो जाओ...मैं नीचे चला जाता हूँ।'

'कहाँ?'

'जहन्नुम में।'

'यह क्या पागलपन है...नीचे इतने मच्छर हैं। पंखा भी नहीं...सच कहती हूँ, आप बिलकुल पागल हैं...मैं नहीं जाने दूँगी आपको।'

'मैं यहाँ क्या करूँगा...मच्छर हैं, पंखा है, ठीक है। मैंने ज़िंदगी के बुरे दिन भी गुज़ारे हैं। तन आसान (आरामतलब) नहीं हूँ...सो जाऊँगा सोफ़े पर।'

'सारा वक़्त जागते रहेंगे।'

'तुम्हारी बला से।'

'मैं नहीं जाने दूँगी आपको...बात का बतंगड़ बना देते हैं।'

'मैं मर नहीं जाऊँगा...मुझे जाने दो।'

'कैसी बातें मुँह से निकालते हैं।...खबरदार जो आप गये।'

'मुझे यहाँ नींद नहीं आयेगी।'

'न आये।'

'ये अजीब मंतक़ है...मैं कोई लड़-झगड़ कर तो नहीं जा रहा।'

लड़ाई-झगड़ा क्या अभी बाक़ी है...ख़ुदा की क़सम आप कभी-कभी बिलकुल बच्चों की-सी बातें करते हैं। अब यह ख़ब्त सर में समाई है कि मैं नीचे गर्मी और मच्छरों में जाकर सोऊँगा...कोई और होती तो पागल हो जाती।'

'तुम्हें मेरा बड़ा ख़याल है?'

'अच्छा बाबा नहीं है...आप चाहते क्या हैं?'

'अब सीधे रास्ते पर आयी हो।'

'चलिए हटिए...मैं कोई रास्ता-वास्ता नहीं जानती। मुँह धो के रखिये अपना।'

'मुँह सुबह धोया जाता है...लो, अब मान जाओ।'

'तौबा!'

'साड़ी पर वह बॉर्डर लगकर आ गया?'

'नहीं!'

'अजीब उल्लू का पट्टा दर्ज़ी है...कह रहा था आज ज़रूर पहुँचा देगा।'

'लेकर आया था, मगर मैंने वापस कर दी...'

'क्यों?'

'एक-दो जगह झोल थे।'

'ओह...अच्छा, मैंने कहा, कल 'बरसात' देखने चलेंगे। मैंने पास का बंदोबस्त कर लिया है।'

'कितने आदमियों का?'

'दो का...क्यों?'

'बाजी भी जाना चाहती थीं।'

'हटाओ बाजी को, पहले हम देखेंगे फिर उसको दिखा देंगे पहले हफ़्ते में पास बड़ी मुश्किल से मिलते हैं...चाँदनी रात में तुम्हारा बदन कितना चमक रहा है।'

'मुझे तो इस चाँदनी से नफ़रत है। कमबख़्त आँखों में घुसती है सोने नहीं देती।'

'तुम्हें तो बस हर वक़्त सोने ही की पड़ी रहती है।'

'आपको बच्चियों की देखभाल करनी पड़े तो फिर पता चले। आटे-दाल का भाव मालूम हो जाये। एक के कपड़े बदलो, तो दूसरी के मैले हो जाते है। एक को सुलाओ दूसरी जाग पड़ती है, तीसरी नियामत खाने की ग़ारतगरी में मसरूफ़ होती है।'

'दो नौकर घर में मौजूद हैं।'

'नौकर कुछ नहीं करते।'

'तो उन्हें निकाल बाहर करो।'

'आहिस्ता बोलिये...देखिये छोटी कैसे चौंकी है।'

'माफ़ कर देना...जरा हाथ से थपका दो!'

'मझली भी तड़प रही है।'

'पेशाब करा दिया था इसे।'

'जी हाँ!'

'फिर क्या वजह है?'

'गर्मी आज कुछ ज़्यादा है...आप परे हट जाइये।'

'नहीं-नहीं।'

'आख़िर हार मुझे ही माननी पड़ती है।'

'तुम्हारी हार हार नहीं जीत होती है...अल्लाह बेहतर जानता है मुझे तुमसे कितनी मुहब्बत है।'

'अपनी मुहब्बत आप इसी वक्त जताया करते हैं।'

'लो भई, और क्या सर-ए-बाज़ार तुमसे मुहब्बत किया करूँ...इधर देखो मेरी तरफ़।'

'आप अपनी करके रहेंगे।'

'मेरी जान जो हुई तुम।'

'मैंने कहा हटिये....'

'क्या हुआ?'

'देखते नहीं बड़ी उठकर बैठी हुई है।'

'ओह!'

'सुना नहीं आपने?'

'क्या?'

'कह रही है अबजी गुड्डू!'

हाँ-हाँ सुना है...दे इसे दूध।'

'मैं नीचे भूल आयी हूँ।'

'नीचे?'

हाँ, नियामत खाने में जाइये...ले आइये।'

'ले आऊँ, नीचे से?

'जल्दी जाइये वरना रोना शुरू कर देगी।'

'जाता हूँ।'

'मैंने कहा, सुनिये...आग जलाकर जरा कुनकुना कर दीजिएगा दूध।'

'अच्छा, अच्छा...सुन लिया है!'

डार्लिंग

यह उन दिनों का वाक़िआ है जब पूर्वी और पश्चिमी पंजाब में क़त्लेआम और लूटमार का बाज़ार गर्म था।

कई दिनों से मूसलाधार बारिश हो रही थी। वह आग जो इंजनों से न बुझ सकी थी, उस बारिश ने चंद घंटों ही में ठंडी कर दी थी, लेकिन जानों पर बाकायदा हमले हो रहे थे और जवान लड़कियों की इस्मत बदस्तूर गैर महफ़ूज थी। हट्टे-कट्टे नौजवान लड़कों की टोलियाँ बाहर निकलतीं और इधर-उधर छापे मारकर डरी-दुबकी और सहमी हुई लड़कियाँ उठाकर ले जातीं।

किसी के घर पर छापा मारना और उसके वासियों को क़त्ल करके एक जवान लड़की को कँधे पर डालकर ले जाना बहुत ही आसान काम मालूम होता है। लेकिन 'स' का बयान है कि यह महज़ लोगों का ख़याल है, क्योंकि उसे तो अपनी जान पर खेल जाना पड़ा था।

इससे पहले कि मैं आपको 'स' का वाक़िआ सुनाऊँ, मुनासिब मालूम होता है कि उससे आपको परिचित करा दूँ।

'स' एक मामूली कद-काठी का साधारण सा आदमी है। मुफ़्त के माल से उसको इतनी ही दिलचस्पी है जितनी आम इनसानों को होती है। लेकिन माले-मुफ़्त से उसका सुलूक दिले-बेरहम का-सा नहीं था, फिर भी एक अजीबो-ग़रीब ट्रैजिडी का कारण बन गया जिसका इल्म उसे बहुत देर में हुई।

स्कूल में 'स' औसत दर्जे का तालिबे-इल्म (छात्र) था। वह हर खेल में हिस्सा लेता। खेलते-खेलते जब नौबत लड़ाई तक जा पहुँचती तो 'स' उसमें पहले होता। खेल में वह हर क़िस्म के ओछे हथियार इस्तेमाल करता, लेकिन लड़ाई के मौके पर हमेशा ईमानदारी से काम लेता।

चित्रकारी से 'स' को बचपन ही से दिलचस्पी थी, लेकिन कॉलेज में दाख़िल होने के बाद हालात ने या 'स' ने कुछ ऐसा पलटा खाया कि उसने तालीम पढ़ाई छोड़कर साइकिलों की दुकान खोल ली।

फ़सादात के दौरान जब उसकी दुकान जलकर राख हो गयी तो उसने लूटमार में हिस्सा लेना शुरू कर दिया, बदले की भावना के साथ मनोरंजन के लिए—इसी दौरान उसके साथ एक अजीबो-ग़रीब वाक़िआ पेश आया, जो इस कहानी का विषय है।

उसने मुझसे कहा।

'मूसलाधार बारिश हो रही थी। मनों पानी बरस रहा था। मैंने अपनी ज़िंदगी में इतनी तेज़ बारिश कभी नहीं देखी थी। मैं अपने घर की बरसाती में बैठा सिगरेट पी रहा था। मेरे सामने लूटे हुए माल का एक ढेर पड़ा था। बेशुमार चीज़ें थीं मगर मुझे उनसे कोई दिलचस्पी न थी। मेरी दुकान जल गयी थी। मुझे उसका भी कोई इतना ख़याल नहीं था, शायद इसलिए कि मैंने लाखों का माल तबाह होते देखा था...कुछ समझ में नहीं आता था ...इतने ज़ोर से बारिश हो रही थी, लेकिन ऐसा लगता था कि चारों तरफ़ ख़ामोशी-ही-ख़ामोशी है और हर चीज़ खुश्क है...जाने कहीं से जले हुए शवों की बू-सी आ रही थी। मेरे होंठों में जलती हुई सिगरेट थी। उसके धुएँ से भी कुछ ऐसी ही बू निकल रही थी...जाने मैं क्या सोच रहा था या शायद कुछ सोच ही नहीं रहा था कि एकदम बदन में कँपकँपी-सी दौड़ गयी और जी चाहा कि एक लड़की उठाकर ले आऊँ। ज्यों ही यह ख़याल आया, बारिश का शोर सुनाई देने लगा और खिड़की के बाहर हर चीज़ पानी में सराबोर नज़र आने लगी...मैं उठा। सामने पड़े हुए लूटे हुए माल के ढेर से सिगरेटों का एक नया डिब्बा उठाकर मैंने बरसाती पहनी और नीचे उतर गया...सड़कें अँधेरी ओर सुनसान थीं। सिपाहियों का पहरा भी नहीं था। मैं देर तक इधर-उधर घूमता रहा। इस दौरान कई लाशें मुझे नज़र आयीं, लेकिन मुझ पर कोई असर न हुआ। घूमता-घामता मैं सिविल लाइंस की तरफ़ निकल गया। लुकफिरी सड़क बिलकुल ख़ाली थी। जहाँ-जहाँ बजरी उखड़ी हुई थी, वहाँ बारिश झाग बन-बनकर उड़ रही थी...अचानक मुझे मोटर की आवाज़ आयी। पलटकर देखा। छोटी-सी बेबी आस्टिन अँधाधुँध चली आ रही थी। मैं सड़क के ऐन दरमियान में खड़ा हो गया और दोनों हाथ इस अन्दाज़ से हिलाने लगा जिसका मतलब था कि रुक जाओ...मोटर बिलकुल पास आ गयी। मगर उसकी रफ़्तार में फ़र्क़ न आया। मोटर चलानेवाले ने ज़रा-सा रुख़ बदला। मैं भी पैंतरा बदलकर उधर हो गया। मोटर तेज़ी से उधर हुई, मगर अब उसकी रफ़्तार धीमी हो गयी। मैं अपनी जगह खड़ा रहा। पेशतर इसके कि मैं कुछ सोचता, मुझे ज़ोर का धक्का लगा और मैं उखड़कर फुटपाथ पर जा गिरा। जिस्म की तमाम हड्डियाँ कड़कड़ा उठीं, मगर मुझे चोट न आयी।

'उधर मोटर के ब्रेक चीखे, पहिये एकदम फिसले और मोटर तैरती हुई सामने वाले फुटपाथ पर चढ़कर एक दरख़्त से जा भिड़ी और जाम हो गयी...मैं उठा और उसकी तरफ़ बढ़ा। मोटर का दरवाज़ा खुला और एक औरत सुख़ें रंग का भड़कीला

मोमी रेनकोट पहने बाहर निकली। मेरी कड़कड़ाई हुई हड्डियाँ ठीक हो गयीं और जिस्म में हरारत पैदा हो गयी। रात के अँधेरे में मुझे सिर्फ़ उसका शोख़ रंग रेनकोट ही दिखायी दिया, लेकिन इतनी उम्मीद काफ़ी थी कि उस मोमी कपड़े में लिपटा हुआ जो कोई भी है, महिला है...मैं जब उसकी तरफ़ बढ़ा तो उसने पलटकर मेरी तरफ़ देखा। बारिश के लरज़ते हुए परदे में से मुझे देखकर वह भागी, मगर मैंने चंद ही ग़ज़ों के फ़ासले पर उसे पकड़ लिया। जब मेरा हाथ उसके चिकने रेनकोट पर पड़ा तो वह अंग्रेज़ी में चिल्लाई, 'हैल्प...हैल्प।' मैंने उसकी कमर में हाथ डाला और उसे गोद में उठा लिया। वह फिर अंग्रेज़ी में चिल्लायी, 'हैल्प, हैल्प...ही इज़ किलिंग मी...!' मैंने उससे अंग्रेज़ी में पूछा, 'आर यू ए इंग्लिश वूमन...?' फ़िक़रा मुँह से निकल गया तो मुझे ख़याल आया कि 'ए' की जगह मुझे 'एन' कहना चाहिए था। उसने जवाब दिया 'नो...।' 'अंग्रेज़ी औरत से मुझे नफ़रत है।' मैंने उससे कहा, 'दैन इट इज़ ऑल राइट।' अब वह उर्दू में चिल्लाने लगी, 'तुम मुझे मार डालोगे...तुम मुझे मार डालोगे...' मैंने कोई जवाब नहीं दिया, इसलिए कि मैं उसकी आवाज़ से उसकी शक्लो-सूरत और उम्र का अंदाज़ा लगा रहा था। मैंने उसके चेहरे पर से हुड हटाने की कोशिश की, पर उसने दोनों हाथ आगे कर लिये। मैंने सोचा, 'हटाओ' और सीधा मोटर की तरफ़ बढ़ा। दरवाज़ा खोलकर मैंने उसको पिछली सीट पर डाला और ख़ुद अगली सीट पर बैठ गया। गेयर दुरुस्त करके सेल्फ़ दबाया तो इंजन चल पड़ा। मैंने दिल में कहा, ठीक है, और हैंडल घुमाया। गाड़ी को फ़ुटपाथ पर से उतारकर और सड़क पर पहुँचकर मैंने एक्सीलेटर पर पाँव रख दिया। मोटर दौड़ने लगी...घर पहुँचकर मैंने पहले सोचा कि ऊपर की बरसाती ठीक रहेगी, लेकिन इस ख़याल से कि लौंडिया को ऊपर ले जाने में झक-झक करनी पड़ेगी, मैंने नौकर से कहा कि दीवानख़ाना खोल दे। नौकर ने दीवानख़ाना खोला तो मैंने लौंडिया को घुप अँधेरे में ही सोफ़े पर डाल दिया। वह सारा रास्ता ख़ामोश रही थी लेकिन सोफ़े पर गिरते ही चिल्लाने लगी, 'डोंट किल मी...डोंट किल मी प्लीज़!' मुझे ज़रा शायरी सूझी, 'आई वोंट किल यू आई वोंट किल यू डार्लिंग!' वह रोने लगी। मैंने नौकर से कहा कि चला जाये। वह चला गया। मैंने जेब से दियासलाई निकाली। एक-एक करके सारी तीलियाँ निकालीं, मगर एक भी न सुलगी। बारिश में उनके मसाले का फ़ालूदा हो गया था। बिजली का करेंट भी कई दिनों से ग़ायब था। ऊपर बरसाती में लूटे हुए माल में कई बैट्रियाँ पड़ी थीं, लेकिन मैंने सोचा कि अँधेरे में ही ठीक है, मुझे कौन-सी फ़ोटोग्राफ़ी करनी है...

बरसाती उतारकर मैंने एक तरफ़ फेंक दी और उससे कहा, 'लाइये, मैं आपका रेनकोट उतार दूँ।' मैं सोफ़े की जानिब झुका, लेकिन वह ग़ायब थी, मैं बिलकुल न घबराया, इसलिए कि दरवाज़ा नौकर ने बाहर से बंद कर दिया था। घुप अँधेरे में इधर-उधर मैंने उसे तलाश करना शुरू किया। थोड़ी देर के बाद हम दोनों एक-दूसरे से भिड़ गये और तिपाई के साथ टकराकर गिर पड़े। फ़र्श पर पड़े-पड़े मैंने उसकी तरफ़ हाथ बढ़ाया। मेरा हाथ उसकी गर्दन पर जा पड़ा। वह चीख़ी। मैंने कहा, 'चीख़ती क्यों हो...मैं तुम्हें मारूँगा नहीं।' उसने फिर सिसकियाँ लेनी शुरू कर दीं। फिर मेरा हाथ उसके पेट पर पड़ा। वह दोहरी हो गयी। मैंने, जैसे भी बन पड़ा, उसके रेनकोट के बटन खोलने शुरू कर दिये...मोमी कपड़ा भी कुछ अजीब होता है जैसे बूढ़े गोश्त में चिकनी-चिकनी झुर्रियाँ पड़ी हों। वह रोती रही और इधर-उधर करवट बदलकर प्रतिरोध करती रही, लेकिन मैंने पूरे बटन खोल दिये। इसी दौरान मुझे मालूम हुआ कि वह साड़ी पहने हुए है। मैंने सोचा, यह तो ठीक ही रहा। मैंने ज़रा मामला देखा। ख़ासी सुडौल पिंडली थी। वह तड़पकर एक तरफ़ हट गयी। मैं पहले तो ज़रा यूँही-सा सिलसिला कर रहा था, उसकी पिंडली के साथ जब मेरा हाथ लगा तो बदन में चार सौ चालीस वोल्ट पैदा हो गये, लेकिन मैंने फ़ौरन ही ब्रेक लगा दिये कि सहज पके सो मीठा हो। तो मैंने शायरी शुरू कर दी, 'डार्लिंग, मैं तुम्हें यहाँ क़त्ल करने के लिए नहीं लाया हूँ...डरो नहीं...यहाँ तुम ज़्यादा सुरक्षित हो...जाना चाहो तो चली जाओ...लेकिन बाहर लोग तुम्हें दरिंदों की तरह चीर फाड़ेंगे...जब तक यह फ़सादात होते रहें, तुम मेरे साथ रहना...तुम पढ़ी-. लिखी लड़की हो...मैं नहीं चाहता कि तुम गँवारों के चंगुल में फँस जाओ।' उसने सिसकियाँ लेते हुए कहा, 'यू वोंट किल मी?' मैंने फ़ौरन ही कहा, 'नो सर...' वह सिसकते-सिसकते हँस पड़ी। मुझे फ़ौरन ही ख़याल आया कि औरत को 'सर' नहीं कहा करते। मुझे बहुत ग्लानि हुई, लेकिन उसके हँस पड़ने से मुझे कुछ हौसला हो गया। मैंने सोचा, 'मामला पटा समझो।' मैं भी हँस पड़ा, 'डार्लिंग, मेरी अंग्रेज़ी कमज़ोर है।' थोड़ी देर ख़ामोश रहने के बाद उसने मुझसे पूछा, 'अगर तुम मुझे मारना नहीं चाहते तो यहाँ क्यों लाये हो?' उसका सवाल बड़ा बेढब था। मैंने जवाब सोचना शुरू किया फिर मैंने सोचा–'जो मुँह में आये, कह दूँ।' मैंने कहा–'मैं तुम्हें मारना बिलकुल नहीं चाहता, इसलिए कि यह काम मुझे बिलकुल अच्छा नहीं लगता...रही यह बात कि तुम्हें यहाँ क्यों लाया हूँ तो इसका जवाब यह है कि मैं अकेला था।' वह बोली–'लेकिन तुम्हारा नौकर तुम्हारे पास है।' मैंने बे सोचे-समझे

जवाब दिया, 'उसका क्या है...वह तो नौकर है।' वह ख़ामोश हो गयी। मेरे दिमाग़ में नेक ख़याल आने लगे। मैंने सोचा, 'हटाओ यार,' मैंने उठकर कहा, 'तुम जाना चाहती हो तो चली जाओ...उठो।' मैंने उसका हाथ पकड़ा। वह उठ खड़ी हुई। एकदम मुझे उसकी पिंडली का ख़याल आ गया। मैंने ज़ोर से उसको अपने सीने के साथ चिपटा लिया। उसकी गर्म-गर्म सीसे मेरी ठोड़ी के नीचे घुस गयीं। मैंने अटकल पच्चू अपने होंठ उसके होंठों पर जमा दिये–वह लरज़ने लगी। मैंने कहा, 'डार्लिंग, डरो नहीं...मैं तुम्हें मारूँगा नहीं।' उसकी आवाज़ में विचित्र क़िस्म की कँपकँपाहट पैदा हो गयी, 'छोड़ दो मुझे।' मैंने उसे अपनी गिरफ़्त से अलहदा (अलग) कर दिया, लेकिन फ़ौरन ही उसे अपने बाजुओं में उठा लिया। सड़क पर से उसे उठाते वक़्त मुझे महसूस नहीं हुआ था, लेकिन अब मैंने महसूस किया कि उसके कूल्हों का गोश्त बहुत नर्म है। एक बात मुझे और भी मालूम हुई, वह यह कि उसके हाथ में एक छोटा-सा बैग था। मैंने उसे सोफ़े पर लिटा दिया और बैग उसके हाथ से ले लिया। मैंने कहा–'अगर इसमें कोई क़ीमती चीज़ है तो यक़ीन रखो, यहाँ बिलकुल महफ़ूज़ (सुरक्षित) रहेंगी...बल्कि चाहो तो मैं भी तुम्हें कुछ दे सकता हूँ।' वह बोली–'मुझे कुछ नहीं चाहिए।' मैंने कहा–'लेकिन मुझे चाहिए।' उसने पूछा–'क्या?' मैंने जवाब दिया, 'तुम।' वह ख़ामोश हो गयी। मैं फ़र्श पर बैठकर उसकी पिंडलियाँ सहलाने लगा। वह काँप उठी। मैं हाथ फेरता रहा। उसने जब कोई प्रतिरोध नहीं किया तो मैंने सोचा कि मज़बूरी की वजह से बेचारी ने अपने आपको ढीला छोड़ दिया है। मेरी तबियत कुछ खट्टी-सी होने लगी। मैंने कहा, 'देखो, मैं ज़बरदस्ती कुछ नहीं करना चाहता...तुम्हें मंज़ूर नहीं है तो जाओ।' यह कहकर मैं उठने ही वाला था कि उसने मेरा हाथ पकड़कर अपने सीने पर रख लिया जो धक्-धक् कर रहा था। मेरा दिल भी उछलने लगा। मैंने ज़ोर से 'डार्लिंग' कहा और उसके साथ चिपट गया। देर तक चूमाचाटी होती रही। वह सिसकियाँ भर-भर के मुझे डार्लिंग कहती रही। मैं भी कुछ इसी क़िस्म के ख़ुराफ़ात बकता रहा। थोड़ी देर के बाद मैंने कहा, 'यह रेनकोट उतार दो...बहुत ही वाहियात है।' उसने जज़्बात भरी आवाज़ में कहा, 'तुम ख़ुद ही उतार दो ना।' मैंने उसे सहारा देकर उठाया और कोट उसके बाजुओं से खींचकर उतार दिया। उसने बड़े प्यार से पूछा कौन हो तुम?' मैं उस वक़्त अपना लेखा-जोखा बताने के मूड में नहीं था। मैंने सिर्फ़ इतना कहा– 'तुम्हारा डार्लिंग।' उसने, 'यू आर ए नॉटी ब्याँय' कहा और अपनी बाँहें मेरे गले में डाल दीं। मैं उसका ब्लाउज़ उतारने लगा तो उसने मेरे हाथ पकड़ लिये और बोल.

ी–'मुझे नंगा न करो।' मैंने कहा, 'क्या हुआ...इतना तो अँधेरा है।' वह कसमसायी 'नहीं...नहीं।' मैंने कहना चाहा, 'तो इसका यह मतलब है कि...' उसने मेरे दोनों हाथ थामकर चूमने शुरू कर दिए और काँपती आवाज़ में कहने लगी, 'नहीं-नहीं...मुझे शर्म आती है।' अजीब-सी बात थी। मैंने दिल ही दिल में कहा, 'चलो हटाओ, छोड़ो ब्लाउज़ को, आहिस्ता-आहिस्ता सब ठीक हो जायेगा।' मैं कुछ देर ख़ामोश रहा, उसने डरी हुई आवाज़ में पूछा, 'तुम नाराज़ तो नहीं हो गये?' मुझे कुछ मालूम ही नहीं था कि मैं नाराज़ हूँ या नहीं। मैंने कहा–'नहीं, नाराज होने की क्या बात है...तुम ब्लाउज़ नहीं उतारना चाहती हो तो न उतारो, लेकिन...' इससे आगे कहते हुए मुझे शर्म आ गयी, फिर मैंने ज़रा गोल करके कहा–'लेकिन कुछ तो होना चाहिए...मेरा मतलब है कि साड़ी उतार दो।' उसका हलक सूख गया, 'मुझे डर लगता है।' मैंने प्यार से कहा, 'किससे डर लगता है? उसने बिलख-बिलखकर रोना शुरू कर दिया। मैंने उसे तसल्ली दी, 'मैं तुम्हें तकलीफ़ नहीं दूँगा...अगर तुम्हें वाकई डर लगता है तो जाने दो...दो-तीन दिन यहाँ रहो...जब मेरी तरफ़ से तुम्हें पूरा इत्मीनान हो जाये तब सही।' उसने रोते-रोते कहा, 'नहीं-नहीं...' और अपना सिर मेरी रानों पर रख दिया। मैं उसके बालों में उँगलियों से कंघी करने लगा। थोड़ी ही देर के बाद उसने रोना बंद कर दिया और सूखी-सूखी हिचकियाँ लेने लगी, फिर एकदम उसने मुझे अपने साथ ज़ोर से भींच लिया और तेज़ी से काँपने लगी। मैंने उसे सोफ़े पर से उठाकर फ़र्श पर बिठा दिया...और तभी कमरे में अचानक रोशनी की लकीरें तैर गयीं। दरवाज़े पर दस्तक हुई। मैंने पूछा–'कौन है?' नौकर की आवाज़ आयी–'लालटेन ले लीजिये।' मैंने कहा, 'अच्छा।' लेकिन उसने आवाज़ भींचकर डरे लहज़े में कहा, 'नहीं-नहीं'...मैंने कहा, 'क्या हर्ज़ है...मैं लालटेन एक तरफ़ नीची करके रख दूँगा।' मैंने उठकर लालटेन ले ली और दरवाज़ा अंदर से बंद कर लिया। इतनी देर के बाद रोशनी देखी थी, आँखें चौंधिया गयीं। वह एक कोने में खड़ी हो गयी थी। मैंने कहा, 'भई, इतना भी क्या है...थोड़ी देर रोशनी में बैठकर बातें करेंगे, फिर जब तुम कहोगी, लालटेन गुल कर देंगे।' जब उसने कोई जवाब न दिया तो मैं लालटेन हाथ में लिये उसकी तरफ़ बढ़ा। उसने साड़ी का पल्लू सरकाकर दोनों हाथों से अपना चेहरा ढाँप लिया। मैंने कहा–'तुम भी...अजीबो-ग़रीब लड़की हो...अपने दूल्हे से भी परदा?' मैं वाक़ई समझने लगा कि वह मेरी दुल्हन है और मैं उसका दूल्हा। इसी तसव्वुर (कल्पना) के तहत मैंने कहा, 'अगर ज़िद ही करनी है तो भई, कर लो...हमें आपकी हर अदा क़बूल

है।' यकायक ज़ोर का धमाका हुआ। कहीं बम फटा था। वह लपकी और मेरे साथ चिमट गयी। मैंने उसे दिलासा दिया, 'डरों नहीं...मामूली-सी बात है।' एकदम मुझे ख़याल आया कि मैंने उसके चेहरे की झलक देख ली है। मैंने उसको दायें कंधे से पकड़कर झंझोड़ा और एक क़दम पीछे हट गया...मैं बयान नहीं कर सकता, मैंने क्या देखा...बहुत ही भयानक सूरत, गाल अंदर धँसे हुए जिन पर गाढ़ा मेकअप छुपा था और कई जगहों से मेकअप की तह बारिश की वजह से उतरी हुई थी और नीचे से असली जिल्द निकल आयी थी जैसे कई जख़्मों पर से फाहे उतर गये हों, ख़िज़ाब लगे ख़ुश्क और बेजान बाल जिनकी सफ़ेद जड़ें दाँत दिखा रही थीं, और सबसे अजीबो-ग़रीब चीज़ वह मोमी फूल थे जो उसने इस कान से उस कान तक माथे के साथ-साथ बालों में लगा रखे थे। मैं देर तक उसको देखता रहा। वह बिलकुल साकित (जड़) खड़ी रही। मेरे होशो-हवास गुम हो गये थे। थोड़ी देर के बाद जब मैं सँभला तो मैंने लालटेन एक तरफ़ रख दी और उससे कहा—'तुम जाना चाहो तो चली जाओ।' उसने कुछ कहना चाहा, लेकिन जब देखा कि मैं उसका रेनकोट और बैग उठा रहा हूँ तो वह ख़ामोश हो गयी। मैंने दोनों चीज़ें उसकी तरफ़ देखे बग़ैर उसको दे दीं। वह कुछ देर शायद गर्दन झुकाये खड़ी रही। फिर दरवाज़ा खोला और बाहर निकल गयी...'

यह वाक़िआ सुनकर मैंने 'स' से पूछा, 'जानते हो, वह औरत कौन थी?'

'स' ने जवाब दिया—'नहीं तो...!'

मैंने कहा—'वह औरत मशहूर आर्टिस्ट मिस 'म' थी...!'

'स' चिल्लाया—'मिस-'म'? वही जिसकी बनायी हुई तस्वीरों की मैं स्कूल में कॉपी किया करता था?'

मैंने जवाब दिया—'हाँ वही...! वह एक आर्ट कॉलेज की प्रिंसिपल थी...वह लड़कियों को सिर्फ़ औरतों और फूलों...की चित्रकारी सिखाती थी मर्दों से उसे सख़्त नफ़रत थी।'

यह सुनकर 'स' कुछ सोचने लगा, फिर एकदम चौंका, 'कहाँ है वह आजकल?'

मैंने मुस्कराकर जवाब दिया, 'आसमान पर...!'

उसने पूछा, 'क्या मतलब?'

मैंने जवाब दिया–‘उसी रात को...जब तुमने उसे बाहर निकाल दिया उसकी मोटर का हादसा हुआ और वह मर गयी...लेकिन उसके क़ातिल तुम हो और यह सिर्फ़ मैं जानता हूँ...नहीं...दरअसल तुम दो औरतों के क़ातिल हो...एक तो उस औरत के जिसको सब लोग एक मशहूर आर्टिस्ट की हैसियत से जानते हैं...दूसरी उस औरत के जो तुम्हारे दीवानख़ाने में से पहली औरत के रूप में से बाहर निकली थी, और जिसको सिर्फ़ तुम जानते हो...!’

‘स’ ख़ामोश रहा।

भंगन

"परे हटिए।"

"क्यों?"

"मुझे आप से बू आती है।"

"हर इनसान के जिस्म की एक खास बू होती है। आज बीस बरसों के बाद तुम्हें इससे तनफ़्फ़ुर क्यों महसूस होने लगा?"

"बीस बरस...अल्लाह ही जानता है कि मैंने इतना तवील अ'र्सा कैसे बसर किया है।"

"मैंने कभी आपको इस अ'र्से में तकलीफ पहुँचाई?"

"जी कभी नहीं।"

"तो फिर आज अचानक आपको मुझसे ऐसी बू क्यों आने लगी जिससे आपकी नाक जो माशा-अल्लाह काफ़ी बड़ी है, उतनी गजबनाक हो रही है?"

"आप अपनी नाक तो देखिए...पकौड़ा सी है।"

"मैं इससे इनकार नहीं करता...पकौड़े, तुम जानती हो, मुझे बहुत पसंद है।"

"आपको तो हर वाहियात चीज पसंद होती है...कूड़े करकट में भी आप दिलचस्पी लेते हैं।"

"कूड़ा करकट हमारा ही तो फैलाया हुआ होता है...इससे आदमी दिलचस्पी क्यों न ले...और तुम जानती हो, आज से दस साल पहले जब तुम्हारी हीरे की अँगूठी गुम हो गई थी तो इसी कूड़े के ढेर से मैंने तुम्हें तलाश कर के दी थी।"

"बड़ा करम किया था आपने मुझ पर।"

"भई करम का सवाल नहीं...फारसी का एक शे'र है।"

ख़ाक रां राब हिक़्कारत मगर

तू च: दानी कि दरी ग़िर्द सवार-ए-बाशद

"मैं ख़ाक भी नहीं समझी।"

"यही वजह है कि तुमने अभी तक मुझे नहीं समझा...वरना बीस बरस एक आदमी को पहचानने के लिए काफ़ी होते हैं।"

"इन बीस बरसों में आपने कौन सा सुख पहुँचाया है मुझे?"

"तुम दुख की बात करो...बताओ मैंने कौन सा दुख तुम्हें इस अ'र्से में पहुँचाया?"

"एक भी नहीं।"

"तो फिर ये कहने का क्या मतलब था, इन बीस बरसों में आपने कौन सा सुख पहुँचाया है मुझे?"

"आप मेरे करीब न आईए...मैं सोना चाहती हूँ।"

"इस गुस्से में नींद आ जाएगी तुम्हें?"

"ख़ाक आएगी...बहरहाल, आँखें बंद कर के लेटी रहूँगी और..."

"और क्या करेंगी?"

"लेटी उस रोज़ पर आँसू बहाऊँगी जब मैं आपके पल्ले बाँधी गई।"

"तुम्हें याद है वो दिन क्या था, सन क्या था, वक़्त क्या था?"

"मैं कभी वो दिन भूल सकती हूँ...खुदा करे वो किसी लड़की पर न आए।"

"तुम बता तो दो...मैं तुम्हारी याददाश्त का इम्तहान लेना चाहता हूँ।"

"अब आप मेरा इम्तहान क्या लेंगे...परे हटिए, मुझे आपसे बू आ रही है।"

"भई हद हो गई है...तुम्हारी इतनी लंबी नाक जो कहीं ख़त्म होने ही में नहीं आती, इसको आख़िर क्या हो गया है? मुझसे तो उसको बड़ी भीनी-भीनी खुशबू आना चाहिए। तुमने मुझसे इन बीस बरसों में हजारों मर्तबा कहा कि आप जब किसी कमरे में हों और वहाँ से निकल जाएँ तो मैं पहचान जाया करती हूँ कि आप वहाँ आए थे।"

"आप झूठ बोल रहे हैं।"

"देखो, मैंने अपनी ज़िंदगी में आज तक झूठ नहीं बोला, तुम मुझ पर ये इल्जाम न धरो।"

· वाह जी वाह, बड़े आए आप कहीं के सच्चे...मेरा सौ रुपये का नोट आपने चुराया और साफ मुकर गए।"

"ये कब की बात है?"

"दो जून सन् उन्नीस सौ बयालीस को, जब सलमा मेरे पेट में थी।"

"ये तारीख़ तुम्हें ख़ूब याद रही।"

"क्यों याद न रहती। जब आप से मेरी इतनी जबरदस्त लड़ाई हुई थी। मैं अंदर कमरे में पड़ी थी। आप ने चाबी बड़ी सफाई से मेरे तकिए के नीचे से निकाली। दूसरे कमरे में जा कर अलमारी खोली और उसमें जो सात सौ पड़े थे, उनमें से एक नोट उड़ा कर ले गए। मैंने जब दो ढाई घंटों के बाद उठ कर देखा तो आप से तकरार हुई, मगर आप थे कि परों पर पानी ही नहीं लेते थे। आख़िर मैं ख़ामोश हो गई।"

"ये दो जून सन् उन्नीस सौ बयालीस की बात है, आजकल सन् चव्वन चल रहा है। अब इसके जिक्र का क्या फायदा?"

"फायदा तो हर हालत में आप ही का रहता है...मेरी एक नीलम की अँगूठी भी आपने गायब कर दी थी, लेकिन मैंने आप से कुछ नहीं कहा था।"

"देखो, मैं तुम्हारी जान की कसम खा कर कहता हूँ। उस नीलम की अँगूठी के मुतअ'ल्लिक मुझे कुछ मालूम नहीं।"

"और उस सौ रुपये के नोट के मुतअ'ल्लिक।"

"अब तुम्हारी जान की कसम खाई तो सच बताना ही पड़ेगा। मैंने...मैंने चुराया जरूर था, मगर सिर्फ़ इसलिए कि उस महीने मुझे तनख्वाह देर से मिलने वाली थी और तुम्हारी सालगिरह थी। तुम्हें कोई तोहफा तो देना था। इन बीस बरसों में तुम्हारी हर सालगिरह पर में अपनी इस्तेताअ'त के मुताबिक कोई न कोई तोहफा पेश करता रहा हूँ।"

"बड़े तोहफे तहाइफ दिए हैं आपने मुझे।"

"नाशुक्री तो न बनो!"

"मैं कई दफा कह चुकी हूँ, आप परे हट जाईए, मुझे आपसे बू आती है।"

"किस की?"

"ये आपको मालूम होना चाहिए।"

“मैंने खुद को कई मर्तबा सूँघा है, मगर मेरी पकौड़ा, जैसी नाक में ऐसी कोई बू नहीं घुसी जिस पर किसी बीवी को एतराज़ हो सके।”

“आप बातें बनाना खूब जानते हैं।”

“और बातें बिगाड़ना तुम। मेरी समझ में नहीं आता, आज तुम इस कदर नाराज क्यों हो?”

“अपने गिरेबान में मुँह डाल कर देखिए!”

“मैं इस वक़्त कमीज पहने नहीं हूँ।”

“क्यों?”

“सख़्त गर्मी है।”

“सख़्त गर्मी हो या नर्म...आपको कमीज तो नहीं उतारना चाहिए थी। ये कोई शराफत नहीं।”

“मोहतरमा! आपने भी तो कमीज उतार रखी है...अपने नंगे बदन को मुलाहिजा फरमाईए।”

“ओह, ये मैंने क्या वाहियातपन किया है!”

“ये वाहियातपन तो आप गर्मियों में बीस बरस से कर रही हैं।”

“आप झूठ बोलते हैं।”

“खैर, झूठ तो हर मर्द की आदत होती है।”

“आप मुझसे दूर ही रहें।”

“क्यों?”

“तौबा, लाख बार कह चुकी हूँ कि मुझे आपसे बहुत गंदी बू आ रही है।”

“पहले सिर्फ़ बू थी, अब गंदी हो गई।”

“खबरदार! जो आपने मुझे हाथ लगाया!”

“इस कदर बेजारी आख़िर क्यों?”

“मैं अब आपसे कतअ'न बेजार हो चुकी हूँ।”

“इन बीस बरसों में तुमने कभी ऐसी बेजारी का इजहार नहीं किया था।”

“अब तो कर दिया है!”

“लेकिन मुझे मालूम तो हो कि इसकी वजह क्या है?”

“मैं कहती हूँ, मुझे मत छुईए!”

“तुम्हें मुझसे इतनी कराहत क्यों हो रही है?”

“आप नापाक हैं, बेहद जलील हैं।”

“देखो, तुम बहुत ज़्यादती कर रही हो।”

“आप ने कम की है। कोई शरीफ आदमी आपकी तरह ऐसी जलील हरकत नहीं कर सकता था।”

“कौन सी?”

“आज सुबह क्या हुआ था?”

“आज सुबह...बारिश हुई थी।”

“बारिश हुई थी, लेकिन उस बारिश में आपने किसको अपनी आगोश में दबाया हुआ था?”

“ओह।”

“बस, इसका जवाब अब ‘ओह’ ही होगा। मैंने पकड़ जो लिया था आपको।”

“देखो मेरी जान...”

“मुझे अपनी जान-वान मत कहिए, आपको शर्म आनी चाहिए।”

“किस बात पर, किस गुनाह पर?”

“मैं कहती हूँ आदमी गुनाह करे लेकिन ऐसी गंदगी में न गिरे।”

“मैं किस गंदगी में गिरा हूँ?”

“आज सुबह आपने उस...उस...”

“क्या?”

“उस भंगन को...जवान भंगन को जो मिठाई वाले के साथ भाग गई थी।”

"ला-हौल वला....तुम भी अजीब औरत हो, वो गरीब हामिला है। बारिश में झाड़ू देते हुए उसको गश आया और गिर पड़ी। मैंने उसको उठाया और उसके क्वार्टर में ले गया।"

"फिर क्या हुआ?"
"तुम्हें मालूम नहीं कि वो मर गई?"
"हाय, बेचारी...मैं तो ठंडी बर्फ हो गई हूँ।"
"मेरे करीब आ जाओ, मैं कमीज पहन लूँ?"
"इसकी क्या ज़रूरत है, तुम्हारी कमीज मैं हूँ।"

❑

मिस एडना जैक्सन

कॉलेज की पुरानी प्रिंसिपल के तबादले का एलान हुआ, तालिबात ने बड़ा शोर मचाया। वो नहीं चाहती थीं कि उनकी महबूब प्रिंसिपल उनके कॉलेज से कहीं और चली जाये। बड़ा एहतिजाज हुआ। यहाँ तक कि चंद लड़कियों ने भूख हड़ताल भी की, मगर फैसला अटल था...उनका जज़्बातीपन थोड़े अर्से के बाद ख़त्म हो गया।

नई प्रिंसिपल ने पुरानी प्रिंसिपल की जगह ले ली। तालिबात ने शुरू शुरू में उससे बड़ी नफरत-ओ-हिकारत का इजहार किया मगर उसने उनसे कुछ न कहा, हालाँकि उसके इख़्तियार में सब कुछ था। वो उनको कड़ी से कड़ी सज़ा दे सकती थी।

हर वक़्त उसके पतले पतले होंटों पर मुस्कुराहट तैरती रहती...वो सर-ता-पा तबस्सुम थी। कॉलेज में खिली हुई कली की तरह आती और जब वापस जाती तो दिन भर गूना-गूं मस्रूफियतों के बावजूद उस में मुरझाहट के कोई आसार न होते।

उसको खफगी का इजहार करना ही नहीं आता था। अगर वो किसी वक़्त उसका इजहार भी करती तो ऐसा मालूम होता कि वह को आह में तबदील करने की नाकाम कोशिश की गई है।

थोड़े अर्से के बाद कॉलेज की तालिबात उसकी गिरवीदा हो गई। हर वक़्त उससे चिमटी रहतीं। एक दिन, जब कोई जलसा था, मिस एडना जैक्सन ने तकरीर की और कहा, "मैं बहुत ख़ुश हूँ कि तुम अब मुझ से मानूस हो गई हो। शुरू शुरू में जैसा कि मैं जानती हूँ तुम मुझसे नफरत करती थीं, मेरी प्यारी बच्चियों, मैं यहाँ अपनी मर्जी से नहीं आई थी। मुझे यहाँ मेरे हाकिमों ने भेजा था। त्बदीलियाँ हर मोहकमे में होती हैं, बल्कि ज़िंदगी के हर शो'बे में। असल में तबदीलियाँ का नाम ही ज़िंदगी है।

तुम आज लड़कियाँ हो बड़ी चंचल और शरीर...एक दिन आने वाला है जब तुम संजीदा और मतीन माएँ बन जाओगी। तुम्हारी गोद में बच्चे खेलते होंगे, तुम से भी कहीं ज्यादा शरीर और नटखट...मैं तुम्हारी प्रिंसिपल हूँ लेकिन दिल में ये ख़याल कभी न लाना कि मैं कोई जालिम औरत हूँ, मैं तुम सब से मुहब्बत करती हूँ और चाहती हूँ कि मुझसे भी कोई मुहब्बत करे।"

ये तकरीर सुन कर लड़कियाँ बहुत मुतास्सिर हुईं और मिस जैक्सन की मुहब्बत में और ज्यादा गिरफ्तार हो गईं। सब दिल में नादिम थीं कि उन्होंने ऐसी शरीफ और शफ़ीक प्रिंसिपल के आने पर क्यों एतराज किया।

एक दिन बी.ए. की एक लड़की ताहिरा जिसने मिस जैक्सन की आमद पर आवाजे कसे थे और बड़े सख़्त अलफ़ाज़ इस्तेमाल किए थे, प्रिंसिपल के कमरे में थी।

ताहिरा का सर झुका हुआ था। खौफ-ओ-हरास उसके चेहरे पर फैला हुआ था। प्रिंसिपल कागजात पर दस्तख़त कर रही थी। बेहद मुनहमिक थी। थोड़ी देर के बाद जब उसने ताहिरा की सिसकियों की आवाज सुनी तो उसको उसकी मौजूदगी का इल्म हुआ। एक दम चौंक कर उसने अपना नन्हा सा फाउंटेन पेन एक तरफ रखा और उसकी तरफ मुतवज्जे हुई। उसको याद नहीं आ रहा था कि उसने ताहिरा को बुलाया है।

"क्या बात है ताहिरा?"

ताहिरा की आँखों से आँसू रवाँ थे, "आप...आप ही ने तो मुझे यहाँ तलब फरमाया था।"

एक लहज़े के लिए मिस जैक्सन खाली-उद-दिमाग रही, लेकिन उसे फौरन याद आ गया कि मुआ'मला क्या है। ताहिरा के नाम एक मर्द का मुहब्बतनामा पकड़ा गया था। ये उसकी एक सहेली नाहीद ने मिस जैक्सन के हवाले कर दिया था।

ये ख़त उसकी दराज में महफूज था। मिस जैक्सन के मुस्कराते हुए होंठ ताहिरा से मुखातिब हुए, "बेटा, ये क्या बात है?"

इसके बाद उसने मेज का दराज खोल कर ख़त निकाला और ताहिरा से कहा, "लो...ये तुम्हारा ख़त है पढ़ लो और अगर चाहो तो मुझे सारी दास्तान सुनाओ ताकि मैं तुम्हें कोई राय दे सकूँ।"

ताहिरा कुछ देर ख़ामोश रही। उसकी समझ में नहीं आता था, क्या कहे।

प्रिंसिपल मिस जैक्सन ने उठ कर उसके कंधे पर शफकत भरा हाथ रखा, "ताहिरा! शर्माओ नहीं, हर लड़की की जिंदगी में ऐसे लम्हात आते हैं।"

ताहिरा ने रोना शुरू कर दिया। बूढ़ा चपरासी किसी काम से अंदर दाख़िल हुआ तो मिस जैक्सन ने उससे कहा, "निजामुद्दीन! अभी तुम बाहर ठहरो...मैं बुला लूँगी तुम्हें।"

जब वो चला गया तो मिस जैक्सन ने बड़े प्यार से ताहिरा से कहा, "मुहब्बत एक अ'जीम जज़्बा है। मुझे इस पर क्या एतराज हो सकता है। लेकिन तुम्हारी उम्र

की लड़कियाँ अक्सर धोका खा जाया करती हैं, मुझे तमाम वाकियात बता दो। मैं तुमसे उम्र में बहुत बड़ी हूँ मगर मुझसे आज तक किसी ने मुहब्बत नहीं की, लेकिन मैंने कई उस्तुवार और ना-उस्तुवार मुहब्बतें देखी हैं बेटा, मुझसे घबराओ नहीं...बैठ जाओ।"

ताहिरा अपने दुपट्टे से आँसू पोंछती हुई कुर्सी पर बैठ गई।

प्रिंसिपल अपनी घूमने वाली कुर्सी पर नशिस्त इख़्तियार करते हुए अपनी शागिर्दा से बोलीं, "अब देर न लगाओ, बता दो...मुझे बहुत से जरूरी काम करने हैं।"

ताहिरा कुछ देर हिचकिचाती रही। लेकिन इसके बाद उसने अपना दिल खोल के अपनी प्रिंसिपल के सामने रख दिया। उसने बताया कि एक नौजवान लेक्चरार है जिससे वो ट्यूशन लेती है। करीब करीब एक साल से वो बाकाएदा पाँच बजे उसके घर में आता रहा है। उसकी बातें बड़ी दिलफरेब हैं। शक्ल-ओ-सूरत के लिहाज से भी खूब है। फारसी के अशआ'र का मतलब समझाता है तो एक नक्शा खींच देता है। उसकी जबान में गजब की मिठास है।

ताहिरा ने मजीद बताया कि उसके दिल में लेक्चरार के लिए जगह पैदा हो गई। आहिस्ता आहिस्ता बेकरार रहने लगी। उसको हर वक़्त उसकी याद सताती। पाँच बजने वाले होते तो उसको यूँ महसूस होता कि वो मुजस्सम घड़ी बन गई है...उसका रुवां रुवां टिक-टिक करने लगता।

वो उस से जबानी तो कुछ नहीं कह सकती थी, इसलिए कि शर्म-ओ-हया इजाज़त नहीं देती थी। उस ने एक रात लेक्चरार के नाम ख़त लिखा...उसने अपनी ज़िंदगी भर में ऐसा ख़त कभी नहीं लिखा था, हालाँकि वो अपने खानदान में ख़त लिखने के मुआ'मले में काफ़ी मशहूर थी कि हर बात बड़े सलीके से लिखती है, लेकिन ये ख़त लिखते हुए उसे बड़ी दिक्कतें पेश आई।

अलकाब क्या हो, मजमून कैसा होना चाहिए, फिर ये सवाल भी उसके दरपेश था कि हो सकता है कि वो ये ख़त उसके बाप के हवाले कर दे।

वो एक अर्से तक सोचती रही। उसके दिल में कई खदशे थे लेकिन आख़िर उसने फैसला कर लिया कि वो ख़त जरूर लिखेगी। चुनांचे उसने राइटिंग पैड के कई कागज जाए करके चंद सुतूर उस लेक्चरार के नाम लिखें, "आप बड़े अच्छे उस्ताद हैं। मुझे इस तरह पढ़ाते हैं जैसे...जैसे आपको मुझसे खास लगाओ है। वर्ना इतनी मेहनत कौन उस्ताद करता है। मेरा तो ये जी चाहता है कि सारी उम्र आप मेरे उस्ताद और मैं आप की शागिर्दा रहूँ। बस इससे ज्यादा मैं और कुछ नहीं लिख सकती।"

ये ख़त उसने कई दिन अपने पर्स में रखा। इसके बाद जुरअत से काम लेकर उसने कागज का ये पुर्जा अपने उस्ताद की जेब में धड़कते हुए दिल के साथ डाल दिया।

दूसरे रोज़ जब वो शाम को ठीक पाँच बजे आया तो उसका दिल बहुत जोर से धड़क रहा था। उसने किसी किस्म के रद्द-ए-अ'मल का इजहार न किया। उसे सख़्त मायूसी हुई। दो घंटे के बाद जब वो चला गया तो उसने बड़े चिड़चिड़ेपन से अपनी किताबें उठाई और अपने कमरे में जाने लगी। एक किताब उसके हाथ से गिर पड़ी। ताहिरा ने बड़ी बे-दिली से उठाई तो उसके औराक में से कागज का एक टुकड़ा झाँकने लगा। उसने ये टुकड़ा निकाला, उस पर चंद अलफ़ाज़ मक़्तूम थे।

ताहिरा के जख़्मी जज़्बात पर मरहम के फाहे लग गए। उसके उस्ताद ने ये लिखा था,

"मुझे तुम्हारी तहरीर मिल गई है...मैं सब कुछ समझ गया हूँ। ज़िंदगी भर तुम्हारा उस्ताद रहने का तो मैं वा'दा नहीं कर सकता लेकिन खादिम जरूर रहूँगा। मैं उस्तादी-शागिर्दी से तंग आ गया हूँ। तुम्हारी गुलामी इससे हजार दर्जे बेहतर होगी।"

इस के बाद दोनों में किताबों के औराक की ओट में ख़त-ओ-किताबत होती रही लेकिन ताहिरा के वालिदैन को यक-लख़्त शहर छोड़ना पड़ा, इसलिए कि उसके बाप जहीर की तबदीली किसी सिलसिले में दूसरे शहर में हो गई।

ताहिरा को हॉस्टल में दाख़िल कर दिया गया, जिसकी सुपरिंटेंडेंट मिस जैक्सन थी। उसका कयाम उसी हॉस्टल में था।

कॉलेज से फारिग हो कर आती तो अपने कमरे में अक्सर नॉवेल पढ़ती रहती। अजीब-अजीब किस्म के। हॉस्टल की लड़कियाँ उसके पास आतीं और उसके कई नॉवेल चुरा के ले जातीं और मजे ले लेकर पढ़तीं। फिर वापस वहीं पर रख देतीं जहाँ से उन्होंने उठाए थे। मिस जैक्सन को लड़कियों की इस शरारत का कोई इल्म नहीं था, ताहिरा ने भी कई नॉवेल पढ़े और उसका इश्क अपने उस्ताद के इश्क से बढ़ता गया। वो हॉस्टल से बाहर निकल नहीं सकती थी इसलिए उसने एक ख़त लिखा और उसे किसी न किसी तरीके से अपने उस्ताद तक पहुँचा दिया।

ये ख़त जो उस नौजवान लेक्वरार ने जवाब में लिखा था, गलत हाथों में पहुँच गया। यानी नाहीद के पास जिसको ताहिरा से सिर्फ़ इसलिए बुग्ज था कि वो उसके मुकाबले में कहीं ज्यादा खूबसूरत थी...ये ख़त उसने प्रिंसिपल के हवाले कर दिया।

ताहिरा, जब अपनी सारी दास्तान सुना चुकी जो मिस जैक्सन ने बड़ी दिलचस्पी लेते हुए सुनी तो उस ने कुछ देर ख़ामोश रहने के बाद ताहिरा से कहा, "अब तुम क्या चाहती हो?"

"मुझे कुछ मालूम नहीं, आप जो फैसला फरमाएँगी, मुझे मंजूर होगा।"

मिस जैक्सन अपनी कुर्सी पर से उठीं और कहा, "नहीं ताहिरा, मुहब्बत के मुआ'मले में मुझे फैसला देने का इख़्तियार नहीं। ये मजहब से भी ज्यादा मुक़द्दस जज़्बा है, तुम खुद बताओ।"

ताहिरा ने शर्म से भरी हुई आँखें जो नम-आलूद थीं, झुका कर सिर्फ़ इतना कहा, "मैं उनसे शादी करना चाहती हूँ।"

मिस जैक्सन ने ठेट प्रिंसिपलाना अंदाज में पूछा, "क्या वो भी चाहता है?"

"उस ने अभी तक इस ख्वाहिश का इज़हार नहीं किया...लेकिन वो..."

"मैं समझती हूँ, वो भी तो तुमसे मुहब्बत करता है...उसे क्या उ'ज़्र हो सकता है, लेकिन क्या तुम्हारे वालिदैन रज़ामंद हो जाएंगे? "

"हर्गिज नहीं होंगे।"

"क्यों?"

"इसलिए कि वो मेरी मंगनी एक जगह कर चुके हैं।"

"कहाँ?"

"मेरे खाला-जाद भाई के साथ।"

"हम क्रिस्चियनों में तो ऐसा नहीं होता।"

"हमारे यहाँ तो अक्सर ऐसा होता है।"

"खैर छोड़ो इस बात को, क्या मैं तुम्हारे इस लेक्चरार को अपने पास बुला कर उससे मुफस्सिल बातचीत करूँ? ताहिरा ये ज़िंदगी भर का सवाल है, ऐसा न हो कोई गलती हो जाये। मैं उम्र में तुमसे बहुत बड़ी हूँ, मैं तुम्हें सही मशवरा दूँगी। एक मर्तबा तुम मुझे उससे मिल लेने दो।"

ताहिरा ने शुक्रिया अदा किया, "आप जरूर मिलिए लेकिन...उससे कह दीजिएगा...कि..."

प्रिंसिपल ने बड़ी शफकत से कहा, "रुक क्यों गई हो, जो कुछ तुम उससे कहना चाहती हो, मुझसे कह दो।"

"जी, बस सिर्फ़ इतना कि अगर उसके कदम मजबूत न रहे तो मैं ख़ुदकुशी कर लूंगी, औरत ज़िंदगी में...सिर्फ़ एक ही मर्द से मुहब्बत करती है।"

मुहब्बत का लफ्ज सुनते ही प्रिंसिपल मिस एडना जैक्सन के दिल की झुर्रियां और ज्यादा गहरी हो गईं। उसने ताहिरा के आँसू अपने रूमाल से बड़ी शफकत के साथ पोंछते हुए रुखसत कर दिया।

इस के बाद उसने घंटी बजा कर चपरासी को अंदर बुलाया। उसने बड़े जरूरी कागजात उसके मेज पर रखे। उसने सरसरी नजर से उनको देखा। एक कागज पर ताहिरा के उस लेक्चरार के नाम ख़त लिखा कि वो अजराह-ए-करम उससे किसी वक़्त शाम को बोर्डिंग हाऊस में मिले।

ये ख़त उस ने लिफाफे में डाला, पता लिखा और चपरासी से कहा कि फौरन साइकल पर जाये और ये लिफाफा लेक्चरार साहब को पहुँचा दे।

चपरासी चला गया।

शाम को मिस एडना जैक्सन अपने कमरे में बैठी पर्चे देख रही थी कि नौकर ने इत्तला दी कि एक साहब आपसे मिलने आए हैं।

वो समझ गई कि ये साहब कौन हैं, चुनांचे उसने नौकर से कहा, "उन्हें अंदर ले आओ!"

ताहिरा का उस्ताद ही था जो उसके कमरे में दाख़िल हुआ। मिस जैक्सन ने उसका इस्तकबाल किया। गर्मियों का मौसम था, जून का महीना, सख़्त तपिश थी। मिस जैक्सन उससे बड़े अखलाक के साथ पेश आई। नौजवान लेक्चरार बहुत मुतास्सिर हुआ।

इधर उधर की बातें होती रहीं। मिस एडना जैक्सन ताहिरा के बारे में बात शुरू करने ही वाली थी कि उस पर हिस्टीरिया का दौरा पड़ गया। उसको ये मर्ज बहुत देर से लाहक था। लेक्चरार बहुत फिक्रमंद हुआ। घर में कोई नौकर नहीं था, इसलिए कि वो छुट्टी कर के कहीं बाहर सो रहे थे। उसने खुद ही जो उसकी समझ में आया, किया।

जब कॉलेज गर्मियों की छुट्टियों के बाद खुला तो लड़कियों को ये सुन कर बड़ी हैरत हुई कि उनकी प्रिंसिपल मिस एडना जैक्सन से उस लेक्चरार की शादी हो गई है, जिसको ताहिरा से मुहब्बत थी, ये दिलचस्प बात है कि लेक्चरार लतीफ की उम्र पच्चीस बरस के करीब होगी और मिस एडना जैक्सन की लगभग पच्चास बरस।

◻

प्रभाकर प्रकाशन द्वारा प्रकाशित पुस्तकें
मंटो
की कहानियाँ
काली सलवार
तथा अन्य कहानियाँ
ठंडा गोश्त
तथा अन्य कहानियाँ
ब्लाउज़
तथा अन्य कहानियाँ
टोबा टेक सिंह
तथा अन्य कहानियाँ
sales@pharosbooks.in
011-40395855
www.prabhakarprakashan.com
प्रभाकर प्रकाशन, प्लॉट नं.-55, मेन मदर डेयरी रोड, पांडव नगर, ईस्ट दिल्ली-110092